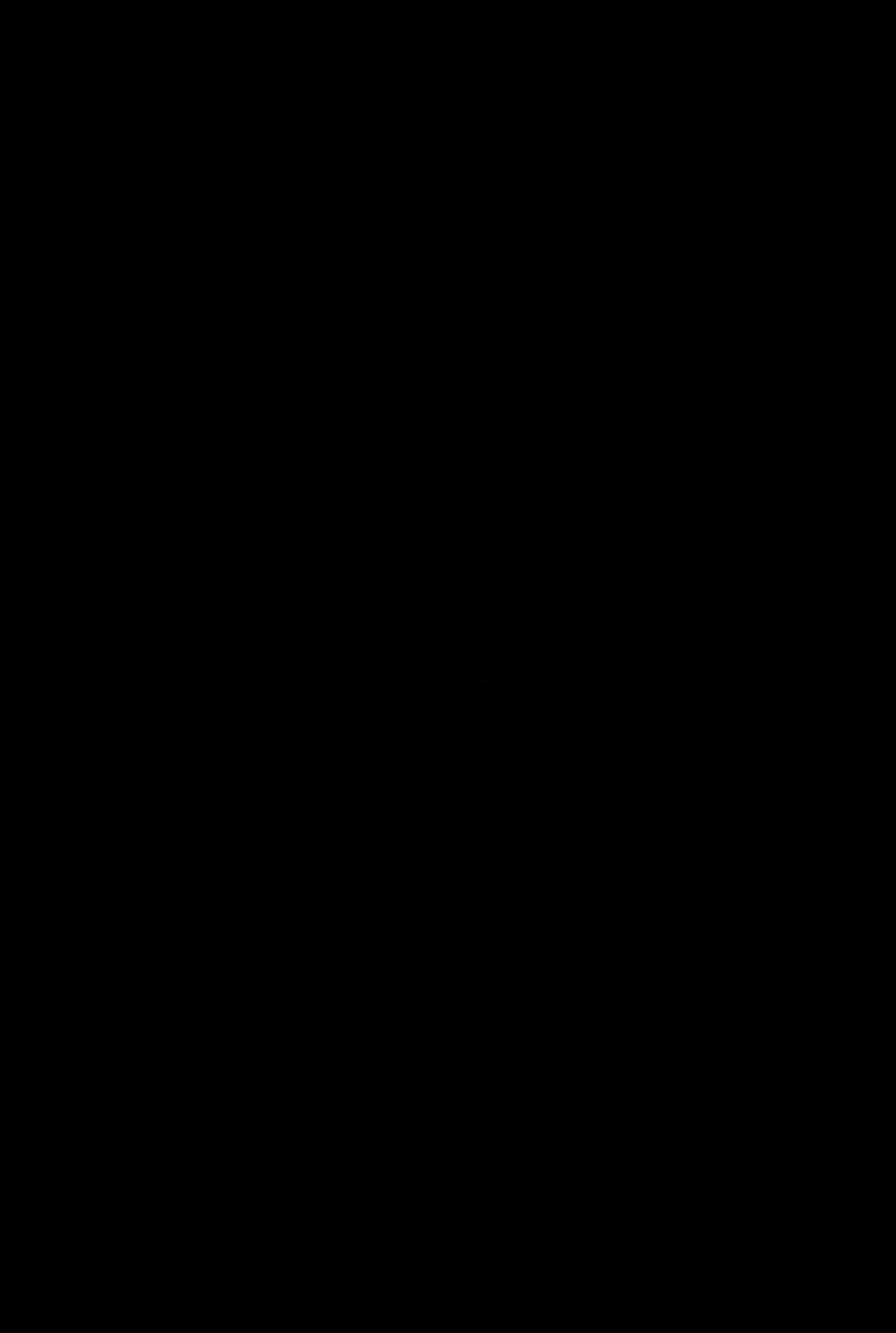

달빛 전쟁

전라도 역사의 혼불 3

달빛 전쟁

서철원 장편소설

출판하우스 짓다

차례

대숲 · 9

장독 · 18

징계맹게 외얏밋들 · 23

불길한 여명 · 31

설익은 교지 · 39

거미 · 47

그 아이, 홍련 · 58

새벽길 · 64

마음을 다스리는 여인 · 73

춘추관 · 79

붓의 행로 · 85

풍비록 · 94

청학동 · 105

재세안민 · 112

초월의 아이 · 117

남쪽을 열치니 · 126

비결 · 134

우설 · 142

맛의 진경 · 149

흰 구렁이 · 157

삶과 죽음, 그 너머 · 165
오래된 바람 · 176
징비록 · 184
휘파람 · 190
허기 · 198
마이산 · 205
노룻국 한 모금 · 210
신기루 · 217
날카로운 봄빛 · 227
아, 전주성 · 232
곶감 · 241
달빛 전쟁 · 255
헛것의 화약 · 262
새야 새야 파랑새야 · 272
기나긴 인연 · 282
절대미각 · 290
연금술사 · 301

참고문헌 · 314
작가의 말 · 316

in spoiler

저 너머 징게맹게 외얏밋들 따라…

대숲

 아비를 묻던 날 산마다 비가 내렸다.
 구름이 능선까지 내려와 앞이 흐렸다. 길이 미끄러워 지게꾼이 주저앉기를 반복했다. 춤추듯 흔들리는 지게에 실려 아비는 강 건너 산으로 올라갔다. 살아서 누리지 못한 호강인지, 죽은 뒤 아비는 지게 위에 누워 말이 없었다. 먼저 산으로 올라간 혼백들이 아비를 마중 나왔다. 언 바람이 불어 다녔고, 아비는 누워서 산으로 갔다.
 구불구불 흔들리는 산길 따라 오래도록 이어지던 아비의 끝자리는 별과 바람과 비와 눈과 볕이 드나들기 좋았다. 아비의 마지막 자리는 눈보라로 불어오는 징게맹게 외얏밋들 산하의 한곳이었다. 아늑하지 않아도 아비가 묻힐 자리는 무쇠탈이 나풀거리는 개땅쇠의 끝이었다. 아비는 조선의 산천에 묻히길 원했다.

구덩이를 파는 동안 긴 머리의 여인이 노래를 불렀다. 노래가 빗물에 섞여 능선마다 농사지을 적엔 없던 새들이 날아들었다. 새들이 따라 울었다. 노래가 외롭지 않았다. 외롭지 않아도 구슬프게 들렸다.

> 저 하늘아래 미움을 받은 별처럼
> 저 바다 깊이 비늘 잃은 물고기처럼……

그 바다는 볼 수 없는 먼 곳, 먼 세상에 떠 있는 듯했다. 가물거리며 밀려오는 바다를 바라보며 전봉준全琫準은 깊이 숨을 내쉬었다. 여인의 노래는 이 세상의 어려움을 저 세상으로 가져가는 듯했다. 여인의 노래는 끊어질 듯 가냘프고 메마르게 이어졌다.

> 큰 상처 입어 더욱 하얀 살로
> 갓 피어나는 내일을 위해
> 그 낡고 낡은 허물을 벗고
> 잠 깨어나는 그 꿈을 위해……

노래 속으로 점점이 흩어지는 산하가 보였다. 그 산하에 차별받고 억압받는 자들이 하나둘 모여들었다. 이름 없이 죽어간 자들도 보였다. 상처 받은 바다 너머로 붉은 색채가 기울어갔다. 깨어나는 산 아래 대숲을 뚫고 지나는 우레 소리가 들려왔다.

> 우리 노동자의 긍지와 눈물을 모아
> 저 넓디 넓은 평등의 땅 위에 뿌리리
> 우리의 긍지, 우리의 눈물
> 평등의 땅에 맘껏 뿌리리……

 노래가 산중에 흩어질 때, 세상 위로 저물어가는 노을이 보였다. 노을 너머 평등을 노래하는 여인은 하늘 어딘가 홀로 빛을 내는 별에서 온 것 같았다. 그 별의 주인은 오래도록 세상과 다투어 평등을 쟁취한 것 같았다. 눈에서 물이 돌았다. 콧속이 매웠다. 머리 위로 가느다란 선율이 시린 바람을 타고 먼 곳까지 불어갔다.
 눈두덩을 누르며 여인을 바라봤다. 생각보다 젊은 여인이었다. 스무 살이나 되었을 여인의 얼굴 위로 세상을 흔드는 사연과 곡절이 보였다. 떠오르는 무엇도 없이 여인은 전봉준의 마음을 흔들고 지나갔다. 상중에 여인을 바라보며 전봉준은 조용히 전율했다.

　노래를 끝낸 여인이 전봉준을 바라봤다. 알 길 없는 여인은 오래도록 전봉준을 바라봤다. 비 그친 능선에서 여인의 눈길은 부담스럽지 않았다. 외람된 생각도 떠오르지 않았다. 여인의 눈빛을 맞받으며 전봉준은 세상에서 지워진 평등을 생각했다. 아녀자들의 불평등을 생각했다. 신분의 차별을 생각했다. 쇄국과 개화로 갈라 선 나라의 통치를 생각했다. 흰 돛을 달고 까맣게 밀려오는 이양선을 떠올렸다. 바다 건너 섬나라의 국정 개입을 떠올리며 나라의 주인을 생각했다. 노래 속에 모두의 평등이 들려왔고, 척양척왜斥洋斥倭의 깃발이 흔들리며 밀려왔다. 그 너머 아비의 죽음을 둘러싼 헛것의 세상이 보였다.

　전봉준이 고개 숙였다. 여인이 고개 숙여 답했다. 누구인지 묻기는 그러했다. 곡진한 노래가 꼭 아비를 위해 지은 것 같아 마음 쓰였다. 삯이라도 주어서 내려 보내야할 것 같았다.

　땅을 판 자리에 빗물이 고여 들었다. 비가 그칠 때까지 바가지로 빗물을 퍼냈다. 비 그친 뒤 마른 흙을 깔고 가마니를 덮었다. 가마니 위에 아비를 뉘였다. 아비는 죽은 뒤에라야 편안해 보였다. 표정 없이 식은 얼굴의 아비는 말이 없었다. 살아서도 아비는 말이 없었다. 아비는 가벼운 말보다 익은 몸으로 보여주길 원했다. 아비는 무거운 입으로 가벼운 세상을 다그치며 죽어갔으므로, 송장이 물에 잠겨도 입이 물 위에 뜰 일은 없을 것 같았다.

지게꾼이 아비를 바라보며 눈두덩을 눌렀다. 지게꾼의 목에서 성근 바람이 불어갔다.

"고마웠네. 성치 않은 세상을 만나 먼저 보내네. 가거든 우리 마누라한테 안부 전하게, 이 몸은 아직 건재하다고……."

지게꾼이 받은 삯을 저승길 노자로 쓰라며 구덩이에 던져주었다. 지게꾼의 아내는 흰 십자가를 쥐고 죽었다고 했다. 평생 머리 위에 천주天主를 얹고 서학인으로 살다 갔다고 했다. 『천주실의天主實義』와 『칠극七克』을 뿌리에 둔 서학은 동학의 이상과 닮은 데가 많았다. 서학이 품은 이상은 결국 평등이며, 동학이 찾아 나선 길도 결국 평등에 있었다. 서로 다르지 않은 이상은 신앙이 자유롭지 않은 나라에서 천대 받고 박해받으며 얼어붙은 곳으로 유배되기 일쑤였다.

*

천주의 실체에 접근하여 일곱 가지 선을 찾아가는 서학의 여정은 저마다 삶에 흩어져도 무방했으나 조정이 내린 결정은 단호했다. 마테오 리치[利瑪竇]의 『천주실의』는 사람뿐 아니라 삼라한 만상이 천주를 향하면서 조상을 부정하고, 왕권을 업신여겼다고 했다. 제사를 뒤엎고 신주를 불사른 이유로 서학은 이단으로 몰렸다. 사직은 유교의 사상적 변괴를 우려했고, 이단과의 융화를 두려워했다. 서학은 그 오래 전부터 조선의 존엄 앞에 사적 신앙으로 밀려나갔고, 서학인은 여전히 핍박받았다.

지게꾼이 이마에서 가슴으로, 심장 가까운 곳에서 먼 쪽으로 성호를 그었다. 짧은 성호 속에 긴 생애가 보였다. 저마다 높고 외로웠을 삶이 손마디로 그린 십자가 속에 보였다. 지게꾼의 아내가 걸어간 척박한 길 위로 아비의 죽음이 보였다.

지게꾼의 성호를 바라보며 전봉준은 정약용을 생각했다. 이벽 · 권일신 · 정약종 · 이승훈과 함께 서학의 본성을 실천한 정약용은 백년 저편에서 전봉준을 향해 손짓했다.

정약용은 조선의 개혁을 설계하고 후일을 기약하려 두 저술을 남겼다.『경세유표經世遺表』와『목민심서牧民心書』였다. 서학과 동학은 본성이 달랐으나 그 다름이 오히려 정약용의 길을 돌아보게 했다.

전봉준은 해남과 강진의 선비들 사이에 읽히던『경세유표』

를 탐독한 뒤 개혁의 가치와 필요성을 절실하게 원했다. 『목민심서』를 읽은 뒤 수령들의 부정한 축재와 권력의 횡포에 눈을 떴다. 개혁할 것은 개혁하고, 척결할 것은 척결하는 것이 사람 사는 일임을 알았다. 거역할 수 없는 개혁과 척결은 민심을 등에 업고 실천하지 않으면 아무 쓸모가 없다는 것도 그때 알았다.

백성을 짓누르는 수탈과 폭력은 언제까지 이어질지 알 수 없었다. 수령들의 횡포와 지주들의 탐학은 갈수록 극심해졌다. 모순을 모순으로 덮는 나라에서 혁명과 징벌은 어느 것이 와도 유효해 보였다. 나라의 원천이 백성인데 어디를 돌아봐도 나라 아래 짓밟히는 백성이 보였다. 나라 밑에 억눌린 백성도 보였다.

지게꾼의 아내가 서학을 신봉한 이유로 박해받고 멸시받으며 죽은 까닭도 결국 백성을 업신여긴 때문이었다. 집과 토지를 빼앗기고 풀잎처럼 지천에 떠돌다 병을 얻어 죽은 것도 결국은 백성을 품지 못한 나라의 무관용 때문이었다. 백성을 생각하지 않는 나라가 나라일 수 있겠는가를 물으면 전봉준의 가슴은 한순간 뛰었다. 백성 아래 나라 있고, 나라 위에 백성이 살아가는 나라에서 전봉준은 살고 싶어 했다.

전봉준이 지게꾼에게 말했다. 목에서 댓잎 떨리는 소리가 들렸다.

"험한 산길을 마다 않고 올라와주어 고맙습니다. 아버지 가시는 길이 쓸쓸하지는 않을 겁니다."

지게꾼이 조용히 웃었다. 입가에 웃음이 번질 때 지게꾼의 얼굴 위로 실팍한 구름무늬가 떠갔다. 목에서는 총총한 별무리가 보였다.

"생전에 나와 마누라에게 은덕이 많으셨네. 자네 부친도 우리 마누라처럼 별이 되어 내려 보시겠지. 좋은 세상 열리라고 밤마다 내려 보실 게야."

"별······."

아비는 죽은 뒤 동쪽 하늘 별이 될지, 서쪽 하늘 별이 될지 알 수 없었다. 전봉준의 입에서 탁한 신음이 들렸다. 지게꾼이 전봉준을 바라봤다. 전봉준이 눈두덩을 누르며 허리를 숙였다. 지게꾼이 손바닥을 가슴에 모은 뒤 머리 숙이고 돌아갔다.

노래 부른 여인에게도 삯을 주어야 할 것 같았다. 서둘러 산을 내려갔는지 여인은 보이지 않았다. 누가 여인에게 노래를 부탁했는지 알 수 없었다. 지게꾼을 따라 산에 올랐는지, 품앗이로 나왔는지 알 수 없었다. 주막 일손을 따라 나섰는지 그마저 알 수 없었다. 삯을 원해 아비의 무덤 앞에서 노래 불렀을 것 같지도 않아 보였다.

 여인이 돌아간 뒤 노랫말 속에 평등한 세상을 기약하던 노동자가 떠올랐다. 처음 듣는 노래였으나 노동의 의미는 전봉준의 가슴을 흔들며 밀려왔다. 그 말의 실체가 죽은 아비에게 있는지, 살아남은 농부들에게 있는지 알 수 없었다. 노동의 신성과 평등은 노래 속에 절실해 보였다. 노래 밖에서도 노동의 힘과 역사와 전통은 무겁게 들려왔다.

장독杖毒

 아비는 장독杖毒이 올라 죽었다. 매로 뭉개어진 살을 안고 긴 고통 끝에 겨우 죽었다.
 아비의 이름은 전창혁이었다. 그 이름의 스러짐은 슬픔이 아니라 깊은 적의였다. 아비를 잃은 자식의 적의는 조용하고 뚜렷했다. 그 적의는 어디에서 오는지 알 수 없었다. 머리와 몸과 마음으로 헤아리면 적의는 사지를 흔들고 지나갔다.
 아비의 죽음은 고부 봉기의 씨앗이 됐다. 맹렬한 불꽃으로 발화하는 불씨가 됐으며, 고요히 타오르는 잉걸로 남아 사그라들지 않았다. 아비는 고부수령 조병갑과 불화의 시대를 걸었다. 아비는 조병갑의 수탈과 축재와 횡포에 맞서 저항했다. 아비의 저항은 달빛 같고 폭포 같았다. 조병갑의 전횡은 헤아릴 수 없이 많았다.

동진강 상류에 만석보를 쌓으며 재산가들에게 경비를 거두어들인 자 조병갑이었다. 가난한 고부 사람들에게 일을 시킨 뒤 보수를 떼먹은 자도 조병갑이었다. 보를 쌓는 데 필요한 재목을 고부 주민의 선산에서 베어오라고 지시한 자 역시 조병갑이었다. 보를 쌓은 뒤 가을걷이 때 세금을 물리지 않겠다는 약속을 어긴 자 조병갑이었다. 조세를 핑계로 집집마다 곡물과 금전을 빼앗는 일말고도 불효를 했다거나 상피 붙었다거나 양반에게 대들었다는 굴레를 씌워 갈취한 자도 조병갑밖에 없었다. 조병갑은 고을의 토호와 재산가와 빈민을 가리지 않고 빼앗고 수탈했다.

 조병갑의 횡포는 날로 극심해져갔다. 갈 데까지 갔을 장날에 고부 농민들이 집회를 열고 등소(等訴, 여러 사람이 공동으로 수령에게 건의하는 일)를 결의했다. 등소를 도모할 장두(狀頭, 대표)로 전창혁, 김도삼, 정일서를 뽑았다. 그 가운데 전창혁을 수장두(首狀頭, 우두머리)로 내세웠다. 아비는 두 장두와 함께 고부 관아를 찾았다.

　… 고부 백성들이 죽어가고 있나이다. 백성이 하늘같지 않은 세상에서 짐승보다 못한 몰골로 죽어가고 있나이다. 지은 죄 없이 매질을 당하고 재산을 빼앗기고 있나이다. 고부의 토호와

농민이 합세하여 뜻을 모았나이다. 백성의 피를 빨아먹는 수령이 어찌 수령이라 하겠나이까?

급작스러워도 농민들의 등소는 고부의 현실을 정확이 고했다. 인심이 사그라드는 시점을 낱낱이 알렸고, 백성을 향한 억압과 수탈의 사정을 빠트리지 않고 전했다.

*

울먹임 없이 조용한 눈으로 등소를 올릴 때 하늘은 깨어질 듯 맑고 깨끗했다. 그 하늘 아래 너무 솔직하면 수령의 심기를 불편하게 한다는 것도 알았다. 하늘만큼 너무 정직하면 수령의 면목을 구기는 것도 모르지 않았다. 아비와 두 장두는 솔직과 정직을 놓고 무엇이 됐든 백성보다 중한 것은 없다고 고했다.

등소를 받아 든 조병갑은 시차 없이 눈이 뒤집혔다. 입에 거품을 물었고, 귓불이 뜨겁게 달아올랐다. 조병갑은 평소대로 횡포를 아끼지 않았다. 수령의 권한을 넘어서고, 법의 테두리를 무시한 개인의 탐학으로 장두들을 재단했다. 등소는 씨알만큼도 먹히지 않았다.

두고 볼 것도 없이 아비와 두 장두를 포악한 난민亂民을 몰아 감옥에 가두었다. 전주감영으로 송치된 아비와 두 장두는 엄한 고초를 겪었다. 형틀에 묶여 모진 매와 고문을 받았다. 아비와 두 장두는 다리를 절며 떨리는 눈동자로 고부 감옥으로 돌아왔다.

 조병갑은 아비와 두 장두를 다시 매로 다스렸다. 매가 떨어질 때 살이 떨어져나가는 고통이 왔다. 상처 난 자리를 매가 찍어 내리면 몸이 불쑥 솟았다가 툭 떨어졌다. 그 시간이 영원처럼 길었다. 매를 내릴 때 아비는 고통 없는 죽음을 생각했다. 고통 위로 고통이 떨어질 때 가혹한 삶을 생각했고, 그 너머 깨끗한 죽음을 생각했다.

 시작이 맵고 끝이 독한 매질로 아비와 두 장두는 뼛속까지 까만 멍이 들었다. 아비는 맞은 자리가 썩어 들어가는 장독을 안고 감옥에서 죽었다.

 아비의 죽음이 고부의 현실이었다. 믿을 수 없는 일이 고부에서 벌어지고 있었다. 고부는 조병갑의 고부였다. 누구도 입을 열거나 손댈 수 없는 고부는 조병갑을 위한 고부일 뿐이었다. 고부의 산천은 갈수록 흐려졌다. 고부의 대기는 늦은 밤에도 곡소리가 멈추지 않았다. 고부는 청명한 아침나절인데도 음산한 기운이 돌았다.

고부는 동진강을 끼고 넓은 평야를 두른 비옥한 곡창지대였다. 서쪽으로는 바다에 닿아 어항이 발달해 먹고 입고 자는 일이 편안한 곳이었다. 정읍, 고창, 부안, 김제를 끼고 농산물과 해산물이 넘치는 고을이었다. 고을 수령이면 누구나가 탐내는 지리와 터전이 고부였다.

조병갑이 부임한 다음부터 고부는 수탈과 억압과 차별의 현장으로 바뀌었다. 터전은 사라지고 황폐한 자리만이 사람들의 걸음을 더디게 했다. 날마다 탄원과 불만과 항의가 끊이지 않았다. 달이 차오를 때마다 핏빛의 바람이 불어 다녔다. 고부의 민심은 갈수록 피폐해지고 날카로워졌다. 농민들은 조병갑의 횡포를 더 이상 두고 보지 않았다.

계사년(癸巳年, 1893)에 고부 농민들은 보은과 원평 일대에 대규모 집회를 열고 뜻을 모았다. 모두 조병갑의 탄핵을 등소에 적었다. 조병갑은 눈썹 하나 흩트리지 않았다. 조병갑의 매질은 더 엄하고 가혹해졌다.

아비는 그해 봄이 오기 전에 눈을 감았다. 아비를 묻던 날 눈 대신 비가 내렸다.

징게맹게 외얏밋들

 멀리 고부천 노을에 실려 온 적의는 한 가지 빛깔이었다.
 적의를 안고 전봉준은 아비의 눈 속에 흔들리던 샛노란 죽음을 생각했다. 아비는 오직 신앙으로 살아가길 원했는지 알 수 없었다. 아비는 한 가지 빛깔의 믿음으로 죽기를 바랐는지 알 수 없었다. 아비의 바람은 아비의 마음속 어디에서 시작되어 어디로 가는지 알 수 없었다. 아비는 사람답게 살고자 하였는지, 사람답게 죽고자 하였는지, 그마저 알 수 없었다.
 아비와 함께 고초를 겪은 김도삼은 절룩거리는 몸으로 목발을 짚고 장지까지 따라 왔다. 정일서는 보이지 않았다. 문 밖 출입을 할 수 없을 만큼 몸이 상한 모양이었다. 김도삼이 아득한 눈으로 말했다.
 "하늘이든 땅이든 후회는 없을 것이네. 징게맹게 외얏밋 들녘에 부친은 차별과 부정을 몰아내려 했네. 누군가 했어야 할 일을 누구는 운명처럼 하게 되고, 누구는 비켜가는 비겁자로 살아가는 것이 삶이네. 외롭다 생각하지 않을 것이네. 모두 하나같은 마음으로 살 수 없는 것이 세상이지 않은가?"
 김도삼은 아비의 죽음 속에 든 가치를 생각하는 것 같았다. 빛깔 없는 애도보다 거룩한 죽음을 기억하려는 것 같았다.
 전봉준이 김도삼의 말을 받았다.
 "이 세상의 아비는 평생 농사만 짓고 살았습니다. 남는 것 없이 해마다 농사만 지었습니다. 저 세상의 아비는 죽어 별이 된 사람들에게 은하를 건너 주는 사공이 될 것입니다. 오래도록 평등한 삶을 기다려 왔으므로, 아비는 죽은 자들의 뱃길을 안내하는 어부가 될 것입니다."
 목소리가 허랑하게 들렸다. 말 속에 아비의 얼굴이 어른거렸다. 별이 총총한 바다 위에 아비는 홀로 떠 있었다. 아비는 평정의 마음으로 조병갑에게 맞섰을 것인데, 회복할 수 없는 불구의 몸으로 실려 왔다. 아비는 평범한 얼굴로 조병갑을 만났을 것인데, 돌이킬 수 없는 적의를 쥐고 온 것도 알았다.
 김도삼의 눈은 감옥을 다녀온 뒤 잘 볼 수 없었다. 평소처럼 걷지도 못했다. 고문 끝에 한쪽 눈알이 터졌고, 매질 끝에 발목 심줄이 끊어졌다고 했다. 한쪽 눈으로 밤사이 아비가 저어갈 물길을 바라보며 김도삼은 덧붙였다. 김도삼의 목에서 오래전 뒤주에 갇혀 죽은 세자가 보였다.

"서학과 상생하라고 유언을 남겼네. 악으로 물든 세상은 선으로 정화할 수 없다고 했네. 악의 세상은 철저한 악의 천지로만 물리칠 수 있다고 했네."

악에 대한 악은 선이 될지, 악이 될지 알 수 없었다. 악의 대척점은 선이 아닌 악이 될 수밖에 없는 세상을 전봉준은 이해할 수 없었다. 세상이 원하는 선은 악을 멸할 때 오는 것이라고, 죽은 아비는 말하고 있었다. 그 말의 실체는 오래전 폐위된 몸으로 여드레 동안 뒤주에 갇힌 채 울부짖던 세자가 원한 세상과 같을지 몰랐다.

> … 백성이 나라의 근본인데, 백성을 악의 무리로 보는 나라야 말로 멸할 때가 되었습니다. 악의 본성이 나라에 있으면 백성은 선으로…….

죽은 아비의 유훈은 악의 근본을 백성에게 뒤집어씌우는 나라를 정화하라고 말하고 있었다. 선을 말해도 악이 되는 나라의 백성은 선으로 악을 섬멸한들 악이 될 것이고, 악으로 악을 물리친들 선이 될 리 없었다. 악의 진실은 선의 실체를 누르며 밀려오는 대척으로서의 악일뿐이었다. 아비의 마음은 결국 선일 것인데, 그 마음은 고부 농민들의 삶에 벼락처럼 떨어진 악의 누명으로부터 시작되고 있었다.

*

　죽은 뒤 아비의 마음이 보였다. 아비의 마음은 눈동자 너머 너른 들판을 바라보며 십자가를 지고 있었다. 찢긴 살덩이 너머에서 아비의 눈은 파란 생명으로 꿈틀대는 고부천을 바라봤다. 아비가 쥐고 온 적의는 맑고 깨끗했으나 고부 들판과 고부 물길을 가로지를 때, 선과 악으로 갈라선 고부의 현실이 보였다. 그 선은 달빛 스민 들판 같았으나 달빛 아래 그늘진 자리의 악은 어둡고 탁하기만 했다.
　선으로 악을 누르는 것은 무의미했다. 악으로 선을 확인하는 것도 의미가 없었다. 본래 선은 그 자체로 선이었고, 악은 그것으로 악이었으므로, 악을 가리켜 선을 구하고, 선을 베풀어 악을 징벌하는 것은 허상일 뿐이었다.
　동학의 선은 어둡고 가혹한 악의 징벌이 아니라 잃어버린 민심을 되찾고, 되찾은 민심으로 평등한 삶을 살아가는 것을 하늘처럼 알았다. 사람에 대한 예의를 저버린 까닭으로 악을 징벌하기에는 동학은 무르익지 않았다. 동학의 여정은 적으로부터 인내하는 삶에 있었다. 한없는 적의로부터 구분된 자리의 평등한 삶에 있었다.

 신을 섬기는 일보다 더 중한 것은 사람이었으므로, 동학은 십자가를 걸고 신을 지향하는 서학과 달랐다. 동학과 서학이 다를 수밖에 없는 이유가 신에게 있는지 사람에게 있는지 전봉준은 알 수 없었다. 신의 편에서 사람을 바라보는 일과 사람의 편에서 신을 섬기는 일은 결국 사람의, 사람에 의한, 사람들의 평등에서 오지 싶었다. 사람과 함께 신을 부르고 함께 식사할 수 있는 조건은 사람 스스로 평등을 실천하지 않고서는 불가능해 보였다.

 평등의 조건은 사람에게 있되, 삶을 파고드는 무수한 죽음의 그림자를 전봉준은 이해할 수 없었다. 평등은 늘 피곤과 허기와 목마름으로 어쩌다 겨우 왔다. 해가 마르거나 달빛이 흐려도 평등은 늘 그곳에 있었다. 평등은 구원을 넣어 보편의 삶에서 구하는 한 가지 근본일 뿐이었다. 살아가는 동안 비켜 갈 때가 더 많으므로 평등이라고 말하지는 않았으나 평등 때문에 삶이 비켜가는 일은 오래 슬퍼할 일이었다.

 청정한 하늘을 머리에 이고 살아온 날을 돌아 볼 수 있으므로 죽음은 모두에게 평등했다. 삶의 조건 속에 평등은 헛것 같아도 죽음 속에 평등은 늘 동등하게 왔다. 그러하되, 물 위에 뜬 죽음과 들판에 버려진 주검과 매질에 난자당한 아비의 죽음 속에 밀려오는 적의가 전봉준은 두려웠다. 이해할 수 없는 죽음은 어느 천지에도 없다고 말들을 쏟았으나 난세를 건너가는 벼락같은 적의가 전봉준은 쑥스러웠다. 쑥스러운 적의를 품고 사람들의 평등을 생각하면 신을 섬기는 자들 앞에 전봉준은 다시 부끄럽고 황망했다.

　동학과 서학은 달라도 서로를 모순된 눈으로 바라보는 일은 없었다. 동학과 서학은 머리에서 발까지 달라도 서로에게 상처를 주거나 상처받는 일도 없었다. 선악을 말할 때 동학은 동쪽 끄트머리에 자리 잡았고, 서학은 서쪽 모서리에 위치하므로 상생할 수 있었다.

　동학과 서학은 서로를 바라볼 뿐 강을 건너는 나룻배처럼 연민을 보탤 일이 아니었다. 나뭇잎 지는 날에도 동학과 서학은 한쪽을 허물려고 하지 않았다. 한쪽을 추켜세우는 일도 없으므로 이별가도 필요하지 않았다. 상생과 공생의 조건 아래 서로는 서로를 응시할 뿐이었다.

　김도삼이 조용히 말했다. 목에서 가느다란 물줄기가 떨어졌다. 밤을 타고 넘어가는 물줄기는 선악이 무화된 영토에 집을 짓지 않고도 푸근하게 들렸다.

"본심은 악이 아니라 선일세. 악의 근본은 결국 선에 있네. 부친도 그 말을 전하라 하였네."

전봉준이 고개를 끄덕였다. 능선을 타고 바람이 불어왔다. 멀지 않은 곳에서 부엉이가 울었다. 울음이 나뭇잎처럼 곡진했다.

"선과 악의 싸움은 결국 악이 멸하고 선을 불러오는 전쟁이 될 것입니다. 동학의 교조가 늘 선의 궁극을 지향하는 것도 악이 사라진 세상을 원하기 때문입니다."

김도삼이 목발을 짚고 산을 내려갔다. 산안개가 몰려올 때, 총총한 별무리 너머에서 피리소리가 들려왔다. 안개를 뚫고 밤하늘로 날아드는 고래 떼가 보였다. 놀라운 그것은 믿기지 않았다. 은하를 가로질러 물속처럼 산중에 날아든 고래 떼는 꿈과 생시를 가르며 한순간 경이로 떠갔다.

나뭇잎 지는 풍경보다 더 사실 같은 환각 앞에 전봉준은 조용히 전율했다. 빗줄기를 뚫고 날아든 고래 떼를 바라보며 눈썹을 떨었다. 피리소리에 실려 거대한 지느러미를 흔들며 허공을 헤엄쳐갈 때 손끝이 떨리는 것을 알았다.

수십 마리 고래 떼가 산 너머로 헤엄쳐가자 세상 너머로 사라졌던 소리가 하나둘 들려왔다. 꿈인지 생시인지 분간할 수 없는 환각은 불길하면서도 생생했다. 길조와 흉조가 뒤섞인 환각은 곁에 선 사람들까지 입을 다물 수 없게 했다.

 방장산 어깨를 짚고 여명이 비쳐들 때까지 누구도 말하는 사람이 없었다. 산 아래 어스름 내린 물길 위로 잔 빛이 떠갔다. 능선을 따라 새들이 날아오를 때 사람들은 허적허적 산을 내려갔다.

 구불구불 이어진 고부천 물길은 낮고 조용했다. 고부천 물고기는 만경강 물고기와 달리 화살 소리를 내며 울었다. 민첩한 지느러미를 흔들며 물속으로 뛰어들 때, 물고기들은 허공에 물방울무늬를 남겼다. 물길 건너편에서 개들이 짖어댔고, 게으른 소들이 따라 울었다.

 먼 산마루에서 부엉이가 꿈결처럼 울었다. 어둑한 서산 너머로 긴 꼬리를 끌며 지나는 별 하나가 전봉준의 눈길을 끌었다. 동쪽 하늘 모서리에 번진 여명을 따라 별들이 하나둘 지워져갔다. 별들은 무심해 보였다. 별의 섬광이 날카로운 선을 그리며 능선을 지날 때 가야할 길이 보였다. 시간도 바람도 쉬어가는 고요한 새벽이었다.

불길한 여명

고종 31년(甲午, 1894).

그해 가을 검게 썩은 나락이 논을 덮었다. 바람에 쓸려 허공에 흩어지는 나락마다 곰팡이가 돋았다. 거둔 나락에서 시궁창 냄새가 났다. 새들이 먹을 수 없는 나락은 사람도 먹을 수 없었다. 검고 깡마른 가을 논에서 원인을 알 수 없는 역병이 돌았다. 그 세상의 가을은 죽어갔다.

갑오년 가을 논두렁에서 적의를 알 수 없는 음산한 기운이 돌았다. 세상 위에 나풀거리던 인심은 스산하고 냉랭했다. 팔백년 저편 정도(定都)의 세월은 무색하고 창백했다. 그 세월에 감정이 없진 않았다. 시간이 빚어낸 문명과 지성조차 의미 없진 않았다. 시공을 지나쳐온 팔백년의 감성은 고려 현종 9년(1018)부터 수천 갈래 희망과 절망으로 갈라섰다. 허깨비 같은 비선들이 시간을 가로질러 종횡하면서 고려를 넘어온 조선은 뚜렷이 절망했다. 실세들이 사직을 점령하고 세월을 누리면서 조선은 깊이 침묵했다.

팔백일흔여섯 차례의 여름 지나 가을이 찾아왔다. 가을은 해마다 얼어붙는 겨울과 기갈의 여름을 견디며 수확을 맞았다. 수확할 수 없는 것들은 가을 햇살 속에 무의미했다. 저녁 무렵 구름을 뚫고 서산 너머로 기울기를 반복했다. 해가 기운 뒤 비어 있는 하늘은 달이 절반을 채웠다.

임진년(壬辰年, 1592) 왜적과 전쟁을 벌인지 삼백년이 지났어도 조선의 풍파는 여전히 외세에 가로 막히거나 멍들기 일쑤였다. 그때마다 세월은 희망보다 절망으로 이어졌다. 그 세월은 모두의 것이었으므로 덧없지는 않았다.

해와 달이 비추는 시간에도 세상은 자유와 평등을 원했다. 원하는 만큼 자유는 채워지지 않았다. 거친 세월이 세상을 무르익게 하거나 변하게 했어도 자유의 갈망은 변하지 않았다. 세상이 무르익어도 평등은 오지 않았다.

삼백년 저편 정여립의 대동 세상이 흔적 없이 사라져갔어도 밝은 날과 어두운 날은 교차하며 지나갔다. 궂은 날이 많았다. 밝은 날도 많았다. 비바람이 불어가고 눈보라가 세상을 덮어도 시간은 썩지 않고 부지런히 흘러갔다. 억장이 무너지는 날에도 하늘은 쉼 없이 계절을 보내고 그 속에 희망은 자라났다. 죽은 자의 이름이 높이 오르는 날 별은 하늘에 죽은 자의 자리를 새기고 흐르고 또 흘렀다.

 기억의 시간과 망각의 공간을 사이에 놓고 이제라도 돌이켜야 할 자유는 일천 가지 까닭이 넘었다. 차별과 소외와 억압으로부터 되찾아야 할 평등도 일천 가지 이유가 넘었다. 자유와 평등은 하나로 이해되지 않았으나 합쳐져야 할 이유는 수만 가지가 넘어 보였다. 모두의 삶과 죽음은 각자의 영토에서 저마다 운명을 쥔 채 죽어가거나 살아남을 것이다. 가혹한 날에도, 시린 날에도, 애틋하거나 뜨거운 날에도 나눌 수 없는 자유와 평등은 가난과 질곡과 생존이 절박한 땅 위에 흩어져 있었다.

 말할 수 있는 자의 전통은 여전히 세상 위에 떠돌았다. 말할 수 없는 자의 누명은 척박한 생존 위에 떠다녔다. 정여립이 몸을 버린 지 삼백년이 지난 뒤에도 자유와 평등은 해마다 파란 여름 꽃으로 피거나 완강한 빙천을 머리에 이고 겨울하늘 모퉁이에 남아 있었다. 더러 잎 지는 가을 저편에 별을 노래하던 대동 세상은 임진년 전쟁 속에 묻히거나 흔한 역모의 겨울로 잊혀져갔다.

 이합離合의 시대 저편에 정여립은 볼모로 잡혀 있었다. 집

산集散의 시대를 지나 정여립은 전봉준의 눈앞으로 밀려왔다. 쓰리고 가혹한 죽음이 보였고, 공화와 대동의 이름으로 엮여 있는 저 건너 세상이 지금과 다르지 않을 것을 전봉준은 알았다.

가야할 길이고 정해진 길이라면 지체하지 말아야 할 것인데, 보이지 않는 길을 나서는 일은 무모해 보였다. 이 길은 전봉준에게도 최시형에게도 사사로운 길이 아닐 것이어서 정당하게도 보였고, 불온하게도 보였다. 북접의 계획을 알고 가는 길과 남접 홀로 가는 척왜양斥倭洋의 길은 명백히 달랐다.

*

품속에 사발통문을 밀어 넣고 전봉준은 한숨을 내쉬었다. 등줄기를 따라 식은땀이 끈적일 때, 척왜양창의斥倭洋倡義 격문에 박힌 적의는 한줄기였다. 떨리는 목에서 양이洋夷의 적대 감정이 벼랑 끝에 내몰리는 것도 알았다.

일본과 서양 세력을 조준한 격문은 조용했으나 의병을 다독이며 일으킬 때 무거운 감정이 돌았다. 격문은 단순한 배척을 넘어 자치 의병의 정체성을 세우는 단초였다. 그 하나로 밀려오는 외세 앞에 허물어져가는 조선을 일으킬 기회가 되길 바랐다.

　최시형은 보은집회를 열고 동학 창시자 최제우의 신원伸寃을 한탄하며 척양척왜의 때가 되었음을 알렸다.

> … 척양척왜의 때가 도래하여 나라 안 만방에 고한다. 병자년(丙子年, 1877) 부산 개항으로 일본의 침탈이 조선의 자치를 넘보고 있다. 억지 조항으로 조선 백성을 곤궁에 빠트리고 있다. 요망한 서양 세력이 조선에 들어와 물색物色을 더럽히고 정신을 핍박한다. 동학은 조선의 강건과 안위를 심히 염려한다. 척왜양의 까닭이 여기에 있다. 외세를 밀어내려함은 나라의 자존을 지키려 함이며, 위정척사衛正斥邪의 뜻을 실천하기 위함이다. 일본과 서양 세력을 바다 멀리 내쫓고자 함은 우리 스스로를 지켜야함을 알기 때문이다. 조선의 자주권을 발동하여 의병을 일으키려 한다. 척왜양창의의 뜻이 여기에 있다. 동학의 창시자 최제우의 신원伸寃을 한탄하며 힘을 모으는 이유가 여기에 있다. 오늘 우리는 보은에서 복합상소伏閤上疏의 무결심을 다시금 되새기고, 동학교도를 에워싼 관리의 탐학과 신원운동 주동자들의 체포령에 대한 저항의 길을 모색한다.

　최시형은 보은집회에서 동학을 근본으로 나라의 위태를 근심하며 울었다. 울음이 조정과 임금의 귀에 가서 닿기를 바랐다. 눈물이 일본과 서양세력을 몰아낸 뒤 만고에 흩어지길 원했다. 긴 날의 시름과 눈물이 믿음을 딛고 밀려가길 바라면서, 끝내 의병을 일으켜 조선의 자주권이 무너지는 일이 없기를 희망했다.

계사년(癸巳年, 1893) 겨울 혹한의 바람을 뚫고 여든 명이 넘는 동학 지도자들은 광화문 앞에 엎드려 울부짖었다. 이날의 복합상소는 사흘 동안 이어졌다. 이때를 전후해 서울 일대 서양 공사관과 예배당에 척왜양 격문이 게시되었다. 격문에는 조선의 자주권을 침탈하는 외세의 횡포를 솔직하게 실었다. 조선 백성의 이권을 앗아가는 현실을 개탄했다. 외국 상인의 독점으로 무너져가는 조선의 경제를 한탄하면서 백성의 상처와 상실의 마음을 담았다. 조정의 실망스러운 조치와 안일한 대안에 깊이 엎드려 상소했다.

임금은 동학 지도자들의 복합상소를 눈여겨봤다. 백성의 말이 옳다는 것도 알았다. 외국 공관들의 눈치를 봐야하는 현실이 한심하기도 했다. 친히 광화문 앞으로 나가 엄동에 엎드린 백성들을 다독여주기를 희망했으나 그마저 실정을 찾을 수 없었다. 임금은 깊은 고뇌로 하루 반나절을 흘려보냈다고 했다.

임금의 판단은 임금만이 알 일이었으나 기대한 것과 달리 임금은 사알司謁을 시켜 임시방편의 짧은 구전을 전했을 뿐이다.

　… 스스로 집회를 해산하고 물러가라. 물러가 있으면 안돈安頓의 처분을 기약할 것이다. 날이 흐리거나 맑아도 가까운 날에 광화光化의 아름다움을 떠올리마. 과인과 함께 모두 더불어 살아갈 상생相生의 지혜로 응답하마.

교지에서 임금의 목소리가 들렸다. 백성을 생각하는 임금의 마음이 보였다. 시린 등짝과 언 손등을 싸매고 동학지도자는 물러갔다. 물러가면서 머지않은 날 임금의 덕화德化를 기대해 마지않았다.

해가 기울고 달이 바뀌어도 임금이 전할 안돈의 처분은 닿지 않았다. 삭망에서 보름이 수차례 반복되어도 임금의 기별은 들려오지 않았다. 임금의 광화는 해지는 자리의 으스름만 못했다. 임금의 상생은 해진 뒤 저자거리 투전판의 상극만도 못했다.

함께, 모두, 더불어 살아갈 상생의 조건은 임금의 입속에만 있다는 사실 하나로 최시형은 절망했다. 말의 진위가 임금의 정서와 무관한 지점에서 시작되었을 거라는 동학 지도자들의 예감은 사실과 다를지 몰라도 상소의 끝은 허망하고 쓰라렸다.

설익은 교지

 불길한 예감은 늘 현실로 나타난다는 말의 허상을 헛것으로 받아들이기는 쉬웠다. 말의 허상을 둘러싼 진실을 진실로 받아들이기는 여전히 어려웠다. 동학의 신념과 사상으로 임금과 맞서기 어려운 현실이 임금의 정서에 있는지 동학의 이념에 있는지 알 수 없었다. 임금과 대통할 운세를 점쳐 불길함을 떨쳐내고 밝은 날 다시 임금 앞에 상소를 올리는 것이 임금의 취향을 고려한 것인지, 동학의 지고함을 탓할 일인지, 그마저 알 수 없었다.
 결국 임금의 정서에 맞서 상소를 접고 물러나 기다리는 북접이나, 임금의 취향을 고려해 스스로 이념의 지고함을 드러내며 다시 상소를 올리는 남접은 헛것을 쫓고 있었다. 남접과 북접 모두는 교리에 충실해도 저마다 길 위에 널린 색채와 소리와 형상을 이끌고 걸어가는 삶에 소홀했다.

　전봉준은 임금을 향한 헛것의 입각점에서 상소의 무의미함과 임금의 입을 지나 교지로 돌아올 죄량의 무게를 가늠했다. 보이지 않는 무형의 매에 억눌려오는 압박은 거세고 무거웠다.

　임금의 안돈은 임금 자신의 안돈일 뿐이었다.

　백성을 들었다 놓으며 다독이는 임금의 유능은 사직에 있었다. 임금의 무능은 외세와 상소의 경계에 놓여 있었다. 백성의 바람을 수용할 수 없는 무능은 중신들의 의중이 외세를 외세로 보지 않고, 적을 적으로 인식하지 아니하고, 적과 동지를 구분할 수 없는 무지의 소치에 있었다. 그 또한 헛것에 지나지 않는 임금의 안돈이며, 하루에 소모될 임금의 안돈에 불과했다.

　상소를 올릴 때 하루치의 화답보다 평생의 무게로 소모될 답을 전봉준은 원했다. 생을 이어가는 최소치의 질량으로 상소를 받는 임금의 나라에서 하루만이라도 살 수 있으면 좋을 것 같았다. 백년이 지나도 그런 세상은 올 것 같지 않았다.

　전봉준은 복합상소 후 다시 거친 물살로 흘러들던 보은취회報恩聚會의 대의를 잊지 않았다. 임금의 말에서 떠돌던 상소의 명분과 오욕으로 밀려오던 수치도 잊을 수 없었다.

… 교지로 화답한다. 종전 광화문 앞에 엎드린 여든 명의 상소를 물러나게 한 것은 여러 외방 인사들에게 부덕한 소치가 되었을 걸로 짐작한다. 임금의 자리에 앉아 나라가 시끄러운 것을 두고 볼 자가 누가 있겠는가? 일찌감치 물러간 준 것은 고맙게 여긴다. 물러간 뒤 동학 사람들의 뜻을 헤아려 살피고자 하였다. 허나 밀물처럼 들이닥친 서양 나라와 일본이 조선의 척화(斥和)를 두려워하며 눈에 불을 밝혀서라도 캐묻고 다닌다. 척화를 거두지 않는다는 이유로 과인을 위협하는 것도 모자라 병기를 사용해서라도 동학 사람들을 제거하라고 협박을 일삼고 있다. 과인의 어려움을 알면 다행이고, 모르면 알게 할 것이다. 나라는 나 혼자만의 것이 아니다. 나라는 본래 백성들의 것이라야 하는데, 지금은 일본과 양이가 들어와 나라를 어지럽힌다. 피를 부르는 일이 없도록 당부한다. 위태와 근심의 현실을 과인은 염려한다

양호선무사(兩湖宣撫使) 어윤중이 임금의 교지를 낭독할 때 하늘을 붉고 고요했다. 날것의 바람이 하늘 가운데 불어갔다. 풋것의 비린내가 어윤중의 목에서 들려왔다.

하늘은 스스로 사람을 가리키지 않았으나 사람은 스스로 하늘을 가리키며 목 놓아 울었다. 어려운 날 임금은 백성에게

바라는 게 많은 것 같았다. 임금의 교지는 날것을 삼키며 어지러운 세상이 조용히 지나가길 바라는 것 같았다.

백성이 임금에게 바라는 것이 많아야 하는데, 무엇 때문인지 임금은 일본과 양이를 빌미로 상소를 저버리는 것 같았다. 임금이 할 일은 외세를 버리고 기꺼이 백성들 편에서 다독여주고 끌어안아주어야 하는데, 임금은 무슨 일로 백성의 고통을 가리며 엄포를 놓는 것 같았다.

그날 둔한 무관들로 둘러싸인 어윤중의 표정은 난감하기 그지없었다. 있을 수 없는 일을 감행하는 문관의 어려움이 보였다. 어명을 집행해야 하는 관료의 순수도 보였다. 임금의 교지 속에 지난 날 엎드려 올린 상소의 뜻이 보였다. 임금이 듣고 실천했어야할 민음도 들렸다. 임금의 교지는 허상을 부추겨 실제를 밀어냈다. 날것을 흔들어 무르익은 바람을 멀리 유배 보내려했다.

임금은 일본과 양이의 헛것을 좇아가고 있었다. 조선의 정서와 감정과 연민과 감성이 사라진 임금의 언어가 가여웠다. 상소에 답하는 임금의 교지는 충忠의 무거움을 버리라 하고, 의義의 강직함을 버려서라도 군신의 예를 갖추라고, 윽박지르며 세상을 눌렀다.

*

 여든 명이 엎드려 올린 그날의 상소는 뼈가 으깨어지고 살이 뭉개지는 통증으로 밀려왔다. 모두는 엎드려 울었다. 고통을 안고 보은 백성들이 바라본 것은 희망이 아니라 절망이었다. 절망 앞에 모두는 손발이 잘려나가듯이 아팠다.
 임금의 교지는 보은취회를 해산하라는 명과 다르지 않았다. 교지 속에 임금의 무능의 보였고, 임금이 좇는 허깨비가 보였다.
 보은취회를 바라보는 어윤중의 눈빛은 낮고 조용했다. 관료들이 교조신원敎祖伸寃과 척왜양창의를 천명하는 동학 사람들을 비도匪徒라고 부르며 반역 죄인으로 몰아가는 와중에도 어윤중은 흔들리지 않았다.
 어윤중은 동학 사람들의 삶과 눈빛에서 오래전 세상 너머로 사라진 대동을 읽었다. 아침나절 빛나는 대쪽처럼 드러나지 않았으나 동학은 낮고 은밀히 세상을 정화했다. 그 세상의 삼매三昧는 빠져들수록 아름답고 고결한 것을 알았다. 삼백년 저편 정여립이 쌓다 만 대동 세상이 비쳐들었다. 그 하나만은 부정할 수 없었다.
 교지를 읽은 뒤 어윤중은 오래 생각에 잠겼다가 뱉었다. 어윤중의 목에서 상소마다 숨어 있는 교조신원의 공화가 들렸고, 동학의 탕평이 보였다. 그 공화는 정여립의 공화와 달랐고, 그 탕평은 세자를 뒤주에 가둬 죽인 영조 임금의 탕평과도 달랐다.

"동학의 뜻을 새겨들으면 백성과 나라가 하나가 되는 것이 보인다. 세상의 공물을 나누고 더럽혀진 곳을 정화하는 마음이 보인다. 그리하여 동학 사람들을 민당民黨이라 불러도 좋을 것이다. 백성이 안전한 세상을 갈구하는 것을 희망으로 여긴다면 동학의 뜻은 고결하고 가상하다. 허나 오늘은 해산하라. 어명이 계셨다. 명을 어기면서 뜻을 펼치려 하면 아무리 옳은 뜻도 반역이 된다."

어윤중의 귓가에 피리소리가 들렸다. 머릿속을 헤엄쳐가는 고래가 보였다. 그 오래전 정여립이 죽던 날 하늘을 날아다닌 고래는 어윤중의 눈동자를 가로질러 땅과 하늘이 닿은 곳으로 느리게 헤엄쳐갔다.

머릿속에 가물거리는 비기를 떠올리며 어윤중이 신음했다. 입에서 중얼거리는 소리가 밀려나왔다.

… 바람의 사제들이 세상에 나올 것이다. 갑오년 환란을 맞아 시대마다 출몰한 무사와 아이들이 달빛을 밟고 다시 세상

에 걸어 나올 것이다.

 어윤중의 날숨소리가 들렸다. 누구에게도 들리지 않는 목소리를 가느다란 바람이 듣고 지나갔다.

 왕가의 비기를 떠올리며 어윤중은 눈을 감았다. 허깨비 같은 기록 속 무사와 아이들이 눈앞으로 걸어 나왔다. 태생과 유전과 고향은 달라도 존재의 무거움은 한결 같았다. 까닭이 바람의 사제들에게 있는지 세상에 있는지 어윤중은 알 수 없었다. 머릿속에 떠오른 왕가의 비기는 비변사 한 곳에 곰팡이를 뒤집어 쓴 채 낡은 정물이 되어 가고 있었다.

 어윤중은 사대문 밖에서 날뛰는 거미遲謎를 떠올리며 돌아섰다. 다급한 때에 동학 무리와 뒤섞여 들려온 거미들의 소란은 한숨만으론 모자랐다. 어윤중이 돌아간 뒤 사람들은 한동안 수군거렸다. 처음 듣는 민당을 놓고 말의 진위를 헤아렸다. 말 속에 든 청탁을 오래 곱씹었다. '민당'은 어윤중이 처음으로 입에 올렸다. 그 전엔 민당이란 말조차 알지 못했다.

 어윤중은 보은에서 태어났다. 태어난 곳의 지세와 무관한 어윤중의 민당은 동학 사람들의 눈과 귀와 머리를 흔들고 지날 만큼 파격이었다. 그 말이 두려운 후문을 남기며 어윤중의 앞길을 가로막으리란 것은 누구도 알 수 없었다.

 동학 사람을 향한 민당의 의미가 어떠하든 보은취회는 해

산되고 말았다. 동학 지도부가 몰래 도망치는 바람에 헛수고가 되었다는 소문은 믿기 어려웠으나 접주들의 수치는 오래도록 지워지지 않았다.

거미 遽謎

 멀리에서 개 짖는 소리가 들려왔다. 죽은 뒤 하루가 지나기 전에 깨어난 자들이 개 짖는 소리를 듣고 몰려온다는 소문이 돌았다. 개들이 죽었다 깨어난 자의 동태를 어떻게든 감지하고 짖어댄다는 풍문도 돌았다. 어느 쪽이 됐든 파란 물을 뒤집어쓴 눈으로 물고 뜯으며 삼키는 자들이 세상을 부수며 어지럽혔다.

 집마다 기르는 개들을 잡아 들여 의금부에서 문초할 수 있으면 다행이겠지만, 잡혀온 개들이 바른 소리로 짖어댈지 아무도 알 수 없었다. 개들에게 물고를 내리면 사대문이 들썩이며 개 짖는 소리로 물들 것이고, 임금을 둘러싼 실세들이 개판을 두고 보지 않을 것이다. 저 짖고 싶은 대로 짖는 것이 개들의 본성인데, 사람의 도리를 앞세워 물고를 내리는 것도 허튼 개소리에 지나지 않았다.

집마다 다니며 단속해도 통하지 않는 것을 보면 개와 주인은 한통속인 것 같았다. 개들이 명을 어기는 것인지, 주인이 명을 따르지 않는 것인지, 분간할 수 없는 계통은 있으나마나한 계통일 뿐이었다. 개와 주인의 관계를 언제까지 묵인할지 알 수 없으나 그나마 개들에게 입이 하나만 달린 것을 다행으로 여겨야할 것 같았다.

보은에서 돌아온 어윤중은 사헌부 집무실에 앉아 동학인들의 눈빛을 떠올렸다. 나라가 그들을 저버린 건 아닌지, 눈마다 맺혀들던 샛강은 오래도록 지워지지 않았다. 임시방편으로 동학인을 물러나게 했으나 뒷일을 생각하면 쉽게 끝나지 않으리란 것도 알았다. 그럼에도 당장은 사대문 안팎을 달구는 거미의 소행이 위급했다.

어윤중은 육신만 살아남은 무혼無魂의 거미를 생각했다. 산 자를 위협하는 무백無魄의 횡포를 떠올리며 난세를 근심했다. 앞날은 보이지 않는 길을 따라 어디로든 흩어져갈 것인데, 대안 없는 길은 여전히 캄캄하기만 했다.

보은으로 내려가기 전 임금은, 죽었다 깨어난 자들에게 미생微生의 이름을 던져주며 앞날을 모색했다.

... 죽었다 깨어난 자들을 거미라고 부를 것이다. 독한 근성으로 봐서 독을 품은 거미와 다를 바 없지만, 산 자를 먹어치우는 습성이 보통 거미와는 다를 것이다. 누구라도 돌을 던지듯 거미遽謎라 부르라.

임금은 죽은 뒤 뒤틀린 사지로 천지를 헤매는 자들을 거미로 부르길 원했다. 임금의 입에 오르는 순간 죽은 것도 산 것도 아닌 것들은 그렇게 불리었다. 느닷없고, 황망하며, 수수께끼 같은 것들의 이름 치고는 과분하고 분에 넘쳤으나 임금이 내린 호명은 오히려 차분하고 부드럽게 들렸다.
거미.
어윤중은 입안에 머금고 조용히 되뇌었다. 이름 속에 박혀 있어야할 미생의 감성은 세상 끝에 밀려나가 보이지 않았다. 혼탁한 세상 위에 거미는 나무 기둥에 그물망 같은 집을 튼 존재에서 떨어져 나와 산 것도 죽은 것도 아닌 무혼의 짐승으로 맺혀 들었다.
사헌부 말단 홍련은 두려운 기색 없이 거미를 입에 올렸다.
"뒤틀린 몸으로 사대문 밖을 휩쓸고 다닌다 합니다. 닥치는 대로 사람들을 공격해 살점을 뜯어 먹고 내장까지 파먹고 있다 합니다."

홍련의 입에서 짧은 내력을 딛고 긴 소란이 들려왔다. 생각할 수 없던 일은 무겁게 왔다. 임금이 내린 죽순 같은 호명이 위기가 되어 밀려오는 것도 알았다. 어윤중의 대답은 무겁게 들렸다.
"보은에서 올라온 상소와 무관한 사건이다. 이 일만큼은 퍼져나갈 때 소리가 없어야 한다."
"하지만 거미들이 이미 자하문 일대를 쑥밭으로 만들었습니다."
 한강 북편 주막에서 한 차례 소동이 일었다. 초가를 흔드는 비명과 함께 죽었다 깨어난 자들이 사방에서 날뛴다고 했다. 사나운 개와 뒤엉켜 목을 물고 놓아주지 않았고, 우리에 가둔 돼지가족을 삽시에 먹어치웠다고 했다. 게으른 울음을 흘리던 어미 소는 영문도 모른 채 물어 뜯겨야 했다. 눈을 껌뻑이며 침 흘리던 어린 송아지는 단발의 울음을 끝으로 버둥거리며 죽어갔다. 무엇이든 굶주린 아귀처럼 먹어 치운다고 했는데, 소문은 날카롭고 무성했다.
 산 짐승만 먹어치우면 다행이겠지만, 죽은 자들은 전속으로 질주하여 산 자를 습격했다. 처음에는 얼마 되지 않았으나 급속도로 불어났다. 죽은 자가 산 자를 물면 산 자가 죽었다 깨어난 자로 둔갑해 산 자를 먹어치웠다. 물린 아비가 어미를 물었고, 어미가 아들을 물고 뜯었다. 아들이 누이를 급습했고, 누이에게 코흘리개 어린 동생들이 당했다. 어린 동생들은 사방으로 흩어져 이웃집 안방을 덮쳤다. 물고 물리며 뜯기는 풍속이 돌고 돌았다.

어윤중의 표정은 차갑고 냉랭했다. 입이 열 개라도 해줄 말이 없었다. 입은 먹는 일에만 쓰라고 있는 것이 아니므로, 아낄 수만 없는 노릇이었다. 어윤중이 다급한 목소리로 물었다.

"어디에서 시작된 역병인지 알아내기는 했느냐?"

홍련은 망설임이 없어 보였다. 스물도 되지 않은 아이의 입에서 나온 거미의 존재는 은밀하며 날카롭게 들렸다.

"내의원에서 비밀리에 알아보고 있으나 근원을 파악하는 데 어려움을 겪는다고 들었습니다."

"죽은 자의 소행을 비밀로 할 일이더냐?"

"사정을 헤아리며 사건의 핵을 찾는 일이라······."

까다로운 사헌부 규율로 나라의 혼탁이 사라질지 알 수 없었다. 사헌부는 의금부와 달리 시정時政을 논해 나라의 흔들림을 사전에 차단하고자 했다. 백관百官을 규찰해 적폐를 쓸어냈으며, 비선들의 기강과 풍속을 바로잡았다. 억울한 자의 항의를 해소하고 불평등한 일을 무마했으므로, 죽을 길만 있는 것도 아니었다.

살 길이 있는 것도 아니었으나 달이 휘황한 밤에 사헌부 말단과 말을 섞어도 무방한지 알 수 없었다. 따져 물을 일이 아니므로 젊고 왕성한 목으로 답해주면 다행이지 싶었다. 어윤중이 불안한 눈으로 물었다.
　"안다. 사정이야 어떻든 백성이 죽어가고 있다. 임금이 원하는 대안을 찾아야 하지 않겠느냐?"
　"더 번지기 전에 막을 것입니다. 다만 때를 기다리고 있습니다."
　어윤중은 긴 혀를 지닌 화마火魔를 생각했다. 큰 아가리로 뱃속을 채우는 아귀를 생각했다. 어느 쪽으로 기울든 망설일 이유가 없었다. 조선 땅에서 사라져만 준다면 무엇으로 불러도 적정해 보였다.

*

　죽었다 깨어난 자들은 들불처럼 번져갔다. 잡혀온 것들은 어두운 지하 감방에서 긴 비명과 몸부림으로 아우성쳤다. 횃불에 드러난 자들의 눈은 파랬다. 죽기 전까지만 해도 검고 뚜렷한 눈동자였으나 묻히기도 전에 깨어난 자들은 눈 속에 파란 인광을 머금고 뒤틀린 몸을 일으켜 세웠다.

의금부 도사(都事)는 죽었다 깨어난 자들의 눈빛을 늑대 눈이라고 말했다. 지하 감옥을 지키던 별장(別將)은 죽은 것인지 산 것인지 알 수 없는 자들의 눈을 개 눈이라고 했다. 눈깔이야 어떻든 죽은 자가 깨어나 세상을 어지럽힐 때 임금과 더불어 어윤중은 난세를 근심했다. 죽은 자가 몰고 오는 파란을 내다보며 어윤중은 치 떨리는 세상의 종말을 예감했다.

생각과 생각 사이에서 어윤중은 거미들의 출몰과 개들의 소란 사이에 만에 하나라도 있을 가능성을 생각했다. 거미와 개들의 소통은 이해할 수 없는 미지의 영토에서 서로를 물고 뜯고 할퀴어댔다. 외세와 양이가 들끓는 시국에 거미와 개들의 관계는 양호선무사의 신분으로 선뜻 다가설 수 없는 무지와 몽매의 언덕에 놓여 있었다.

… 알 수 없구나. 어디에서 시작해야할지 막막하고 두렵다.

속으로 말할 때 홍련은 눈빛을 가지런히 모으고 어윤중을 바라봤다. 머릿결이 가지런한 아이는 눈매가 가늘고 입이 무거웠다. 젊고 왕성한 아이가 생각에 잠길 때는 어윤중의 머리로는 생각할 수 없는 것들이 떠다녔다.

그 오래전 벽골제 수로를 따라 만경자락 오두막에서 흘러

나온 이야기가 어윤중의 귓속에 울려왔다. 전설에서 신화로, 신화에서 바람의 사제들로 이어지는 이야기의 끝은 믿을 수 없는 영토에서 여전히 세상 속에 돌았다.

쇠의 정령이 든 아이의 내력은 주술을 버리면 더 뚜렷하게 들렸다. 신비로 채워진 아이의 역사는 오백년 저편 태조 선왕의 시간대에 박혀 있었다. 만경 들녘을 낀 오두막집 여인이 부른 정읍사井邑詞가 이야기의 시작이었다고 전했다.

>
> 둘하 노피곰 도도샤
>
> 어긔야 머리곰 비취오시라
>
> 어긔야 어강됴리
>
> 아으 다롱디리
>
> 져재 녀러신고요
>
> 어긔야 즌디를드디욜셰라
>
> 어긔야 어강됴리
>
> 어느이다 노코시라
>
> 어긔야 내 가논디 졈그롤셰라
>
> 어긔야 어강됴리
>
> 아으 다롱디리

기록에는, 여인의 〈정읍사〉가 가뭇없고 허허롭게 들려오던 밤 시린 바람이 불어갔다고 했다. 가야금 선율에 튕겨 올라간 노래는 긴박한 역동과 긴장을 싣고 만경 들녘으로 밀려갔다고 했다. 대현과 소현의 소릿결을 싣고 까만 들녘으로 밀려간 노래는 먼 곳의 정한을 불러와 태조 선왕의 심중을 두드리며 밀려왔다고 했다.

노래를 마친 여인의 눈빛은 처연했다. 젖은 눈길이 마음속으로 밀려올 때 태조 선왕의 심장은 몹시 두근거렸다고 했다. 태조 선왕이 벽골제를 지나올 때 들려온 〈가시리〉를 떠올리며 만경 토호에게 물었다고 했다.

… 만경 들녘에서 들려온 노래가 애처로웠다. 이 여인이 그 자인가?

… 그 아낙이옵니다. 아낙에게 아이가 있었는데, 얼마 전 생이별을 했사옵니다.

토호가 가라앉은 목소리로 대답할 때, 태조 선왕의 표정에 놀라움이 들어찼다고 했다. 태조 선왕이 덧붙여 물었고, 토호가 긴박하게 대답했다고 했다.

··· 죽기라도 했단 말이냐?
··· 아이에게 치유할 수 없는 병이 옮겨 붙었사옵니다.

 토호의 말 속에 답답함이 밀려왔고, 답답함 너머 앓는 아이의 몸이 느껴졌다고 했다. 태조 선왕이 조급증을 누르며 조용히 물었다고 했다.

··· 무슨 병이라고 하더냐? 나을 수 없는 병이라고 하더냐?
··· 아이의 몸에 쇠의 정령이 들었사옵니다.

 감정을 덜어낸 토호의 목소리는 냉정하게 들렸다고 했다. 태조 선왕의 얼굴엔 놀람과 떨림이 뚜렷했다. 태조 선왕은 입을 다물지 못했다고 했다. 머리 위로 달이 차올랐고, 별무리가 달을 에워싸며 돌았다고 했다.

··· 쇠?
··· 세상에 쇠라는 쇠가 죄다 아이를 좋아하는 듯했사옵니다.
··· 놀랍구나. 어떻게 쇠의 정령이 사람 몸에 깃들 수 있단 말이냐? 그것도 아이에게······.

다시 토호의 목에서 오래전 겪은 풍상이 태조 선왕의 마음으로 넘어왔다고 했다.

> … 쇠로 된 것은 크든 작든, 무겁든 가볍든 죄다 아이를 따르는 것 같았사옵니다. 날마다 쇠의 정령을 이끌고 하늘 맞닿은 만경 들판을 굽어보곤 했사옵니다. 강줄기를 바라볼 때면 아이의 등 뒤에 쇳조각이 더미를 이루었는데, 마음에 따라 쇳조각이 모여 집을 짓기도 하고, 나무로 자라기도 했사옵니다. 더러 저들끼리 쇳소리를 내며 오래도록 강 언저리에서 다투곤 했는데, 거칠고 사나운 짐승도 그런 짐승이 없었사옵니다.

그 말의 계량과 수치와 높이를 태조 선왕은 이해할 수 없었다고 했다. 그 말의 감정과 정서와 느낌은 수백 가지 상상을 불러왔으며, 상상만으로 다가갈 수 없는 토호의 말은 상상할 수 없던 이야기로 남았다고 했다. 쇠를 다스리는 능력은 태조 선왕의 머리에 불가사의로 맺혀 들었다고, 비기는 전했다. 왕가의 비기 장서에 아이는 쇠를 다스리는 아이로 적혀 있었다. 태조 선왕이 남긴 오백 년 저편의 비밀은 현세를 돌아보기에 충분했다.

그 아이, 홍련

사헌부 서고 깊숙한 곳에 보관된 비기에는 왕가의 권위와 의무를 지켜온 내력들이 켜켜이 쌓여 있었다. 사초史草가 될 교지와 장계와 상소가 시류를 누르며 견디었고, 드러나서는 안 될 초월의 아이들이 무거운 족쇄를 차고 나올 때를 기다렸다. 두꺼운 부피의 책자에는 알려지지 않은 사건들이 편년체로 수북이 쌓여 세상 밖으로 나올 날만을 기다렸다.

비기를 더듬어 홍련은 거미의 출현에 해당될 사례를 들추었다. 홍련의 눈은 의심할 수 없는 접경을 바라봤다.

"거미의 시작은 정여립이 공화와 대동을 부르던 때와 겹칩니다."

홍련의 눈은 차분하고 조용했다.

"정여립? 그때가 언제란 말이냐?"

"선조 선왕 스무 해 되던 때입니다."

홍련의 눈은 정해년(丁亥年, 1587)을 가리켰다. 수수께끼 같은 사건의 시작은 기축년(己丑年, 1589)이 오기 전 전라도 해안가 마을 손죽도損竹島에 꽂혀 있었다. 삼백년 저편 늦가을의 파도가 홍련의 눈 속에 흔들렸고, 바람을 등진 세상이 가물거리며 밀려왔다.

그해 가을 전라도 손죽도 연안에 닻을 내린 해적은 거미와 다르지 않았다. 오백이 넘는 숫자가 마을을 휩쓸 때 모두는 기억을 지우고 완결의 죽음을 생각했다. 한낮에 꽂혀든 벼락은 살아남을 확률보다 죽을 기운이 완강했다. 해적들은 닥치는 대로 베고 찌르며 수탈했다. 살아남은 자는 끌려가 적선에 실렸고, 저항하는 자들은 그 자리에서 베어졌다.

해적의 소행이 내륙으로 파고들 무렵 정여립은 전주 부윤 남언경의 부름을 받고 출정했다. 삼백 명에 불과한 대동계 조직을 이끌고 해적과 대치했다. 늘 하던 대로 칼과 활과 창만으로 정여립은 해적과 다투었다.

해적의 숫자를 놓고 정여립은 대동계가 지닌 무의 수위를 생각했다. 수준은 적정했다. 서늘한 칼로 맞서면 생각할 수 없는 곳에서 뜨거운 바람이 불어왔다. 몸속 깊은 곳에서 울리는 전율을 버리고 무관용 원칙으로 해적들을 벴다.

전쟁은 부끄러움 없는 용기로 밀려갔다. 깨끗한 소신으로 전쟁은 지나갔다. 칼과 활과 창이 닿는 한 정직한 무의 위치에서 해적들은 밀려왔다. 틈 없이 베고 찌를 때 해적들은 무너져갔다. 사나운 해적들은 까다로웠으나 베고 찌를 때 오류 없이 죽어갔다.
 정여립이 없었더라면…….
 무안, 나주, 담양, 광주, 논산을 거쳐 대전을 쑥대밭으로 만들었을지 몰랐다. 대전이 뚫리면 청주가 무너질 것이고, 청주가 무너지면 수원이 위험할 것이다. 수원성이 눌리면 한강을 앞에 놓고 해적들이 속을 태웠을 것이다. 한강이 뚫린 삼백년 저편 세상은 해적들의 발아래 까맣게 짓눌렸을지 알 수 없었다.

*

 정여립은 기축년 시월 황해도 현감들이 올린 장계 하나로 예정에 없던 죄상을 안고 세상 밖으로 밀려갔다. 장계가 올라온 뒤 나흘 만에 정여립은 진안 죽도에서 칼을 거꾸로 세우고 목을 눌렀다. 세상을 공화로 나누고 사람을 대동으로 뭉치려한 정여립의 계획은 모두를 놀라게 했다. 정여립은 순혈의 혁명가로 죽었다고 했다.

어윤중이 물었다. 목에서 기축년에 울던 부엉이 소리가 들렸다.

"정여립의 공화와 거미가 상관이 있다는 말이냐?"

"손죽도에서 살아남은 해적 하나가 내륙 안으로 파고들었습니다. 김제 언저리에 묻힌 동굴 석빙고에 해적이 숨어들었다 합니다."

"얼음을 저장하는 석빙고에?"

어윤중의 눈이 동그랗게 뜨였다. 생각할 수 없던 말이 홍련의 입에서 나왔다. 어윤중의 머리에 해안가 동굴에서 익어가는 곰삭은 젓갈이 떠올랐다. 비린 맛이 입에 돌았고, 짠내가 무른 침을 몰아 왔다.

"어디라고 하더냐?"

"냉천이 흐르는 금구 부근입니다."

전주와 김제를 잇는 중간 위치인 듯했다. 환란에 대비해 비밀리에 조성한 빙고인 듯했다. 누구도 알지 못한 자리에 빙고를 숨긴 조정의 뜻을 알 것 같았다. 한 여름 뜨거운 열기를 식혀줄 방편이었을 것이고, 임금과 신료와 백성에게 나눌 조건으로 벽골제 얼음은 저장되었을 것이다.

살아남은 해적의 끝은 질긴 폭풍 같았다. 한 점 불꽃같아야

할 전쟁에서 비겁과 나약과 허기와 굴욕을 안고 살아남은들 어떤 의미도 되지 않았다. 얼어붙은 동굴에서 해적의 생존은 어떤 방식으로 이어졌을지. 바다 건너 섬나라에 두고 온 어미와 아내와 자식과 짐승을 생각했을 것이고, 조선 천지에 홀로 버려져 얼음 속에서 신선을 꿈꾸며 살다 갔을 것이다.

"오래 버티기는 했다더냐?"

얼음을 으깨 먹으며 겨우 연명했을 해적의 생존은 절박해 보였다. 조선 땅에 묻히는 일이 **없기를** 바랐을 것이고, 설령 죽더라도 그 죽음이 남의 나라 **메마른** 흙 위에 건설되지 않기를 바랐을 것이다.

홍련이 차분한 눈으로 말했다.

"늦가을 우기에 젖은 산비탈이 **무너져** 빙고마저 흔적 없이 사라졌습니다."

"생사조차 확인하지 못했단 말이냐?"

"산사태가 심하게 났다고 했습니다. 헌데……."

삼백년 저편에 무너져 내린 산자락은 눈에 그려지지 않았다. 입구조차 무너져 내렸을 동굴은 누구도 찾아내지 못할 자리에 묻혔을 것이고, 그해 추림秋霖은 완강하고 오래 이어졌다.

홍련의 뒷말은 두근거리며 들렸다.

"헌데, 대보름 지나 쏟아진 우기로 흙속에 묻혀 있던 동굴이 열렸습니다. 동굴 속에서 석화와 뒤엉킨 언 송장 하나가 나왔습니다."

"언 송장이?"

무너져 내린 산자락이 다시 열리기까지 삼백년이 걸린 모양이었다. 한순간에 멎었을 시간의 무게가 덧없이 들렸다. 홍련은 덧붙였다.

"썩지 않은 송장이었습니다."

"손죽도에서 살아남은 해적이란 말이냐?"

"……."

홍련은 대답하지 않았다. 귓불을 덮은 머리카락이 흔들릴 때 홍련은 두려운 눈으로 어윤중을 바라봤다. 붉은 입술의 아이는 떠밀려오는 삼백년 저편의 불길한 바람을 눈 속에 예감하는 듯했다.

홍련의 눈 안쪽에 거친 눈보라가 보였다. 눈보라를 뚫고 질주하는 거미 떼가 눈앞에 밀려왔다. 산자락 위로 창백한 달빛이 아래를 내려 봤고, 세상 끝에서 냉기가 불어왔다. 어윤중이 숨을 죽이며 옷깃을 세웠다. 홍련의 옷자락을 여미어줄 때 임금의 명이 떠올랐다. 가야할 길이 멀어 보였다.

새벽길

 보은취회 해산을 둘러싼 오욕은 최시형을 거쳐 서장옥에게 내려갔다. 서장옥은 전봉준에게 전했다. 전봉준이 전한 해산의 수치는 김개남, 손화중, 송두호, 김낙철, 김낙봉, 오지영, 정순경을 거쳐 아래로 내려갔다. 그 모두 삼례집회參禮集會의 산증인이자 동지였다. 삼례집회의 정신은 여전히 또렷한 인상으로 남아 있었다.

 집회에서 얻은 것은 무엇이며 잃은 것은 무엇인지 전봉준은 알 수 없었다. 적을 앞세워 동지의 동지로서 가야할 길과 동지를 모아 적의 적으로 가야할 길이 어떻게 다른지 그마저 알 수 없었다. 알 수 없는 길을 놓고도 동지는 늘 동지였고, 적은 늘 적일뿐이었다. 적과 동지로서 가야할 길과 동지의 동지로서 가야할 길은 뚜렷했으나 적의 적으로 가야할 길은 멀고 아득했다.

 적이 되어 살아가야할지 동지가 되어 살아가야할지 막막하고 두려운 날도 많았다. 동지들은 적과 싸우기 위해 모여 들었고, 적들은 동지를 무너뜨리기 위해 집결했다. 동지는 부정해도 동지였으나 부정 할 수 없는 적들은 완강한 적일뿐이었다. 동지는 긍정의 의미였으나 적은 긍정할 수 없는 조건 속에 늘 실체로 왔다.

 적의 전술에 관한 정보는 전무했다. 사전 정보 없이 짐작과 생각만으론 버거웠다. 적들은 오직 살기 위해 매달리는 것 같았다. 살기 위한 최소한 무게로 적은 적을 바라보는 것 같았다. 적의 적은 동지라는 말의 실체는 헛것 같았다. 무의미한 말을 증명하기 위해 말로서 동지를 긍정하거나 말로서 적을 부정하는 일은 쓸모없었다. 말장난에 불과한 적과 동지의 편 가름은 동지를 어렵게 했고, 적을 헷갈리게 할 뿐이었다.

 가야할 길은 분명했다. 오직 적의만 싣고 갈 수만 없었다. 적의를 버리면 평등한 세상이 올지 알 수 없었다. 전봉준은 어윤중의 민당을 생각했고, 삼백년 저편의 공화를 생각했다. 공화를 부르다 죽어간 정여립의 대동 세상은 어윤중의 민당과 어떤 색채로 엉켜있는지 알 수 없었다.

 공화와 천주와 민당의 복잡한 계통을 거슬러 일자로 뻗어오는 동학 바라볼 때, 전봉준은 알 것 같았다. 어느 길목에서 어느 맥락으로 짚어야 할지 알 수 없으나 대동 세상과 통하는 길모퉁이에 서학이 보였고, 서학 너머로 민당이 들려왔다. 실체를 알 수 없는 개념이 합리의 길을 내는 것도 알았다.
 전봉준의 생각은 깊고 잠잠했다. 파도처럼 일렁이지 않는 생각은 늘어나거나 줄어들지도 않았다. 전봉준의 입에서 낮은 바람소리가 들렸다.

 … 먼 시대를 지나온 길이 가야할 길과 다르지 않은 것은 역사가 말해준다. 정여립의 대동 세상과 윤지충·권상연의 천주의 길은 동학의 평등과 다르지 않다. 사람 위에 사람 없고, 사람 아래 사람 없는 세상. 하나같은 마음은 평등만이 세상을 구원할 수 있다는 것을 알기 때문이다. 평등은 대동 세상의 첫째 불꽃이다. 평등은 서학을 실천하는 십자가의 구원이다. 평등은 동학의 첫걸음이자 세상을 비추는 거울이다. 그 모두는 본래 하나이기 때문에 꺼지지 않는다. 이 세상은…….

 전봉준은 어슴푸레한 새벽길을 바라봤다. 건너가야 할 길이 세상 끝에 밀려나가 있었다. 비척거리며 들판을 가로지를 때 하늘은 검고 어두웠다. 길 끄트머리에 연기가 피어올랐다. 새벽하늘에 새겨진 연기자국을 바라보며 전봉준은 걷고 또 걸었다.

*

이슬에 젖은 옷자락이 아침 햇살에 말라갈 무렵 고부장터에 당도했다.

장터를 가로지르는 도랑물에 얼굴을 씻고 목덜미를 문질러 땀을 씻어냈다. 발을 담그고 발가락 사이에 낀 때와 발톱 아래 박힌 흙을 씻어냈다. 입에 물을 머금고 한동안 오물거렸다. 물을 뱉을 때 입안에 고여 있던 찌꺼기가 한 번에 씻겨 나갔다.

머리를 치켜들자 한 무리 새들이 장터 반대편으로 날아갔다. 새들이 지나간 자리에 사람들이 와글거리며 모여 들었다. 고부 저자는 인근 장사치와 동냥아치가 모여 들어 시골 시장 치고는 제법 북적거렸다.

장터 모서리에 팽팽히 솟은 천막이 보였다. 사람들이 줄을 서서 안으로 들어갔다. 따로 입장료는 받지 않았다. 김개남과 손화중을 만나기로 했는데, 시간이 이른 것 같았다. 전봉준은 사람들 사이에 섞여 천막 안으로 들어갔다. 혼자 장터를 배회하는 것보다 낫지 싶었다.

 사람들이 바닥에 가마니를 깔고 자리에 앉자 중년의 사내가 무대로 올라왔다. 무대는 높지 않았다. 검정 옷의 사내는 자신을 마술사라고 소개했다. 본 적 없는 마술사는 생각보다 평범했다. 차림만 요란할 뿐 생긴 건 다르지 않았다. 사람들이 호기심 어린 눈으로 마술사를 지켜볼 때도 전봉준은 금구취회와 삼례집회를 생각했다. 얻은 것보다 잃은 것이 많았다는 생각이 들었다. 돌아볼 것이 많은 집회인 것만은 분명했다.

 마술이 시작된 뒤에도 전봉준은 집회 생각뿐이었다. 마술사가 검은 상자 안에서 희한한 물건을 가져올 때도 전봉준은 동학 접주들의 눈빛을 생각했다. 상자 안에서 토끼가 나올 때 전봉준은 오지영의 가지런한 손마디를 생각했다. 상자에서 까치가 나올 때 서장옥의 찢어진 눈매를 떠올렸다. 비둘기가 나올 때 손화중의 상투를 생각했다. 고슴도치가 나올 때 김덕명의 다부진 어깻죽지가 그려졌다. 다람쥐가 나올 때 최경선의 얼굴이 떠올랐다. 마지막으로 상자에서 나온 짐승은 강아지였다. 강아지가 나올 때 김개남은 머릿속을 걸어왔.

 소, 말, 돼지, 호랑이, 코끼리 같은 큰 짐승은 나오지 않았다. 상자가 작은 이유가 큰 짐승을 소환할 수 없는 구조인지는 몰라도 아이들이 좋아할만한 작은 짐승을 상자에서 구출

해내고는 마술사는 어깨를 으쓱거렸다. 처음부터 상자에 짐승들을 넣지 않았으면 구출할 일도 없을 것 같았다.

그러거나 말거나 상자에서 작은 짐승들이 나올 때마다 떠올린 그들 모두는 동학 접주였고, 접장이었다. 접주와 접장의 구분은 무의미했다. 접주들이 일사 분란한 집결과 응집을 원해도 농민군은 마음만큼 움직여주지는 않았다. 마음과 몸이 한통속으로 움직여주지 않으니 집회가 뜬구름 같을 때가 많았다. 누구를 탓할 일은 아니었다. 호서의 서장옥과 황화일을 두고 생각한 것도 아이었다. 접주들의 개별적인 용기와 품격까지 알아야할 이유는 없었다.

그 때문에 상자에서 나오는 짐승이 크든 작든 관심이 없는지 몰라도 집중하지 않으니 마술사의 마술은 정직하게 보였다. 눈속임은 없으나 정신 줄 놓고 빠져들 만큼 요란하지도 않았다. 고작 검은 상자를 놓고 마술 같지 않은 것을 보여주면서 돈을 받지 않은 것은 마술사가 무대에 오른 뒤 가장 잘한 일이지 싶었다. 마술의 주인공이 누가 됐든 상자에서 나온 짐승들이 학대받지 않으면 더 좋을 것 같았다.

전봉준이 자리에서 일어섰다. 마술에 마음을 빼앗길 리 없으나 김개남과 손화중을 생각하면 나서야 할 것 같았다. 시간 약속은 무엇보다 중했다. 은밀하며 소리가 없는 언약은 하늘이 두 쪽으로 갈라져도 지키는 게 접주들 간의 철칙이었다. 작은 짐승들을 두고 가려니 속이 언짢았다. 데려갈 수 없다는 것을 알았을 때 마음은 더 허전했다.

… 걱정하지 마셔요. 이 아이들은 제가 잘 보살필 것입니다.

더운 입김과 함께 들려온 목소리는 앳된 여인이었다. 귓속 가까이 속삭이듯 목소리는 숨소리를 담고 왔다. 등줄기에서 소름이 돋았다. 어깻죽지가 서늘해지는 것을 알았다. 귓가에 자란 솜털이 일어서는 순간 전봉준은 뒤를 돌아봤다. 낮부터 취한 투전꾼 하나가 입이 찢어지게 하품을 하는 것 말고는 귀에 대고 속삭여줄 사람은 보이지 않았다. 간밤에 부푼 꿈을 안고 전 재산을 탕진했을 투전꾼이 앳된 여자 목소리로 속삭여주었을 것 같지도 않았다. 좌우를 둘러봐도 목소리의 주인은 보이지 않았다. 투전꾼을 노려보며 돌아서는 순간 목소리가 다시 들렸다.

… 이 세상이 무너지면 다음 세상이 들어설 것입니다. 가시밭 길이어도 외롭다 생각하지 마시고, 온전한 길로 모두 데려가셔요. 희생의 길만이 모두가 살 길입니다.

그제야 머릿속에서 울리는 목소리라는 것을 알았다. 머릿속 덤불을 헤치고 여인이 걸어왔다. 키가 크지 않은 여인은 조용한 눈매로 전봉준을 바라봤다. 가벼운 눈길이었다. 눈길 너머 빈 허공이 보였다. 허공 속에 가느다란 빛이 보였다. 본적 없는 여인이 마음을 흔들고 지나가는 것을 알았다. 실팍한 바람이 지나갔다. 여인을 바라보며 전봉준이 머릿속에서 물었다.

… 나를 아는가?

여인이 고개를 끄덕였다. 떠오르지 않는 얼굴이었다. 시간이 멈춘 것 같았다. 텅 빈 공간에 여인과 단 둘이 있는 착각이 들었다. 전봉준이 머리를 흔들었다. 머릿속에서 여인이 무뚝뚝한 얼굴로 대답했다. 다른 소리는 들리지 않는 대신 여인의 목소리만 들렸다.

… 전봉준 장군이며, 오늘 동학을 걸고 대의를 도모할 것입니다. 외세를 밀어내고자 할 것입니다. 오직 평등을 위해 싸우자 결의할 것입니다. 성공과 실패를 떠나 혁명은 후세에 전할 것이고, 그 뜻이 하늘에 닿을 것입니다.

그 이상 바라는 것은 없었다. 척왜양의 대동과 평등의 동학으로 단결할 수 있다면 그 이상 바랄 것이 없었다. 김개남과 손화중을 만나는 목적이 비선을 쓸어내는 혁명에 있었다. 실세를 무마하는 평등의 명분도 중했다.

마음을 다스리는 여인

 임진년(壬辰年, 1892) 시월 공주취회公州聚會부터 다음 달 삼례집회는 무의미했다. 이듬해 이월에 광화문 앞에 엎드린 복합상소는 좌절에 지나지 않았다. 척왜양 격문을 거리 곳곳에 붙여도 바뀌지 않는 국론은 어윤중의 민당을 기점으로 극에 달했다.
 민당의 의미가 크든 작든 동학의 원천은 오히려 정여립의 대동 세상에 가까웠다. 전봉준은 어디로 밀고가야할지 알았다. 말뿐인 척양척왜로는 자주권을 발동할 수 없었다. 문장으로 새긴 차별의 부당성도 평등의 실천엔 효과가 없었다.
 전봉준은 혁명과 징벌을 놓고 가질 것과 버릴 것을 생각했다. 옳고 그름에 관한 판별은 이미 물 건너 밀려간 것 알았다. 생각과 생각이 굽이치는 머릿속에서 전봉준은 위험한 도모를 떠올렸다. 머릿속에서 여인이 전봉준을 물끄러미 바라봤다. 여인이 다시 고개를 끄덕였다. 머릿속에서 전봉준이 말했다. 귓속이 먹먹해지는 기분이 들었다.

　… 내 생각을 읽고 있군. 이미 다 알고 내 머릿속에 들어 왔어. 내게 볼일이라도 있는 겐가?

　여인은 망설이는 것 같았다. 전할 말을 품고 오래 주변을 떠돈 것 같았다. 무엇을 말하든 여인의 눈빛은 거짓을 담고 있는 것 같지 않았다. 믿어야할지 버려야할지 알 수 없는 여인이었다. 전봉준이 굳은 표정으로 여인을 바라봤다. 여인이 한숨 끝에 겨우 말했다.

　… 한 가지, 이 말만은 꼭 전해야 할 것 같아 왔습니다. 장군은 혁명 끝에 죽을 것입니다. 장군만 아니라 모두 죽을 것입니다. 장군을 살리는 게 저의 소임입니다. 위급한 때에 저를 불러주셔요. 멀리에서도 찾아갈 것입니다. 모든 위험으로부터 보호해 드리려 합니다. 저를 믿으셔야 합니다.

　어이가 없고 기가 막혀왔다. 김개남, 손화중, 김덕명, 최경선, 서정옥, 황하일……. 모든 동지가 죽은 뒤 홀로 남아 치욕을 견디라는 듯이 여인의 말은 들렸다.

저항의 처음과 최후가 머릿속에 선명한 그림이 되어 떠올랐다. 무슨 말을 해야 할지 알 수 없었다. 분명한 것은 모두와 언약한 혁명이었고, 징벌이었다. 목숨을 던져서라도 도달할 곳, 그곳은 높지 않은 자리의 평등일 뿐이었다. 차별받지 않는 귀한 생명이라야 하며, 신분과 차별이 망실된 동등한 길목이라야 했다. 서로를 바라보고 서로를 쓰다듬는 데 높고 낮음이 없는 보편의 언덕이라야 했다.

전봉준이 말했다. 머릿속에서 끓는 소리가 들려왔다.

… 목숨이 그리도 중한가? 나를 잘못 봤네. 나는 나보다 동지가 우선이고, 동지보다 백성이 먼저이네. 죽는 날까지 이름을 더럽힐 일은 없을 것이네. 이제 그만 내 머리에서 나가주게.

여인의 표정은 어둡고 막막했다. 무엇을 할지 결정하지 못한 얼굴은 머릿속 샛강을 따라 까마득한 자리로 떠내려갔다. 볼 수 없는 섬으로 유배되는 여인의 뒷모습은 처연하고 소리가 없었다. 여인이 사라진 뒤 목소리가 머릿속에 울려왔다.

… 저를 보셔요. 저는 지금 무대에 서 있습니다.

머릿속에서 여인이 사라지는 순간 와작한 소리가 들려왔다. 눈앞이 환해지면서 사람들이 눈에 들어왔다. 천천히 무대를 바라봤다. 마술사가 나뭇가지를 치켜들자 천천히 잎사귀가 돋아났다. 잎이 지면서 과일이 자라는 게 보였다. 과일을 따서 사람들에게 던져주자 여기저기에서 소리가 들려왔다. 믿기 어려운 마술은 마술사가 아니라 곁에 서 있는 여인이었다.

여인과 눈이 마주칠 때, 어깨가 떨려왔다. 몸이 얼어붙는 것을 알았다. 아비가 죽던 날 산에서 노래를 부른 여인이었다. 날카로운 선율에 실려 온 여인의 노래가 귓속을 떠돌았다.

저 하늘아래 미움을 받은 별처럼
저 바다 깊이 비늘 잃은 물고기처럼……

아비를 묻을 구덩이를 파는 동안 여인의 노래는 오래도록 이어졌었다. 어느 땅 어느 시대에 불리어졌는지 모를 처음 듣는 노래는 전봉준의 마음을 흔들고 지나갔다.

 빗물에 젖은 노래가 능선을 떠돌 때 이름 모를 새들이 허공에 모여들어 울었다. 노래는 바다가 보이는 땅 끝에서 울려오는 것 같았다. 노래는 산 자와 죽은 자를 바라보며 긴 시름을 풀어놓는 것 같았다.
 여인의 노래는 느릿느릿 죽은 뒤 아비가 걸어간 세상 저편으로 기울어갔다. 여인의 노래 끝에 전봉준은 다시 삶을 생각했고, 죽음을 떠올렸다. 다를 것 없는 이승의 바다와 저승의 뱃길에서 여인의 노래는 이 세상의 어려움을 저 세상으로 가져가는 것 같았다.
 노래가 가물거리며 지워져갔다. 그때까지 여인은 말없이 마술사를 거들면서도 눈은 전봉준을 향했다. 떼어놓을 수 없는 여인의 눈매가 깊이 새겨들었다.
 마음을 다스리는 여인.
 사람들 마음속에 들어가 원하는 무엇이든 알아내고 환상을 심어준다는 여인이었다. 감성을 전이시키고, 이성과 사상과 이념을 마비시킨다고 했다. 사람이 지닌 선악을 자유자재로 조종하는 양면의 성질을 지녔다고 했다. 불길하고 위험하기 그지없는 존재라고도 했다.

눈을 찌르듯 여인의 눈빛이 밀려왔다. 여인의 눈 속에 뛰어들 때 세상이 흔들리는 것을 알았다. 마술이 끝날 때까지 여인은 마음을 쥐고 놓아주지 않았다.

무대 뒤편에서 부르는 소리가 들려왔다.

"마야."

여인이 무대를 내려와 검은 휘장 너머로 사라졌다. 무언가에 홀린 얼굴로 천막을 나왔다. 머릿속이 어둡고 아득했다. 캄캄한 길 위로 뛰어가는 아이들이 보였다. 보풀처럼 사람들이 멀어져 갔다. 고부천 물소리가 들려올 즈음 정신이 들었다.

김개남과 손화중이 기다리는 곳으로 걸음을 내디뎠다. 지금쯤 집회 장소에 당도했을 시간이었다. 최경선도 기다리고 있을 것이었다. 고부장터에서 멀지 않은 오두막에 모이기로 약조한 것이 겨우 생각났다. 머릿속은 안개가 낀 듯이 여인의 목소리로 자욱했다.

춘추관 春秋館

 어윤중이 동학 사람들을 민당이라고 부른 까닭은 외세를 멸하고 평등을 원하는 자들의 목소리에 귀 기울인 이유가 무엇보다 강했다. 나라 위에 나라 없고, 백성 위에 백성 없는 단순한 나라를 생각하는 마음은 동학과 달랐는지 몰라도 백성을 나라의 주인으로 생각한 요체는 같았다.

 어윤중이 택한 민당은 고요한 나라의 백성을 생각한 이유가 컸다. 동학 사람들을 연민하였어도 그들과 합세하여 외세를 몰아내고자 한 것은 아니었다. 태생이 보은이었어도 그 이상을 생각할 수 없는 까닭은 관료로서 분명했다.

 동학 사람들을 동정하였다는 이유로 어윤중은 지지를 얻었으나 돌아간 뒤 두고두고 빈축을 샀다. 그 일로 어윤중이 가야 할 길이 어려워진 것은 사실이었다. 확신할 수 없는 길로 접어

들 때 삶이 뒤틀리고 언쟁에 휘말릴 것도 내다봤다. 살아가는 동안 민당의 의미를 후회하거나 뱉은 말을 돌이키는 일이 일어나지 않기를 바랄 뿐이었다.

어윤중이 보은취회에서 떠올린 것은 임오년(壬午年, 1882) 팔월 청나라와 맺은 조청상민수륙무역장정朝淸商民水陸貿易章程 조약이었다. 그때 맺은 조약을 떠올리며 어윤중은 치를 떨었다. 청과의 통상조약은 조선의 안정과 무관했다. 임오군란으로 어지러운 조선을 회복하려 했으나 뜻을 이룰 수 없었다. 청나라와 통상조약은 첫머리부터 조선을 청의 속방屬邦이라고 표현하여 돌이킬 수 없는 과오를 범한 것도 나중에서야 알았다. 조선과 청을 대등한 나라가 아닌 주종 관계를 명시한 불평등한 조약을 놓고 어윤중은 두고두고 후회했다.

신사년(辛巳年, 1881) 삼월 어윤중은 일본에 조사시찰단으로 배에 올랐다. 조선의 어려움을 안고 배에 오를 때만해도 꿈과 야망은 컸다. 바다 건너 섬나라 문물과 제도를 시찰하면서 배울 것은 배우고, 가르칠 것은 가르치길 원했다. 일본에서 배운 것이 많았다. 일본에 가르친 것 또한 적지 않았다. 밀고 당기는 협상이 목적이 아니라 문물에 관한 견문과 시찰이었으므로, 그르치거나 되돌릴 일은 없었다.

이듬해 청나라로 건너가서야 일본과 청나라가 다른 것을 알았다. 땅과 기후와 문물과 언어와 재정부터가 청나라는 일본과 다른 구조였다. 경제개혁으로 부국강병을 추구한 어윤중의 야망은 청나라를 끌어들이지 않고서는 불가능한 것도 알았다. 어윤중의 최종 선택은 조선의 경제 성장이었다. 불평등한 조약은 생각할 수 없었다. 통상과 무역을 위해 청과 손을 잡는 것은 전적으로 조선을 위한 일이었다.

 조선의 경제를 생각했고, 나라를 짊어진 임금을 생각했다. 임금의 나라에 사는 백성들을 생각할 때, 청과 주종관계를 허락한 골자는 결정적인 실수라는 것을 알았다. 사대의 명분은 조선의 주권을 생각할 틈을 주지 않았다. 사대보다 더 절실한 것이 조선의 뒤쳐진 경제였고, 조선의 암울한 현실이었다. 조선의 주권을 생각할 겨를이 없었다는 어윤중의 말은 핑계에 불과했으나 조선의 현실은 임오군란이 말해주었다.

 임오년 칠월 훈련도감訓鍊都監은 구식 군인을 대거 해고했다. 일 년이 넘는 봉급을 썩은 쌀로 지급하면서 군인들의 거친 항의를 온전히 받아내야 했다. 군사 반란은 반란으로 끝나지 않았다. 군란은 오래전 실각한 흥선대원군과 척화파들에게 기회로 왔다. 운요호 사건을 계기로 권력에서 밀려나간 대원군과 척화파는 다시 권력을 쥐기 위해 도모했다. 피는 피를 불러왔다. 폭풍 같은 피바람은 멈출 기세가 없었다.

대원군은 왕비와 외척 민씨를 제거하기 위해 물불 가리지 않았다. 대원군과 갈등이 깊은 왕비는 궁궐을 빠져나가 윤태준 집에 피신했다. 그곳마저 안전하지 않은 것을 안 왕비는 충주 장호원으로 옮겨갔다. 왕비의 피신은 왕가의 수모를 무릅쓰고 대원군의 역모로부터 갈피없이 이어졌다. 대원군은 개화와 개국을 닫아걸고 다시 쇄국을 모색했다. 일부는 의금부를 습격해 척사론의 대가 백낙관과 정치범들을 석방시켰다. 일부는 전임 선혜청 당상 김보현과 병조판서 민겸호를 창고지기 수하의 비리와 연루시켜 많은 사람들이 지켜보는 가운데 살해됐다. 도봉소都捧所 사건으로 격노한 민심은 대원군도 걷잡을 수 없었다.

*

떠도는 왕비를 생각하면 몸이 떨렸다. 충주 호수를 바라보며 왕비는 무엇을 생각할지 알 수 없었다. 삶과 죽음을 놓고 긴 시름에 잠겨 있을지, 조선의 영토를 놓고 갈갈이 찢긴 민심을 근심할지 그마저 알 수 없었다.

어윤중은 개화와 척화의 전쟁터가 된 조선의 불모에서 살아남기를 바라는 것 자체가 모순이라고 생각했다. 모두가 죽어가는 마당에 조선의 주권은 어디에 있는지 찾을 길이 없었다.

나라를 팔아먹고자 한 것이 아니라 나라의 부국을 위한 결단이었음을 스스로 자부하였을 때는 군란의 수습이 가장 먼저 떠올랐다. 비선의 비선들이 나라를 갉아먹는 동안에도 청나라와 통상무역을 할 수밖에 없는 이유는 조선을 살리기 위한 일임을 모두가 알았다.

 조선의 주권을 청나라 아래 들이밀었다고 판단되었을 때는 이미 조약이 체결된 뒤였다. 어윤중은 돌아와서 크게 후회했다. 과오를 바로 잡기엔 늦은 것도 알았다. 정축년(丁丑年, 1877)에 전라우도 암행어사직을 수행하면서 어윤중은 백성들의 세금 징수에 따른 개혁안을 구상하여 〈12개조 시무개혁안〉을 설계하고 목전에 시행했다. 그 무렵 어윤중은 전라도의 감성과 전라인의 핍박을 알았다. 정여립의 기축옥사를 기점으로 난세를 살아온 한 많은 자들의 땅을 외면할 수 없다는 것도 알았다.

 정여립의 대동 세상이 어디에 건설되어 있는지는 몰라도, 전라도 인재들의 수모와 박해는 기묘년(己卯年, 1759) 윤지충과 권상연의 순교로 이어진 것도 알았다. 순결한 자들이 목숨을 버리면서까지 찾고자 한 것은 낡고 비루한 벼슬아치들의 권세가 아니라 백성들 저마다 신분의 차별을 벗고 평등한 세상에서 고루 나누고자 한 것도 알았다. 그 세상이 삼백년 저편 기축년에 일으키려한 정여립의 대동 세상이라는 것도 뒤늦게 알았다.

그 세상의 혁명가와 선지자들과 어울려 함께 어깨춤을 추지는 않았어도 동학 사람들의 인심을 생각하면 민당은 넘치지 않은 명분으로 머리에 돌았다. 그 세상과 결별하여 살 수는 없다는 까닭을 몸으로 느끼게 된 데는 동학의 품성을 보았을 때 비로소 알았다.

저절로 알았기 때문에 어윤중의 입에서 나온 민당은 동학 사람들을 향한 최적의 베풂이며 배려가 되지 싶었다. 민당의 골자가 어디로, 무엇으로 뻗어갈지 알 수 없으나 접장들은 오래도록 그 말의 의미와 골간을 짚어가며 촘촘히 들여다보기를 주저하지 않았다.

말의 그물이 얽히든 설키든 민당이 불러올 화답은 무엇이 될지 어윤중 자신마저 알 수 없었다. 시대와 도모하여 올바른 대안과 방향을 기획할 수도, 시대와 불화하여 도태되거나 멀리 사라질 수도 있는 말임에는 분명했다.

민당을 놓고 조정에서 무리한 책임을 추궁하진 않았으나 꼬리표처럼 늘 붙이고 다녀야 했다. 좋은 언사든 좋지 못한 언행이든 어윤중의 민당은 돌고 돌았다. 어디를 가든 비유되거나 비판의 사례가 되는 게 민당이었다.

붓의 행로

 비변사 통문을 걸어 들어가면서 어윤중은 깊이 한숨 쉬었다. 하늘은 붉고 고요했다. 해거름에 비변사를 찾은 까닭은 단순했다. 임금의 어록과 왕가의 비기를 관찰하여 조선의 앞을 내다보기 위함이었다. 대원군에게 밀려난 임금이 은밀히 불러 어윤중에게 내린 어명이었다.

 어윤중은 장고 앞에서 한참이나 망설였다. 엄중한 곳에 발을 디뎌야 할지 돌아서야 할지 한동안 멍한 얼굴로 서 있었다. 장고를 지키는 춘추관 오품 홍문관 교리는 어윤중의 망설임을 아는 눈치였다.

 "대감께서 비변사 장고를 찾을 거라는 전갈을 받았습니다. 편한 사색으로 밤을 건너시라는 당부가 계셨습니다."

 홍문관 교리는 춘추관의 운명을 알고 있는 눈치였다. 황혼의 나이에 받은 오품 벼슬이 그의 이마를 지나 허공에 흩어지는 것을 어윤중은 보았다. 내달 보름에 맞춰 춘추관은 폐지되어 사직에서 사라질 것이었다.

"알겠네. 헌데, 교리는 어디로 갈 건지 정했는가?"

"향리鄕里로 내려갈 것입니다. 젊은 인재들로 들어차야할 벼슬길에 늙은 자가 무슨 의미가 있겠습니까? 물러갈 때가 되었나 봅니다."

교리의 뒷말이 쓸쓸하게 들렸다. 어윤중의 목소리가 가늘게 떨렸다. 떨리는 목소리 뒤로 임금의 명이 깔려 있다는 것을 교리는 알았다.

"비변사가 사라지는 것이 아니지 않은가?"

"춘추관에 몸담은 자가 비변사로 가면 비변사에 있던 자는 어디로 가겠습니까?"

벼슬은 돌고 도는 것이라, 어디를 가든 그 자리를 차고 있던 자가 물러나야 하는 게 원칙이었다. 없는 자리를 만들어가면서 인사를 이동시키거나 배치하지는 않았다. 홍문관 교리의 자리가 사라지는 것은 비워야할 사연과 까닭이 있기 때문이었다. 이것을 지킬 때 춘추관 폐지는 의미가 살아났다. 교리는 끝을 내다보며 한숨 쉬지 않고 조용한 퇴장을 생각하는 것 같았다.

어윤중이 고개를 끄덕이며 어깨를 토닥였다. 품속에서 한 냥짜리 금거북을 꺼내 교리의 손에 쥐어 주었다. 교리가 손바닥에 올려진 금거북과 어윤중을 번갈라 바라봤다. 거북을 받아야할지 눈에 거두어야 할지 알 수 없는 눈빛이었다. 교리의 눈은 젖어 있었다. 금거북을 탁자에 내려놓으며 교리가 대꾸했다.

"이 금거북은 받을 수 없습니다. 홍문관 교리의 품계를 저버리는 처사이며 춘추관의 정신을 부끄럽게 하는 일이라······."

어윤중이 교리의 말을 잘랐다.

"그 금거북은 누구의 뇌물도 아니네. 뒷전에 물러나 계신 전하의 순수한 뜻이네. 내 말 이해하지 못하겠는가?"

교리의 눈이 흔들렸다. 급히 몸을 일으키고는 강녕전을 향해 허리를 숙였다. 한참만에야 허리를 편 교리의 표정은 한결 편안해 보였다. 교리의 입에서 황혼의 물길이 보였다. 늙어가는 관료의 우유부단한 쇠락도 들려왔다.

"춘추의 소임을 맡기고자 부르시면 답할 것입니다. 그 이상 무엇도 관여하지 않는 게 도리가 될 것입니다."

뒷전의 임금을 향한 충정만큼은 노회하거나 쇠락해 보이지 않았다. 어윤중이 임금을 대신해 화답했다.

"그래야 할 것이네. 춘추관은 사라져도 인재는 사라지지 않는 법이네. 머지않아 부를 날이 올 것이네."

어윤중의 목에서 밤사이 건너갈 뱃길이 보였다. 뱃길 너머 홍문관 교리가 뿌린 금가루 같은 세월도 보였다. 무상한 세월은 저 홀로 깊어가느라 사공이 늙어가든 말든 관여하지 않는 것 같았다.

교리가 금거북을 품에 넣고는 돌아섰다. 돌아서는 뒷모습이 허전하고 나른해 보였다. 갈 곳을 아는 자의 뒷모습은 허공에 돛을 매단 듯 펄럭이며 밀려갔다. 멀리에서 부엉이 울음이 들렸다. 비변사 너머 장악원 뒷산에서 부엉이는 밤사이 갈 곳을 물어 와서는 물음에 화답하느라 지칠 줄 모르고 울었다.

춘추관 폐지안은 육품 당상들의 반대를 무릅쓰고 한 달 간의 말미를 주면서 일사천리로 진행됐다. 종사자들의 의견은 철저히 묵살됐다. 해체를 위한 수순은 예문관 당상과 의정부 당하 관료들이 맡아 추진했다.

춘추관 사관들의 허무가 밀물처럼 밀려왔으나 오래 연민할 일은 아닌 것 같았다. 저마다 어려운 때에 사직을 떠나 각자의 집필에 혼을 싣고 필력을 가다듬으면 부를 날이 올 것이었다. 춘추관이 없어진다고 사관들이 사라지는 것이 아니었다. 종이와 붓의 행로에 맞춰 저마다 뚜렷한 사유를 안고 살아가면 다행일 것이다.

*

 어윤중은 장고 앞에서 옷매를 쓰다듬고 관을 매만졌다. 기침 없이 장고 문을 열고 안으로 들어갔다. 먹먹한 어둠이 눈앞으로 밀려올 때 장악원 너머에서 다시 부엉이가 울었다. 울음이 느리고 곡진하게 들렸다.
 장고 안쪽을 바라봤다. 캄캄한 먹물로 채워져 있었다. 어둠 안쪽으로 지난밤 병풍 너머에서 만난 임금의 목소리가 들려왔다.

> … 보은에서 민당을 말하였다고 들었다. 말의 본심이 어디를 향하든 조선의 영토와 백성 아래 있을 것이다. 꾸중과 나무람이 아니다. 동학 무리에게 갈 곳을 정해주지 마라. 알아서 갈 것이다.

 명을 떠올리며 어윤중은 임금의 시선을 생각했다. 병풍을 놓고 임금을 알현하면서 어윤중은 거미를 생각했고, 동학 사람들을 떠올렸다. 두렵고 어려운 거미들에 맞서 민당의 의미는 어윤중의 머릿속을 더 어지럽게 했다. 거미는 낮고 하찮게 들렸으나, 민당은 높고 거룩하게 들렸다. 어윤중의 민당과 임금의 민당이 같은 의미인지 알 수 없었다. 다른 뜻을 품고 있는지, 그마저 알 수 없었다. 지난밤 임금의 명은 은밀하면서도 날카로웠다.

  … 비변사에 들러 왕가의 기록을 들추어라. 무엇도 흘려보내지 말고 들여다보라. 누구도 알아서는 아니 될 것이다.

 거역할 수 없는 임금의 언어는 매끄러운 수사로 채워져 있었다. 말 속에 대원군을 경계하는 두려움이 보였다. 대원군을 밀어내고 혼탁한 세상을 지키려는 용기도 보였다. 임금은 거역할 수 없는 조건을 걸고 왕가를 둘러싼 수수께끼를 풀어 오라고 했다.
 명은 가볍지 않았다. 어명이 갈 곳을 임금은 아는 듯이 보였다. 어명이 몰고 올 바람을 임금은 내다보는 듯했다. 병풍 너머 임금의 눈빛을 생각할 때 어윤중은 왕가의 비기를 뚫고 밀려올 파란을 내다 봤다. 헛것 같지 않고 또렷한 날들이 눈앞에 보였다. 서둘러 명을 받들어 앞에 올 파란을 대비하는 일의 무모함도 어윤중은 내다 봤다. 임금은 왕가의 비기가 품은 막연한 것을 보려는 것이 아니라 개화에 맞서 쇄국을 박고 있는 대원군의 거대한 회오리를 찾으려는 것 같았다. 그 이상 알 수 없고 볼 수 없는 것들이 어윤중을 기다렸다.

호롱불을 들고 장고 안으로 들어섰다. 오랫동안 발을 딛지 않은 듯 눈앞에 빽빽한 먼지가 피어올랐다. 어윤중은 어둑한 시선으로 주위를 두리번거렸다. 실록과 기록화가 놓여 있었다. 실록 위로 저녁 빛이 어른거리면서 반투명의 젖빛이 사위에 고여 들었다. 호롱불이 기록화를 비추자 오래전 죽은 임금과 가족들이 그림 속에 보였다.

풍경화나 풍속화도 눈에 띄었다. 임금의 일가는 웃지 않고 순한 얼굴로 그려져 있었다. 역대 임금들의 초상을 담은 어진은 설면자雪綿子로 얼굴을 가리고 있었다. 죽은 임금들의 시선 앞에 어윤중은 급히 엎드렸다. 몸을 일으켜 세울 때 마루에 괴어있던 먼지가 날아올랐다. 벽 귀퉁이에 어진을 옮길 때 사용하는 이안용 수레가 치유할 수 없는 역병을 앓고 녹슬어갔다. 소리 없이 늙어가는 것들을 바라보며 눈이 시려오는 것을 알았다.

어윤중이 혼잣말로 읊조렸다. 목에서 가느다란 통소소리가 새어나왔다.

"저 세상이 거룩하다 말하지 않겠나이다. 이 세상이 아름답다 말하지 않겠나이다. 돌이킨들 돌아갈 수 없나이다. 기다린들 오지 않는 세상이나이다. 모두 털어내고 잠드셨나이다.

돌아볼 날이 오늘의 어제에 있고, 다가올 날이 어제의 내일처럼 가까이 있나이다. 불길한 근심을 놓고 찬란한 희망으로 시대를 근심하소서."

죽은 임금들의 어진은 놀랍고 두근거렸다. 붓 자국마다 거친 물결의 색상과 무늬가 보였다. 세상 끝에서 끝으로 불어가는 바람이 붓 자국을 따라 흔들렸다. 그 너머 세상 끝에서 끝으로 밀려가는 아득한 시간이 보였다. 오래전 세상에서 사라진 임금들의 안쓰러움이 그림마다 떨리는 감성으로 밀려왔다. 손끝이 시렸다. 눈동자를 가로지르는 눈보라가 그림 속에 보였다. 죽은 임금들은 밤 하늘 별보다 영롱했으나 바라보는 것만으로 황망하고 어려웠다. 어윤중의 눈시울을 따라 알 수 없는 슬픔이 묻어왔다.

크지 않은 들창 너머로 시선을 보냈다. 달빛을 받은 천지가 떠내려갈 듯 고요했다. 능선마다 이름 모를 밤새가 날아다녔다. 어두운 상공에서 송골매가 먹잇감을 추적하느라 느린 활공을 멈추지 않았다. 젖은 밤에 새들이 거슬러 오를 기슭이 멀고 가늘어 보였다.

어명은 목숨과 같으므로, 명을 수행하는 신료의 어려움은 정교함과 완벽에서 왔다. 어윤중은 임금의 명을 놓고 확신이 서지 않았다. 어명은 입에 올리는 순간 지엄한 경계와 같으므로, 그것을 받드는 일은 태산을 등에 지는 일과 다르지 않았다. 명을 위해 어슬렁거리며 목숨을 다하는 일이 고결한지 어윤중은 알 수 없었다.

풍비록 螽秘錄

 밤늦은 시간 병사들이 대나무를 부딪치며 순라巡邏를 돌았다. 소리는 궁성 밤하늘에 청명하게 울려 퍼졌다. 소리는 궁성 너머 민가의 얕은 처마에 닿으면서 문득문득 잠든 짐승들을 깨웠고, 짐승들은 가까운 곳의 거미를 불러 모았다. 들창 너머로 새벽달이 흘러갈 때, 청계천 위로 달빛이 흔들리며 떠갔다.

 길지 않은 독대 끝에 임금의 표정은 어둡고 불길했다. 개화와 쇄국이 대립하면 세상은 어디로 튈지 알 수 없는 얼굴이었다. 선혜청 당상과 병조판서를 몰아내고 다시 임금의 자리를 섭정하는 대원군의 야망은 어디까지 밀려갈지 알 수 없었다. 임금은 대원군과 이어진 기나긴 악연을 생각했다. 끊어낼 수 없는 악연을 떠올리며 임금은 조용히 어윤중을 불렀다. 벼랑 끝에 서서 임금은 은밀함을 감추고 두려움을 드러냈다. 오금이 저려왔다. 심장이 쿵-, 내려앉는 것을 알았다.

> … 비변사 장고에서 왕가의 비기를 찾아라. 간밤 규장각 서재에 있을 때 시간을 삼킨 아이가 다녀갔다. 바람의 사제들과 세상을 정화하라 한다. 더렵혀진 세상의 궁극이 거기에 있다.

임금의 목소리가 가늘게 떨렸다. 어명의 은밀함이 어디에서 시작되며, 두려운 어명이 어디로 뻗어갈지 보이지 않았다. 임금의 명을 받을 때 짐작할 수 없는 세상이 가물거리며 밀려왔다.

임금은 왕가의 비기로 끝을 가늠했다. 돌아올 수 없는 강을 앞에 두고 임금은 긴 시름으로 끝을 바라봤다. 말끝에 내비치던 우울한 표정은 지워지지 않았다. 어디로 가야할지 알 수 없었다. 임금의 독대는 어윤중의 머릿속을 찌르며 지나갔다. 임금은 명을 내린 뒤 긴 불면으로 지새운 것 같았다.

열두 권의 『용비어천가龍飛御天歌』 아래 임금이 들추라는 서책은 죽은 듯이 놓여 있었다. 꼼꼼하게 묶고 정교하게 잘라 제본한 서책은 짙은 갈색 표지에 검은 글씨로 적혀 있었다. 글씨가 겨우 보였다.

『풍비록󠀡秘錄』.

서책은 어윤중의 심장을 뛰게 했다. 비밀을 품은 기록은 시대마다 얽혀 있는 사건을 순한 바람으로 새기고 있는 듯했다.

표지를 감싼 갈맷빛 노을이 보였다. 역풍에 맞서 눈을 치켜뜬 임금들의 지성이 보였다. 표지를 넘기자 무거운 날들이 사계를 가르며 지나갔다. 그 너머 가혹한 날들이 편년의 시간을 가로질러 목차로 새겨져 있었다. 목차에서 시간과 공간을 초월한 자들의 삶의 방식이 보였다. 이해할 수 없는 초월의 삶들이 무거운 바람으로 불어갈 때『풍비록』의 취지를 알 것 같았다.

*

단조로운 제목의 서책 앞에 어윤중은 눈동자가 흔들렸다. 귓속 동굴을 따라 폭포소리가 들려오는 것도 알았다. 뜬구름 같고 헛것 같으며 바람 같은 것이 왕가의 비기라고 했는데,『풍비록』은 무거운 시간과 시대를 넘어 혹한의 세월을 견딘 듯이 보였다.

서책을 넘길 때 어윤중은 다시 숨이 멎는 것을 알았다. 왕가의 비기는 세상 밖의 비밀을 삼키고 있었다.

시간을 삼킨 아이.

　임금이 명을 내릴 때 규장각 서재에서 만났다는 그 아이였다. 어윤중의 눈에 시간을 삼킨 아이는 소름 돋는 전율로 왔다. 신비와 주술 없이 가슴 떨리는 문장으로 새겨진 아이는 존재를 무겁게 했다.

　아이는 세상 위에 드러날 수 없었다. 오래전 저문 저 세상의 끈기를 쥐고 시간을 건너온다고 했다. 저 세상의 끈기로 이 세상의 어지러움을 다독인다고 했다. 저마다 세상에 널린 시간대를 서고의 장서처럼 여민다고 했다.

　아이는 고려 때 정몽주의 여식으로 적혀 있었다. 정몽주는 죽어서도 한줌 넋이 되어 고려를 생각할지 몰랐다. 멸망하기 직전 정몽주는 모든 것을 내려놓고 저 스스로 운명을 직감했다고 했다. 마지막 순간 여식에게 시간을 다스리는 운명을 쥐어주었다고, 비기는 전했다. 정몽주의 운명은 여식의 운명에도 깊은 상처를 내었을지 몰랐다.

　아이의 이름은 누오로 기록되어 있었다. 아이의 정체는 시시때때 시간을 거슬러 죽은 임금을 만나거나 미래 시간으로 건너가 아직 오지 않은 임금과 허물없이 독대를 나누었다고, 기록은 전했다. 아이는 오래전 죽은 견훤과도 조우하였다고 했다. 그 후예들을 바람의 사제들이라고 불렀다. 사제들의 언약은 깊고 단단했다. 언약 아래 복종을 맹세한 사제들의 눈빛은 두려움이 없었다.

 아이는 어떤 이유로 시간을 거슬러 죽은 견훤과 조우하였는지, 그 대목은 적혀 있지 않았다. 기록은 사건의 인과율을 투사해서 적정량의 해설과 주석을 달고 은밀히 적혀 있었다. 구체적인 사건의 개요를 제시하지 않음으로써 오히려 아이의 존재를 신비롭게 하는 건 기록자의 직관인지 알 수 없었다.

 기록에서 견훤은 죽어서도 백제를 잊지 못했다. 멀리에서 견훤의 목소리가 어둠을 뚫고 밀려왔다. 환청의 목소리는 마치 살아 있는 듯이 아득하고 생생했다.

 … 백제든 고려든 한 자락 땅에서 나고 자라며 무너진들 다시 들어서는 게 나라인 것이지. 그것을 깨닫기까지 너무 많은 시간을 이승에서 허비했어.

 태조 선왕께 남긴 견훤의 말 속에 나라마다 불완전한 미래가 보였다. 나라마다 겪어야할 기근과 목마름을 견디는 임금의 고뇌가 보였다. 견훤은 죽은 뒤 호랑이를 곁에 두고 나라 잃은 안타까움을 다독였다. 백제를 잊지 못하는 견훤의 감성은 뜨거운 강으로 밀려왔다.

"여기 계셨습니까?

 뒤늦게 홍련이 발을 디디며 물었다. 어윤중이 돌아봤다. 뒤로 묶은 홍련의 머리칼이 호롱불을 받아 잔 빛이 어른거렸다. 심기를 다독이며 물었다.

"왔느냐? 늦은 시간에 사대문 밖에 볼 것이 있더냐?"
"거미의 동태가 생각보다 심각합니다. 숫자가 헤아릴 수 없이 불어나고 있습니다."

 저자거리에 나가 거미의 동태를 지켜보고 온 모양이었다. 하루도 조용할 날이 없었다. 어윤중은 모두를 털어내고 쉬고 싶은 마음이 간절했다.

 홍련이 다감한 목소리로 말했다.
"피곤해 보입니다."

 어윤중의 입에서 젖은 댓잎소리가 새어나왔다.
"그렇구나. 죽은 뒤 덧없지 않은 것이 없을 것인데, 견훤 왕의 삶은 죽음을 망각한 자의 광기로부터 병든 세상을 돌아보라고 한다."

 홍련이 대답했다. 망설임 없는 아이의 말이 무겁게 들렸다.
"모든 것은 시간이 말해주고 있습니다. 그 시대와 지금 시대가 다르지 않은 것은 백성이 세상의 중심이며, 그 세상은 어느 시대를 지나든 변하지 않은 데 있습니다."

"그런 세상이 있다면 좋을 것이다. 허나 깨끗한 세상은 어디에도 없지 않느냐?"

다시 홍련의 입에서 생각할 수 없는 말이 밀려왔다.

"그럼에도 궁극의 전당에 이르는 왕들의 죽음은 한없이 깨끗하다고 했습니다."

어윤중이 눈을 들어올렸다. 놀라는 눈치였다.

"궁극의 전당을 아니냐?"

"삼백년 저편 정여립의 시대를 지나쳐온 저의 선조께서 다녀온 적이 있다고 했습니다."

그곳은 죽은 자만이 갈 수 있다고 했다. 흰머리산 깊은 계곡에 지어진 그곳은 세상이 저문 뒤 죽은 자의 발걸음으로 겨우 당도할 수 있다고 했다. 오래전 고대 왕들이 전쟁에서 죽은 장군들과 병사들을 기념하고 그들의 혼백을 달래주기 위해 지었다고 했다.

어윤중이 거리낌 없이 홍련의 말을 받았다.

"그곳은 세상 너머 전설이 된 자리이며, 전설은 신화가 된 거룩한 궁전이다. 세상의 모든 왕들은 죽은 뒤 그곳을 지나쳐 다음 생으로 걸어간다고 했다. 길든 짧든 살아온 날과 결별하려면 시간이 필요한 법이지 않느냐?"

죽음의 이상향을 품은 궁극의 전당은 허균의 율도보다 멀고 까마득해 보였다. 죽은 자를 배려한 마지막 궁전은 어쩌면 살아온 전 생을 버릴 수 없는 안타까움이 지어낸 허구가 될지 몰랐다. 그럼에도 사람들은 살아온 날의 연대보다 죽은 뒤 허구의 여생을 원했다. 고대 왕들은 탁자에 둘러앉아 삶을 이야기 했고, 죽음을 슬퍼했다. 살아가고 죽어가는 흔한 것을 놓고 왕들은 부정을 씻고 희망과 긍정으로 매듭짓길 원했다.

 삶의 시름과 죽음의 우울을 떨칠 수 있는 왕들의 이상향은 궁극의 전당으로 몰려들었다. 그곳은 죽은 뒤 찾아드는 짐승들의 궁전을 지나 구천 개의 계단 위에 지어졌다. 살아서 끝내지 못한 천대와 누명과 울분과 질곡과 설움과 억울함으로 버려진 자들은 그곳에서 새 이름을 얻었다. 가혹한 삶들이 저마다 명예로운 이름으로 갈아타면 새로운 감성으로 저승길 원정을 기약했다. 살아 돌아갈 수는 없어도 죽은 뒤 깨끗한 혼백으로 잠시 머무르며 어디로 갈지 스스로 정했다. 전생을 망각하고 깨끗한 별이 되는 자들이 많았다. 전생에 두고 온 것이 많은 자들은 윤회의 삶을 택했다. 사람과 축생, 새와 곤충으로 분화된 윤회의 삶은 무엇을 얻든 후회하지 않고 사십구 일이 지나면 세상으로 내려갔다. 아무 미련 없이 바람과 구름과 나무와 물로 다음 생을 선택한 자도 많았다.

*

　홍련은 할아비의 할아비, 그 할아비의 할아비가 남긴 좌표를 따라 머릿속에 그려진 궁극의 전당을 떠올렸다. 지금까지도 찾지 못한 그곳은 고대 왕들이 산 자와 죽은 자의 중간지를 건축하였다는 말의 잠재성만큼은 상상만으로 벅차게 밀려왔다.

　들창 너머로 비스듬히 내려앉은 달빛은 고요했다. 멀리 장악원 전각 위로 달빛이 출렁일 때, 어윤중은 궁극의 전당을 생각했고, 까마득한 시간의 정체성을 떠올렸다. 떠올리는 순간 달빛에 실려 밀려가는 시간의 허무가 하루치의 치사량만큼이나 중하게 들려온 것도 알았다. 시간과 공간과 꿈과 현실이 겹친 왕가의 비기에서 어윤중이 본 것은 헛것이 될지 실체가 될지 알 수 없었다.

　진위를 알 수 없는 기록에서 바람의 사제들은 추적되지 않았다. 궁극의 전당도, 시간을 삼킨 아이마저 어디를 더 들추어야할지 망설일 때 꿈결처럼 부엉이가 울었다. 거미의 존재를 떠올리는 일도 부박했다. 어디서부터 파고들어야할지 막막했다. 허리를 두드리며 창 너머 지붕을 바라봤다. 지붕마다 몽환에 젖은 세상이 내려서 있었다. 날뛰는 거미를 추격하는 관군의 소리가 멀지 않은 곳에서 들려왔다.

　세상 너머의 일은 치유할 수 없을 듯이 가라앉아 있었다. 유배 보낼 수 없는 사실 하나는 분명해 보였다. 헛것은 헛것으로 볼 때 정직했고, 실체는 실체로 볼 때 솔직했다. 임금의 명을 떠올리며 어윤중은 한숨을 내쉬었다. 섞일 수 없는 동학과 거미를 놓고 지나쳐간 밤은 평생을 날아오른 하루살이에겐 일생이 될지 몰랐다.

　도달할 수 없는 먼 접경의 기록을 들추어 세상을 정화할 단서를 찾아내는 일은 관점의 부재에서 시작되었을 것이고, 관점은 정의 할 수 없는 미지의 일에서 시작되었을 것이다. 풀 수 없는 답의 원천은 임금에게 있을 것인데, 늦은 새벽에 임금의 교지를 의심하는 일은 미필적 고의의 직무유기가 될지 몰랐다.

　민당의 의미를 떠올려도 척왜척양을 도모하고 평등을 부르짖는 동학 접주들의 행보에 닿을 대안은 보이지 않았다. 거미에 대한 결정적인 단서는 입이 찢어져라 하품을 해도 드러나지 않았다. 양호선무사의 집무와 다른 홍련이 지닌 시각과 안목과 관점을 가지고 바라보면 보일지 알 수 없었다. 홍련의 눈 속에도 단서는 보이지 않았다.

　눈을 비비며 창문을 바라봤다. 달빛이 내려선 지붕마다 은 비늘이 흔들렸다. 비늘은 튕겨나가지 않고 그 자리에서 꿈틀댔다. 어둠 속에 빛이 엉켜들면 빛과 어둠은 한 가지에서 나고 드는 것 같았다. 물 위에 떠가는 몽환의 자락들이 꿈속의 꿈이듯 멀어 보였다.

청학동

 손화중의 초막은 낮고 조용했다.

 장독대 한곳에 석류나무가 붉은 꽃을 틔워 올렸다. 초여름이었다. 검은 이끼가 말라붙은 담장에는 사철 낮은 곤충들이 기어 다니며 알을 슬었다. 알에서 깨어난 곤충들은 날개를 달기도 전에 잡아먹히는 날이 많았다. 큰 곤충들은 알을 낳기 전 개구리에게 먹혔다. 개구리는 구렁이에게 먹히는 날이 흔했다.

 임진년(1892) 선운사 도솔암 돌부처 배꼽에서 비결秘訣을 꺼낸 뒤 손화중은 관헌의 눈을 피해 부안, 정읍, 고창 일대를 숨어 다녔다. 무장현 성송면 괴치리 사천마을로 옮겨 포교에 나설 때도 손화중은 은밀하게 다녔다. 이름을 드러내지 않거나 모르는 자가 물으면 다른 성씨를 내밀었는데, 이미 손화중은 동학 접주로 무성한 소문을 타고 전국을 돌았다.

손화중은 어려서부터 총명하고 영민했다. 부족할 것 없는 환경에서 글을 익힌 덕에 세상 물정을 빠르게 터득했다. 익힌 뒤 스스로 알아가는 손화중의 세상살이는 흥겹고 행복했다. 하나를 가르치면 열을 헤아리는 총기는 집안 어른을 사로잡을 때가 많았다. 가을날 익은 벼이삭 같은 인심은 멀고 가까운 이웃들의 마음을 편하게 했다.

여섯 살 많은 고흥 유씨를 아내로 맞이하면서 손화중의 인생은 급진의 변화를 보였다. 손화중의 아내는 조용하고 차분했다. 누이 같은 아내의 성정은 손화중이 그토록 찾아 헤맨 세상 끝의 여인이었다. 부드러운 인상과 날카로운 생각은 손화중과 잘 어울리면서도 배울 것이 많았다.

아내는 세상을 예언하지 않았으나 밀려오는 난세를 바라보는 직관이 남달랐다. 손바닥 안에 시류를 모아 조용히 펼쳐 보이면 신기할 것 없이 세상 돌아가는 흐름과 이치와 순환이 손화중의 안목에 맞아 떨어졌다. 손화중은 놀라지 않았다. 아내의 진경을 손바닥 너머 세상에서 보았고, 세상 너머에서 불어오는 바람도 알았으니 더 바랄 게 없었다.

도솔암 석불에 숨겨진 비결을 찾아낸 것도 순전히 아내의 암시와 직관에 따른 것이었다. 아내는 봄날 서쪽에서 불어오는 바람 같았다. 바람 타고 흔들리는 호랑나비 같은 사람이었다.

아내에겐 사내 동생이 있었다. 처남은 키가 작고 말이 없었다. 영원히 자라지 않을 것 같은 아내의 동생은 보름마다 바람의 사제들을 찾아 천지를 헤매다 돌아오곤 했다. 처남은 전설과 신화가 된 사제들이 세상에 존재한다고 믿었다. 처남은 미생未生의 세상을 기다리며 미생微生의 삶을 살고자 했다. 작고 작아서 보이지 않는 삶으론 세상 앞에 무엇도 할 수 없다고 말해도 처남의 고집은 꺾이지 않았다.

*

오래전 달빛 내린 날 손화중은 처남이 그토록 기다리는 존재를 찾아 함께 길을 나섰다. 길은 멀고 험했으나 어디든 조선 천지였다. 걷거나 넘어 건널 수 있는 곳이면 어디든 찾아들었다. 그나마 기어오를 수 있으면 다행이었다. 날아서 가야 닿을 수 있는 곳은 애타게 바라만 봤다. 처남에게 하늘을 날 수 있는 능력은 없었다. 부지런히 걷고 또 걸어 당도한 지리산 청학동에서 손화중은 신선 같은 사람들과 조우했다.

청학동 사람들은 머리칼이 길고 키가 컸으며 눈매가 서늘했다. 신선들치고는 젊고 밝았다. 남자와 여자와 아이들이 함께 살았다. 신선보다 높은 곳에 사는 사람들은 입이 무겁고 행동이 발랐다.

청학동 사람들은 세상 만물 가운데 가장 높고 고귀한 존재를 사람으로 보았다. 사람이 곧 하늘이라고 했다. 그 말의 신비와 힘에 눌려 손화중은 숨을 쉴 수 없었다. 처남은 바람의 사제들이 아닌 것에 실망하였는지 몰라도 손화중은 하늘과 동등한 사람의 가치를 처음으로 무겁게 받아들였다.

… 동학은 세상에 존재하는 것을 마음으로 받아들이는 것에서 시작되네…….

손화중은 그 말의 무거움을 알 수 없었다. 그 말의 가벼움도 알 수 없었다. 처남은 잠시 눈을 깜빡거렸으나 평등은 나라가 정한 신분과 직결된 문제라 어찌할 수 없다는 것을 아는 듯했다. 신분은 설 자리의 구분에서 앉은 자리의 차별로 이어지는 가진 자들의 현실이므로 깨트릴 수 없다는 것도 아는 듯했다. 구분의 질서와 차별의 적폐를 없애는 일은 만고에 불어가는 바람 같은 것이라 붙들어 맬 수 없었다. 힘겹게 붙잡아 나무 기둥에 묶어둔들 얼마가지 못했다.

동학의 평등은 실현 가능한 것인지, 헛된 망상에 불과한 것인지 알 수 없었다. 사람과 사람을 차별하지 않고 어지러운 사회를 개혁하여 하늘의 성품을 모두에게 되돌려준다는 동학은 멀고 두려운 신앙이었다. 가까이 하기엔 깊은 우물 같은 것이 동학이었다. 몸을 맡기기엔 마음이 먼저 움직여야 하는데, 마음은 갈 곳이 어딘지 알지 못했다.

 순한 얼굴의 아녀자가 손화중을 바라봤다. 아이를 쓰다듬는 눈매가 아내와 닮아 있었다. 아내는 마음 안에 늘 떠나지 않는 존재로 남아 있어서 아내인 것 같았다. 높지도 낮지도 않은 아내의 목소리가 들려왔다.

> … 당신은 하늘같은 사람입니다. 흐린 날에도, 밝은 날에도 당신은 거기에 있습니다. 비를 내리거나 거친 눈보라를 내려 보내도, 당신은 언제나 내 마음에 당도해 있습니다. 제게, 당신은 변하지 않으며 사라지지 않아서 늘 하늘입니다.

 아내의 하늘과 동학의 하늘이 같은지 알 수 없었다. 저 하늘과 이 하늘은 같은 땅 위에 떠있는 영역 같은데, 아내의 하늘은 편하게 왔으나 동학의 하늘은 광활하게 왔다. 높고 넓으며 깊기도 한 동학의 하늘은 눈에 비쳐든 공간 영역을 넘어 마음의 지평선을 따라 먼 우주로 넘어가는 길목 같았다.

 사람이 곧 하늘이요, 하늘이 곧 사람이 될 수 있으므로, 동학은 높고 가파르며 어려웠다. 그 세상의 하늘을 머리에 이고 산들 이 세상의 하늘같은 사람으로 죽을 수 있을지 알 수 없었다. 구분과 차별이 사라진 세상에서 평등하게 살고 죽는 건 자신보다 먼 후세들을 위해서라도 한 번은 살아봐야 할 것 같았다.

 손화중은 삶을 생각했고, 죽음을 생각했다. 죽은 뒤 남은 자식과 가까운 이웃과 먼 곳의 백성을 생각했다. 세상은 혼자 살아갈 수 없었다. 혼자 사는 세상이 아님은 말하지 않아도 알았다. 삶과 죽음, 그 단순한 것이 남은 삶을 평등으로 이끌고 다가올 죽음마저 평등으로 이끌어준다면 한평생 숨통을 걸고 동학의 길을 걸을 만도 했다.

 손화중은 불모의 시대를 살아온 자로서 억눌린 자존과 좌표를 쥐고 눈을 감았다. 눈 안쪽에 질긴 감정으로 하루하루 겨우 버티며 살아가는 자들이 보였다. 아이를 품은 여인의 어깨 너머 하루도 거르지 않고 일어나는 관헌의 폭정이 보였다. 나날이 늘어나는 수탈의 현장도 보였다. 여인의 눈매로부터 아내의 하늘과 동학의 하늘이 다르지 않음을 알았을 때, 답은 정직하게 밀려왔다. 손화중은 두 쪽으로 갈라선 하늘보다 하나의 하늘로 살아가길 원했다.

 사람만큼 경건한 존재가 없고, 사람만큼 경이로운 존재가 없으므로, 사람 아닌 짐승과 물고기와 새와 곤충도 함께 살아가는 세상이 참세상이었다. 해와 달과 물과 바람과 별이 지나는 길목에서 모든 죽어가는 것들의 생장을 기억하며 감정을 나누는 것이 진짜 세상이었다.

 모든 사람이 하늘처럼 존귀함을 알기에는 불화의 시대에 직면해 있으므로, 살아가면서 사람 대하기를 하늘처럼 섬길 수 있을 같았다. 숲속의 나무들이 밤이면 별을 바라보며 우주 먼 곳으로 구조신호를 보내는 까닭도 이해할 수 있을 것 같았다.

 동학.

 손화중이 난생 처음으로 받아들인 동학은 바람 없는 날의 바다 같았다. 시간 건너 외계 존재들에게 스스스 신호를 보내는 대숲 바람을 이해할 때, 모두를 이롭게 하는 인내천이 머리에 떠올랐다. 생각 너머에서 불어오는 바람을 안고 손화중은 동학의 바다를 건너가는 사유를 지켜봤다. 동학은 손화중의 머리와 가슴과 사지를 딛고 위에서 아래로 느리게 내려갔다. 한번 휩쓸고 간 충격은 평생 잊히지 않았다.

재세안민 在世安民

 손화중의 초막 담장을 타고 넘던 구렁이가 돌부리 아래서 울었다. 어미 뱀은 휘파람 소리를 내며 울었다. 어린 뱀들은 거미줄에 튕기던 물방울 소리를 내서 울었다. 서쪽 끝으로 달빛이 밀려갔다.
 짙은 해거름에 김개남은 상투 끝을 날리며 초막에 들어섰다. 김개남은 큰 체구에도 빠르고 민첩해 보였다. 초가에 들어서자마자 김개남은 말을 쏟았다. 목에서 끓는 소리가 들렸다. 누가 봐도 급한 성정이 보였다.
 "동학의 적들이, 나라의 적들이, 때를 기다려 기습하려 하고 있네. 관군들이 적들 편에 서서 눈에 불을 밝힌 채 동학을 주시하고 있네. 하루라도 빨리 일어서야……."
 김개남은 서두르는 기색이 역력했다. 만반의 준비 없이 농민군을 일으켰다간 힘 한번 쓰지 못하고 꺼꾸러질 위기를 전봉준은 내다봤다. 전봉준이 대답했다.

"이 시대에 재세안민在世安民은 은밀해야만 합니다. 멀리 보이지 않는 적들이 시대를 끌어안는 날 세상은 한바탕 꿈처럼 뒤척일 것입니다."

날마다 수군거리는 적들의 기척이 농민군이 살아 있는 동안의 증거였고, 동학군이 맞서 나갈 세상이었다. 전봉준의 말 속에 그 모두는 들려왔다.

전봉준의 말을 손화중이 받았다. 손화중은 신중해 보였다. 보이지 않는 적들의 기척을 눈앞에 끌고 왔다.

"재세이화在世理化로 널리 사람을 이롭게 하자는 시대는 지금 상황과 너무도 다르지 않습니까? 자칫 잘못했다간 모두 잡혀갈 수 있습니다."

가까이에서 손화중의 목소리는 세상을 삼키는 떨림으로 왔다. 죽은 동학도들의 신원伸寃이 들려왔다. 접장들의 진격이 한순간 아득하게 밀려나가는 것을 알았다. 손화중의 판단은 모두의 대세를 생각하는 것 같았다. 망설임 없이 깨끗한 진격으로 끝내야할 전쟁을 구상하는 듯했다.

손화중의 말을 받을 때, 김개남의 눈에 건너야할 물길이 보였다. 물길 너머 밝고 환한 안민의 세상이 기다릴지, 불 꺼진

재세안민

캄캄한 세상이 기다릴지 알 수 없는 상황에 김개남의 판단은 무모하면서도 기민해 보였다.

"외세를 부르는 사대의 허깨비들이 눈앞까지 밀려와 나라를 삼키려 하고 있네. 보은에서 보았고, 삼례에서 보았네. 금구 취회에서 적들의 인내는 바닥이 났네. 서두르지 않으면 어디에서 밀려들지 모르는 판국이네."

김개남의 말도 이해가 되고 남았다. 적의 집중을 동강내어 흩어진 공세를 역전의 기회로 삼으려는 김개남의 전술도 보였다. 그럼에도 실패와 혼동의 여지가 많은 전술은 확신이 서지 않았다. 일리一理보다는 이리二체를, 이리보다는 백리百里를 보듬어가는 동학의 길은 혼자만의 힘으로 이룰 수 없는 거대한 기획이므로, 개인의 전술보다는 모두의 응집이 중했다.

꿈처럼 죽기를 바라는 것인가. 달빛처럼 살기를 바라는 것인가. 알 수 없는 적의가 가슴 깊이 밀려왔다.

*

갑오년 정월 예동의 공터에 모인 수천의 주민들 앞에 전봉준은 외롭지 않았다. 그날 봉기가 나라의 학정과 조병갑의 횡포로부터 모두에게 기회가 된 것도 잊지 않았다. 그날 고부 관아로 진격한 숫자만 삼천이었다. 전쟁은 수세가 아니라 모두가 하나로 이어진 마음으로 일으키는 기회가 가장 정확했다.

 기회는 말목장터로 이어져갔다. 농민군은 만석보로 달려가 둑을 허물고 무너뜨렸다. 만석보는 철저히 농민을 기만한 조병갑의 기획이었다. 임진년 조병갑이 민정RT을 동원해 축조한 만석보는 착취의 증거였다. 애환의 저수지였으며, 수탈의 저장고였다. 동학농민군의 출정은 만석보에서 시작되었다. 멀리 나라의 학정으로부터 스스로를 보호하고 살아남기 위한 기회였다.

 기회를 기회로 밀어붙이는 김개남의 의지는 확고하고 분명해서 깨트릴 수 없었다. 전봉준이 고개를 끄덕였다. 손화중이 김개남의 어깨를 감싸안았다. 김개남이 눈을 들어 하늘을 올려봤다. 깨알 같은 별들이 조용한 뱃길을 내어 밤사이 건너갈 곳을 가리켰다.

 전봉준이 무겁게 입을 열었다. 입에서 거센 파랑이 밀려왔다.

 "전주로 갈 것입니다. 전주성을 접수할 것입니다. 모두 함께 할 때 뜻을 이룰 수 있습니다. 모두의 마음이 하나가 될 때……."

말끝에 김개남의 눈이 흔들렸다. 손화중의 이마에서 조용한 빛이 솟아올랐다. 김개남과 손화중은 대답하지 않았다. 말하지 않아도 서로는 서로를 알았다. 하나로 이어진 마음은 전주성을 목적으로 할 때 뚜렷한 전의로 밀려왔다.

 김개남이 전봉준의 손을 잡고 눈을 감았다. 눈두덩을 뚫고 물방울이 새어나왔다. 전봉준의 손아귀에 힘이 들어갔다. 김개남의 손끝이 떨리는 것을 알았다. 등을 두드릴 때 김개남의 등판은 평평한 세상을 짊어진 듯했다. 김개남은 평등한 세상을 몸에 새기고 다니는 것 같았다.

 전봉준이 눈두덩을 눌렀다. 손화중의 눈동자를 가르는 긴 유성이 보였다. 김개남의 머리 위로 은하의 뱃길이 보였다.

초월의 아이

 동학을 놓고 다시 정여립의 대동계를 생각했다. 임금이 거미에 대한 대안을 요구했을 때도 어윤중의 머릿속에 떠오른 대동은 쉽게 지워지지 않았다. 만인을 위한 만인의 사상은 논리에 어긋나지 않으며, 그 요체는 저마다 평등한 삶을 비축하고 있었다. 그럼에도 동학과 얽혀 있는 불가분의 의미는 쉽게 헤아려지지 않았다.
 어윤중의 입에서 낮은 신음이 흘러 나왔다.

> … 모든 백성들에게 내려진 신분의 평등과 재화의 공정한 분할이 대동사상이다. 말할 수 없는 자와 말할 수 있는 자의 차별을 없애고, 가진 자가 가지지 못한 자와 나누는 공정한 삶을 지향하는 것이 대동이다.

혼잣말로 읊조릴 때, 비변사 동재 전각 너머에서 부엉이가 울었다. 울음이 조용하고 은밀했다. 민가에 흩어져 살고 있는 개들이 짖어댔다. 부지런한 닭들이 어두운 하늘을 올려보며 울었고, 게으르지 않은 거미들의 뜀박질이 들려왔다.

 어윤중이 책장 사이를 돌 때, 나뭇결 깊숙이 박혀 있던 솔향이 책과 책을 뚫고 나왔다. 책장 모서리에 꽂힌 『예기禮記』를 가져와 탁자에 펼쳤다. 낡고 헤진 종이를 넘겼다. 서문序文에 오래전 남긴 집필의 의도가 보였다. 서문을 넘기자 〈예운禮運〉편에 사람의 윤리를 구현하는 덕목으로 대동사상은 적혀 있었다. 땅에 자리 잡은 사람이나 짐승은 하나의 하늘 아래 아늑하거나 아늑하지 않아도 평등한 세상에 살아야 한다고 〈예운〉은 강조했다. 하늘 아래 사람이나 짐승이 평등할 수 있는 조건은, 나고 자라며 죽어가는 생명의 과정이 같기 때문이라고 덧붙여 설명했다. 생명을 지닌 모두는 평등하고 사랑받을 자격이 있는 것이며, 그 단순한 세상이 대동세상이라고 했다. 살면서 지켜야할 합리이므로 저마다 삶에 지극하고 이롭다고 했다. 넘치거나 부족하지 않은 것이 대동 세상이었다.

 어윤중은 정여립이 솔직하고 대범한 사람임을 알았다. 무겁고 가혹한 감성을 지닌 것도 알았다. 자신감만큼이나 과묵

했더라면 여기까지 오지 않으리란 것도 알았다. 아쉬움과 안타까움이 들었다.

평등은 『예기』에 적힌 대로 단순한 것이지만, 그 실천은 어렵고 복잡하기 때문에 한쪽에서는 지키려하고 한쪽에서는 무너뜨리려 한다는 것을 정여립은 망각한 모양이었다. 정여립의 대동계는 많은 사람들과 합의되었어도, 서인 실세들과 조율하지 못한 게 화근이었다. 신분의 차별을 없애고, 세상의 공물을 대등하게 나누자는 생각은 전봉준이 꿈꾸는 평등과 다르지 않았다. 보이지 않는 평등의 이상은, 정여립의 대동에서 영향을 받은 것은 어디로 보나 기정사실이었다. 신분과 출신과 남녀와 문무의 차별이 망실된 이상적 분화를 정여립은 당대의 대동으로 건설하고자 하였을지 몰랐다.

"전봉준의 세상과 정여립의 세상은 다르지 않다. 저마다 원하는 세상은 다를 것인데……. 전봉준의 꿈과 정여립의 이상이 같은 이유는 무엇 때문인가?"

어윤중은 조용히 읊조렸다. 말의 진위를 가늠할 때 공허한 대기가 손바닥 안으로 밀려왔다. 만질 수 없는 대기의 질량이 손가락 사이로 빠져나갔다. 등짝을 파고드는 허전한 바람은 시리고 축축했다.

무엇도 물을 수 없었다. 정여립을 불러와 따지거나 논쟁할 수 없다는 것도 알았다. 정여립의 생각은 거대한 혁신과 뜨거운 명분을 품고 시대를 역류하느라 거슬러 오를 길이 멀기만 했다. 모두를 포괄하는 조건이 모두의 머리에 스며들 수 없는 이유는 한쪽에서는 죽을 때까지 함께 가길 원했고, 한쪽에서는 시기와 질투도 모자라 배은과 망덕의 사슬로 묶이길 원하기 때문이냐고, 홍련에게 물을 수도 없었다.

  정여립의 계획은 조선의 이상을 실현하는 중한 의중이었음에도 불에 달군 쇠꼬챙이마냥 손에 쥐어지지 않았다. 정여립은 뜨겁고 급진적이었다. 급진의 사고는 놀랍고 낯설기 때문에 시류를 지나야만 설득력을 얻을 수 있다는 논리를 정여립은 잊은 모양이었다. 조선을 뒤엎는 계획이었으므로, 황해도 현감들의 고변은 그 시대의 먼 거리에 유효할 수밖에 없었다.

*

  땅에 묻을 수 없고, 칼로 베어낼 수 없는 근심과 시름의 대동은 어윤중의 마음을 따라 높은 데서 낮은 곳으로 요동치며 내려갔다. 어윤중은 마음속 길을 따라 걷고 또 걸었다.

  마음으로 당도한 세상은 외로워 보였다. 사유私有를 버리고 공화共和를 꿈꾸는 정여립의 대동은 저 세상을 뒤집으며 이 세상으로 밀려왔다. 이 세상의 동학은 저 세상의 대동을 발판으로 고부의 현실을 갈아엎고 있었다. 정여립의 동학은 이 세상으로 건너와 고부수령의 횡포를 썩은 나무 기둥에 옭아매고 이 세상을 정화하느라 여념이 없었다. 이 시대 동학은 다시 대동의 조건으로 병든 세상을 씻어내고 평등한 세상을 세우고 있었다. 권력과 재물에 눈 먼 자들의 탐욕을 베어내는 것이 동학이었고, 그것은 곧 대동이었다.

늦은 밤 어윤중의 머리는 생각할 수 없는 세상으로 건너갔다. 양호선무사 신분으로 지금까지 볼 수 없던 바다를 저어 가느라 피곤한줄 몰랐다. 거대한 돛을 달고 넓고 아늑한 바람에 맞서 세상 끝에 닻을 내리면, 마음으로 정박한 세상은 크고 놀라웠다. 그 세상의 길 위에 어윤중은 단 한번 살아본 적이 없었다. 두려운 세상이 생각보다 가까이 있다는 것도 알았다. 눈에서 물이 차올랐고, 가슴이 두근거렸다. 등짝을 따라 식은땀이 흘러내릴 때 손에 쥔 붓이 떨어져 내렸고, 한순간 흐트러짐 없이 붓은 홍련의 손에 쥐어져 있었다.

어윤중은 당황하거나 놀라는 기색 없이 홍련이 내민 붓을 바라봤다. 가느다란 웃음 끝에 어윤중이 말했다.

"또 순간이동을 한 것이냐?"

홍련은 망설임 없이 어윤중의 말을 받았다. 홍련의 눈은 차분한 용기로 빛을 냈다.

"잠시 금기를 잊었습니다."

"그것을 따지는 게 아니다."

금기의 위배를 놓고 어윤중은 홍련을 다그칠 생각이 없었다. 급속도로 불어나는 거미의 소란만 가지고도 머리가 지끈거렸고, 보은과 공주와 고부와 삼례 일대를 달구는 동학 접주들의 항소만으로도 홍련의 순간이동을 잊기에는 충분했다. 거미는 거미대로 밀고나갈 것이고, 동학 접주들은 그들대로 할 말이 많을 것인데, 소통할 수 없는 먼 곳의 일만으로도 홍련의 순간이동은 금기로 여길 수만 없었다.

홍련이 조용히 말했다. 목에서 느릅나무 잎을 흔드는 바람 소리가 들렸다.

"늦은 밤에 생각이 너무 깊어 보입니다. 붓이 떨어지는 걸 보고만 있을 수 없었습니다."

늦은 밤까지 총총한 홍련의 눈매가 좋았고, 세상 어디든 순간에 다녀오는 초월의 능력이 부러웠다. 그 이상 의미를 가져서는 안 될 것도 알았다. 어윤중이 나직이 말했다.

"밤이 늦었다. 돌아가 쉬어라."

홍련은 고개 숙이고 돌아섰다. 문을 나서는 순간 시야에서 사라지는 것을 알았다. 초월의 아이가 지닌 사연과 내력은 어윤중이 다가설 수 없는 영토에 놓여 있었다. 왕가의 비기에 잠긴 아이들과 마찬가지로 홍련은 이 세상 너머 저 세상을 순간에 이동하는 초월의 능력을 소유한 아이였다.

*

 어윤중의 손에 붓이 떨어지는 순간 홍련은 몸이 둘로 분할되는 느낌이 왔다. 하나의 몸이 두 개로 나눠지는 현상은 시간의 문제가 아니라 속도의 문제였다. 시간을 초월할 만큼 빠른 속도로 홍련은 공간을 이동했다. 붓이 낙하하는 속도보다 빠르게 붓이 떨어질 곳에 당도해 한참을 기다렸다. 머리를 매만지고 옷섶을 다듬은 뒤 귓등을 기어오르는 풍뎅이를 잡아 광화문 앞에 느릅나무 빈 나이테 구멍 속에 밀어 넣고 오는 동안에도 붓은 홍련의 손에 닿기까지 한참을 기다려야 했다. 입이 찢어져라 하품을 한 뒤 소매로 입가를 훔친 뒤에서야 홍련은 떨어지는 붓을 받았다.
 붓을 쥐고는 어윤중 앞으로 돌아오는데 걸린 시간은 눈을 깜빡이는 것보다 빨랐다. 누구도 볼 수 없는 순간이동은 홍련만의 습성이자 할아비의 할아비, 그 할아비의 할아비의 몸을 살다 간 예문관 응교 김의몽으로부터 물려받았다.

홍련의 할아비 김의몽은 흰머리산에서 제주 해오름까지 까마득히 먼 거리도 한순간에 다녀올 수 있다고 했으나, 홍련은 소리보다 빠른 속도감으로 세상 어디든 다녀왔다. 임금의 수라가 익어가는 저녁 시간에 지중해를 끼고 있는 이탈리아 피렌체 성당에 그려진 〈최후의 만찬〉을 감상하고 돌아오는 시간도 경회루 물레에서 떨어지는 물줄기보다 빨랐다.

임진년(壬辰年, 1892) 정월 대보름날 형장의 이슬로 사라진 갈릴레오의 망원경을 쥐고 조선이 자리 잡은 별을 바라보며 달 분화구 안쪽에 발자국을 남긴 것도 홍련이었다. 그날 조선의 별은 둥글다는 것을 생애 처음으로 알았다. 보름날 저녁이면 방아에 열중하는 토끼를 만나지는 못했지만, 달에 가면 숨을 쉴 수 없다는 것도 알았다.

작년 하지엔 히말라야 설산에서 대나무로 만든 썰매를 타고 벼랑에서 끝없이 이어지던 추락을 경험했고, 길고 지루한 장마 끝에 사막 가운데 나일강이 가로지르는 고대 왕들의 삼각무덤 안에서 지독한 칠흑의 실체를 확인하기도 했다.

허기진 보리 싹이 돋을 무렵 국경 너머 천자산 깎아지른 벼랑 끝으로 몸을 옮기면서 무릉도원 같은 공중정원을 거닐었으며, 주린 거미들이 눈앞에 밀려오던 날 얼굴과 몸에 문신을 새긴 잉카인의 하늘도시를 다녀오기도 했다.

어디를 가든 선조 김인몽이 남긴 좌표를 참고로 하는 일이 많았으며, 어느 곳이든 머릿속 좌표는 청정하고 무궁했다. 홍련의 순간이동은 화살보다 빠르면서도 정교했고, 누구도 알아차릴 수 없을 만큼 정확하고 은밀했다.

홍련이 돌아간 뒤 어윤중의 머리는 가마솥처럼 끓어오르는 것을 알았다. 언제까지 거미를 보고만 있을 수 없었고, 언제쯤 동학인들의 울분을 가라앉힐 수 있을지 감이 오지 않았다. 홍련의 순간이동과 무관한 날이 이어질 것이고, 세상은 더 혼탁해지거나 더 어지러울 것도 어윤중은 내다봤다.

인왕산 선바위에서 날아든 새들이 머리를 지나쳐갔다. 어둠을 뚫고 새들은 세상 너머로 사라지는 듯이 보였다. 새들이 날아오른 산등성 너머로 그리스의 신화를 품고 있는 오리온 별자리가 보였다.

남쪽을 열치니

김개남의 본 이름은 기범$_{箕範}$이었다.

김기범이 개남의 이름을 얻은 사연은 길지도 특별하지도 않았다. 꿈속을 걷는 아이를 만나고 나서부터였다는 것은 김기범만 알았다.

신묘년($辛卯年$, 1891) 초봄 최시형이 징게맹게 외얏밋들 너른 땅을 밟으며 정읍 산외 모퉁이 지금실로 찾아왔다. 한 나절 동안 동학 교리를 전해들은 김기범은 최시형에게 여름옷 다섯 벌을 지어 올렸다. 최시형과의 만남은 필연이었다. 전봉준, 손화중과 얽힌 운명의 조각은 최시형을 만나면서 완성되었다. 김기범은 그 모두를 놓을 수 없었다. 그 모두는 말하지 않아도 정인 대 정인의 연대였다. 끊을 수 없는 동맹의 줄기였고, 적의 적으로서 동지였다.

최시형이 돌아간 뒤 하지까지 김기범은 지금실의 아늑함에 묻혀 살았다. 서재에서 『시경』 '조풍曹風' 편을 읽어 내려갈 때 책 속의 하루살이[蜉蝣]가 부르는 소리에 귀를 열었다. 책과 벗 하기 쉬웠어도 책속의 미물과 교감하거나 소통하기는 좀체 없던 일이었다.

김기범은 하루살이가 부르는 곳으로 눈을 돌렸다. 집은 온 데 간 데 없이 사라지고 허허 벌판 한가운데 서 있었다. 지금실의 들녘이 아닌 것 같았다. 육중한 소나무 한 그루가 들판 가운데 꽂혀 있었다.

꿈인지 생시인지 알 수 없는 들녘에 김기범은 혼자가 아니었다. 호랑이를 끼고 걸어오는 백발의 노인이 보였다. 노인을 따라 걸어오는 계집아이가 보였다. 뒤쪽에 머리까지 검은 옷을 덮어쓴 소녀가 보였다. 두 아이는 약속이라도 한 듯 김기범을 앞에 놓고 노인의 말을 기다렸다.

노인이 호랑이 머리를 쓰다듬으며 김기범을 바라봤다. 눈빛이 호랑이를 닮아 있었다. 호랑이가 노인의 손등을 핥았다. 두 아이가 눈살을 찌푸렸다. 노인의 등 뒤로 벼락이 꽂히는 게 보였다. 번쩍이는 순간 땅과 하늘이 부딪히는 소리가 들려왔다. 우레 소리가 밀려갈 때 노인이 나직이 말했다.

"동서로 일본과 양이가 조선을 넘보고 있네. 북쪽으로 관군이 가로막고 있으니, 남쪽을 열어야 하네. 그 길만이 살 길이네. 남쪽 말일세."

한강 아래 남쪽인지 전라도 남쪽인지 김기범은 알 수 없었다. 노인의 정체마저 알 수 없었다. 계집아이가 김기범을 바라봤다. 김기범이 노인에게 물었다.

"어디서 온 누구신데 남쪽을 열라 하시는 겁니까?"

노인이 빙긋이 웃자 호랑이가 게으른 혀로 노인의 손바닥을 핥았다. 계집아이가 징그러운 벌레라도 본 듯 얼굴을 찡그리며 대꾸했다. 아이의 목에서 오래된 바람이 밀려오는 것을 알았다.

"백제 마지막 임금 견훤왕이십니다. 척 보면 모르시겠습니까?"

구백 삼십년 저편에 사라졌을 백제 마지막 임금을 김기범이 알 리 없었다. 씨알도 먹히지 않는 말로 사람을 골려 먹는 아이에게도 좋은 말이 나올 이유가 없었다. 김기범은 역정 섞인 말투로 대답했다.

"너는 내가 신선으로 보이느냐? 내가 신선이면 지금 여기에 있겠느냐?"

누구든 척 보면 알아볼 수 있는 사람은 점쟁이거나 신선 중에 하나일 것이었다. 계집아이를 노려봤다. 아이의 표정이 좋지 않았다. 그러든 말든 점쟁이가 아닌 신선을 불러와 아이를 나무란 것은 잘한 일이지 싶었다. 김기범의 역정에도 불구하고 아이의 관심은 쪽구름 타고 저 가고 싶은 데로 훨훨 날아다니는 신선에 있는 것 같았다. 계집아이가 툴툴거리며 말했다.

"아무래도 보여드려야 알 것 같습니다."

아이가 손바닥을 펼쳐 둥근 원을 그렸다. 한순간 노인의 연대기가 눈앞에 밀려왔다. 놀라웠다. 어른 키보다 큰 원반 위에 실사의 그림이 그려졌다. 백제 땅을 굽어보는 견훤의 얼굴이 보였다. 말에 올라 김제 만경 들녘을 달리는 풍광이 원반을 채우고는 물처럼 흘러갔다. 운봉고원 산마루에서 신라와 연합한 당나라 적과 대치한 견훤의 칼은 무겁고 날카로워 보였다.

눈앞에 밀려온 견훤의 생애가 시대 저편에서 흔들리며 밀려왔다. 눈이 매웠고, 긴 유적遺跡으로 휩쓸려간 백제의 혼들이 보였다. 구백 삼십년의 비가 내렸고, 삼천칠백 스무 번의 계절이 바람결에 흩어져도 견훤의 생애는 지금실에서조차 추억되므로 애도할 일은 아닌 것 같았다.

김기범이 계집아이의 눈을 바라봤다. 아이의 눈 속에 거친 눈보라가 불어갔다.

"이곳이 어디인줄 알 것 같다. 이곳은 내 꿈속이지 않느냐? 내 꿈을 흔드는 너는…….”

누군지 묻지 않아도 꿈을 이끄는 주역이 노인이 아니라 아이라는 것을 알았다. 아이가 숨을 내쉬었다. 입김 속에 무수히 빛나는 반딧불이 보였다. 작은 불꽃들이 허공을 날아오를 때, 세상은 꿈이거나 꿈이 아니어도 아름다웠다. 손을 뻗어 올리자 반딧불은 금세 하늘로 올라가 별이 되는 모양이었다.

아이가 대꾸했다. 아이의 말속에 김기범의 미래는 점지되어 있었다.

"저의 꿈과 동학농민군 총사령이 될 자의 꿈의 중간입니다.”

동학농민군 총사령.

아이의 말은 뚜렷하게 들렸다. 김기범의 삶과 무관한 아이의 말은 무겁게 밀려왔다. 아이의 말을 곱씹었다. 말의 출처와 근원을 알 수 없었다. 말 속에 든 진실과 헛것을 구분하는 건 불가능해 보였다. 볼 수 없는 미래에 김기범은 동학농민군을 이끄는 총사령이 되어 있었다. 김기범은 묻지 않았다. 묻지 않아도 꿈속에서는 이해할 수 있었다.

아이의 꿈을 딛고 김기범은 견훤의 호랑이가 되는 것 같았다. 쪽구름 타고 두둥실 날아다니는 신선이 되는 것 같았다. 꿈속에서 계집아이가 웃었다. 아이가 웃자 세상이 따라 웃었다.

*

꿈속을 걷는 아이.

바람의 사제들과 천년의 숲길을 거닐며 별과 바람과 물의 시간을 꿈에 불러오는 아이라고 했다. 되돌아 갈 수 없는 시간을 거슬러 원하는 누구든 만나고 온다고 했다. 볼 수 없는 시간을 훌쩍 뛰어넘어 원하는 누구든 꿈속에 데려간다는 아이였다.

까마득한 백제의 풍경 위로 겹쳐오는 옛터는 지금실의 들녘이 아니라 꿈속을 걸어가는 아이의 세상이었다. 그 세상의 꿈은 꿈이 아닌 것 같았다. 오래전 백제의 후미를 불어가던 바람이 긴 여운을 끌며 지나갈 때 김기범은 바닥에 엎드렸다. 목에서 해묵은 연민이 밀려갔다.

"옛 백제의 왕께 고합니다. 구백 삼십년 동안 해가 기울고 달이 차올랐으나 세상은 무르익지 않고 드센 억압과 차별을 견디느라 고단합니다. 꿈속 세상이라면 살아볼만 하겠으나 현실은 가진 자의 탐욕과 세도가의 권력 아래 모두가 신음하고 있나이다. 세상은 늘 버릴 수 없는 까닭이 더 많아 세상이라 하겠으나 견디며 살아갈 날을 생각하면 어깨가 무겁습니다."

김기범은 저 세상의 꿈을 오랫동안 기다려온 것 같았다. 갈 수 없는 시대의 빗줄기로 세상을 씻어내고 싶어 했다. 볼 수 없는 먼 시대의 흐린 날씨로 세상의 더러움을 밀어내고 싶어 했다. 갈 수 없고 볼 수 없는 저편의 일기로 끓는 세상을 잠재우고 싶어 했다.

김기범의 긴 시름이 견훤의 눈으로 건너갔다. 돌아올 때 한 점 불꽃이 되는 것 같았다. 견훤이 고개를 끄덕였다. 입에서 더운 바람이 불어갔다.

"남쪽을 열어야 막힌 지맥과 기운이 뚫릴 것이네. 세상은 영웅이 아니라 사람을 기다리고 있네. 남쪽을 열치고 나갈 때가 됐네."

견훤은 징게맹게 외얏밋 들판 위로 달의 정령을 이끌고 왔다. 평등한 달빛으로 말할 수 없는 자들의 누명이 천지간 흩어지길 바라는 것 같았다. 가질 수 없는 자들의 분노가 세상 끝으로 밀려가길 원하는 것 같았다. 그 바람은 견훤의 것이었으나 남쪽을 열 때 모두의 희망으로 올 것도 김기범은 알았다.

김기범은 차별과 억압이 사라진 세상을 생각했다. 평등한 세상은 저절로 오는 것이 아니라 쟁취할 때 오는 것도 알았다. 자유의 세상은 정해진 운명이 아니라 개척하는 자만이 가질 수 있다는 것도 알았다. 그 세상의 모두는 비를 맞으며 바람을 등에 지고 나아가는 나그네처럼, 한줄기 풍경이어도 좋았다.

김기범이 다시 엎드렸다. 목에서 댓잎을 스치는 바람이 불어갔다.

"남쪽을 열고 나가겠나이다. 그 뜻을 이름으로 새기겠나이다. 남은 생을 개남開南으로 살아가겠나이다."

눈물이 났다. 코끝이 맵고 눈이 시렸다. 기침할 때, 머리까지 검은 옷으로 덮어쓴 소녀의 등 뒤로 빗소리가 들렸다. 검은 나비 형상의 쇳조각이 소녀의 등 뒤에 집결해 명을 기다렸다. 순간 수천수만 개의 쇳조각이 저들끼리 부딪히는 소리를 내며 날아올랐다. 날아오를 때 쏜살의 속도와 쇠의 질감이 뚜렷이 보였다. 허공을 지날 때 쇠 나비의 날갯짓에서 우아한 역동이 보였다. 날개마다 날카로운 칼날이 박혀 있었다.

비결秘結

 칼날 속에 천지간 운명이 보였다. 쇠의 집요함과 물의 끈기가 쇠 나비의 날갯짓에 보였다. 꿈속의 나비는 생시보다 뚜렷한 감성으로 밀려왔다. 김기범은 눈두덩을 눌렀다. 눈꺼풀을 비집고 물이 쏟아졌다.
 남쪽을 가리키는 견훤의 말은 쉽게 이해되지 않았으나 가슴이든 마음이든 깊은 자리에 묻어야 하는 까닭은 말하지 않아도 알았다. 김기범은 남쪽을 열어갈 이름으로 살 것이었다. 이름이 헛되지 않기를 징게맹개 외얏밋 들녘을 지나는 바람에 빌었다. 눈을 들어 올릴 때, 까마득한 지평선 너머에서 새들이 날아올랐다. 꿈속의 새들은 물고기 떼 같았다.
 꿈은 오래 이어졌다. 꿈속에서 비가 내렸다. 서편인지 동편인지 방향을 알 수 없는 꿈속에서 날은 어둑어둑 먹물로 채워졌다. 비바람을 뚫고 쇠 나비들이 솟아오를 때 김기범은 서해 연안에서 보았던 은갈치 떼를 생각했다.

쇠를 다스리는 아이.

김제 만경 들녘 외딴 집 아낙의 아이는 꿈속을 걷는 아이와 함께 오백 년을 걸어 김기범 앞에 온 것 같았다. 남쪽을 열어갈 이름에 직면하는 순간 쇠를 다스리는 위엄으로 김기범을 바라봤다. 아이의 눈은 완강하고 고집스러워 보였다.

쇠를 다스리는 아이의 능력은 위험하고 어려웠다. 쇠로 성을 지으면 허물 수 없는 요새가 됐다. 철갑 배를 띄워 들이밀면 막아낼 함선이 없었다. 무쇠로 탑을 쌓으면 천년을 가고 남았다. 쇠로 나비를 부르면 뚫지 못할 것이 없었다.

아이는 초월의 최상을 보였다. 바람의 사제들 가운데 가장 거칠고 험했다. 쇠의 무게로 살기를 채운 아이의 순수는 달빛처럼 조용하면서도 별처럼 영롱했다. 바람의 사제들과 함께 세상에서 사라진 아이는 꿈속을 걷는 아이와 함께 나타나곤 했는데, 그때마다 아이는 수천수만 개의 쇠 나비를 물결처럼 거느리며 왔다.

견훤이 말했다. 눈빛이 정갈하고 목소리가 순하게 들렸다.

"뜻을 받아주니 고맙네. 마지막으로 한 가지 알려줄 것이 있네."

견훤을 올려봤다. 표정이 무거워 보였다. 오랫동안 머리에 담아둔 것 같았다. 견훤은 뜸들이지 않고 말을 이었다.

"손화중이 도솔암 석불에 숨겨진 비결을 찾아낼 것이네. 세상에 드러나서는 안 될 물건이네."

비결은 시대마다 돌았다. 정감록과 미륵 세상을 믿고 세상에 나온 비결은 그때마다 허깨비로 돌았으나 숨은 내력이 말해주었다. 시대마다 비결은 주인을 만나기 전까지 헛된 공상과 망상으로 돌고 돈 것도 사실이었다. 비결은 난세에 쓸모가 있어야 했으나 주인을 기다리는 시간은 헛것과 다르지 않았다.

견훤이 덧붙여 말했다.

"그 물건의 주인은 따로 있네. 손화중에게는 아무 쓸모가 없는 물건이지만, 주인의 손에 들어갈 때 비결의 효력은 세상에 드러날 것이네. 손화중이 처남과 함께 지리산 청학동에서 동학에 첫발을 내딛게 된 것은 결코 우연이 아니네."

"그럼 손화중이 찾아낼 비결의 주인이……."

김기범의 말끝을 흐릴 때 견훤의 표정은 물속에 잠긴 차돌 같았다. 돌의 심장이 견훤의 말 속에 보였다.

"맞네. 바로 손화중의 처남이 낳은 자식이 비결의 주인이네. 일본과 양이가 조선을 넘보는 이유가 바로 그 비결과 연루된 아이 때문이네. 세상 어디에도 없는 귀한 것이네만, 그만큼 위험한 것도 없네."

견훤의 말은 놀라웠다. 헛된 소문은 손화중이 아니라 그 처남의 자식이 주인이 될 때 정직한 자리를 찾아갈 것이라고, 견훤은 말하고 있었다. 놀람과 경이의 순간은 김기범의 정수리를 찌르며 머릿속에 박혀 들었다.

김기범이 나직이 물었다.

"그토록 위험한 것이라면 처음부터 세상에 나오지 않아야 하지 않습니까?"

"허깨비처럼 떠돌고 있지만, 언젠가 세상에 나올 물건이네. 많은 사람들이 생을 걸고 비결을 찾는 데는 그만한 이유가 있네. 미륵과 정감록이 비결과 무관하지 않은 것도 그 때문이네."

어렵고 난해한 비결이었다. 미궁 속으로 빨려 들어가는 꿈은 꿈같지 않고 생생하기만 했다. 허벅지를 꼬집어서라도 꿈 밖으로 나오고 싶었으나 뒷말을 남겨두는 것이 왠지 꺼림칙했다.

비결 하나로 세상은 무엇을 얻을지 알 수 없었다. 세상 밖으로 나올 때 그 세상의 사람들은 무엇을 누릴지 알 수 없었다. 난세를 바로잡을 비결이 무엇인지 그마저 알 수 없었다. 김기범은 가뭄 끝에 세상을 적시는 단비를 생각했다. 썩고 병든 세상을 씻어내는 소나기를 생각했다.

김기범이 말했다. 목에서 질긴 바람이 보였다.

"비결은 꿈같은 것이라 비결일 것입니다. 꿈을 기다린 자들의 세상은 너무 많이 병들고 무너졌습니다. 설령 비결로 세상을 구원한들 얼마나 갈지 두렵기는 마찬가지입니다."

견훤은 망설였다. 비결 자체가 세상을 구원할 수 없다는 것을 아는 눈빛이었다. 견훤은 비결에 숨겨진 비밀을 말하기 쑥스러워 하는 것 같았다. 견훤이 망설인 끝에 말했다.

"그 비결은 기축옥사 때 정여립이 죽어가면서 세상 속에 숨긴 것이네. 별을 다스리던 정여립이 바람의 사제들과 언약했네. 바람의 사제들에게 대동 세상을 넘겨주면서 삼백년 넘어 갑오년을 기약했네. 동학농민 전쟁은 혁명이 될 걸세. 정여립이 못다 이룬 혁명……. 그때 일어났어야 할 혁명과 징벌이 끝나지 않고 비결에 맺혀 들었네."

정여립이 죽던 날 북두의 하늘에 큰 나무가 그려졌다. 금가루를 뿌려도 그처럼 찬란하지 않았다. 정여립이 가리키는 손끝을 따라 나무로 자라난 별무리는 광활한 우주 가운데 크고 높았다. 죽어 별이 된 자들이 나무 아래 모여 들었다. 산 자들의 희비애락이 줄기로 뻗어가거나 뒤끝이 희디 흰 회한의 열매로 자라났다. 큰 나무 별자리에 맺힌 희망은 멀고 아득했으나 저마다 바라는 대동 세상은 소박하고 정겨웠다. 해와 달과 별이 모두 별이어서 아름다운 날 정여립은 죽어 별이 되었다.

*

 정여립의 큰 나무 별자리는 서학인들의 손끝으로 가리키던 십자가 같았다. 머리에서 가슴으로, 가슴에서 가슴으로 이어지는 성호 끝에 맺힌 십자가는 어디에선가 본 듯한 나무로 떠올랐다. 달의 기울기와 해의 세기를 견디며 정여립의 별은 사람과 짐승과 바람을 닮은 나무로 하늘에 그려졌다.
 "가혹한 날이 혁명이 되어 돌아오는 것입니다. 선을 불러 악을 징벌하는 날이 오는 것입니다."
 "바로 그 선악의 절정이 손화중이 찾아낼 비결에 담겨 있네."
 선악의 절정.
 말이 품은 순수와 경이로부터 세속은 저만큼 밀려나갔다. 보풀보다 가벼운 깃털로 세상은 날아올랐다. 잔바람에 세상은 지평선 너머 허虛와 무無의 경계를 뚫고 사람들이 알지 못하는 곳으로 밀려갔다.

김기범은 꿈속에서 불현듯 치솟는 욕정을 감출 길 없었다. 견훤을 바라보며 김기범은 낮고 조용히 물었다.

"비결이 품은 선악의 절정이 무엇인지 알려주십시오. 제 마지막 바람입니다."

"꼭 알고 싶은가? 후회하지 않을 자신이 있는가?"

"……."

김기범은 답하지 않았다. 답할 수 없는 물음도 있는 것이라고, 간절한 희구는 말이 아니라 마음에서 나오는 것이라고, 김기범은 생각했다. 견훤은 갈등하는 것 같았다. 표정이 좋지 않았다. 머릿속에 비어갈 때까지 기다릴 줄도 알아야 했다.

숨을 몰아쉰 견훤이 굳은 표정으로 말했다. 목에서 추적추적 비가 내렸다.

"그 하나로 세상은 선과 악으로 분열되고, 세상은 뿔뿔이 쪼개질 걸세. 손화중이 찾은 비결은 두렵고 위험한 것이네. 세상에 나와서는 안 될 비밀이 거기에 감추어져 있네."

다시 천둥소리가 들려왔다. 하늘은 금세 어두워졌다. 아이의 등 뒤에 집결한 쇠 나비 떼가 파르르 날개를 떨었다. 멀리에서 피리소리가 들려왔다. 꿈결처럼 고래가 구름을 뚫고 날아들었다. 흰 줄무늬 뱃가죽 아래 쇠 나비 떼가 모여들었다.

먼 별이듯 견훤이 김기범을 내려 봤다. 김기범이 아득한 눈

길로 올려 봤다.

"돌아가려네. 손화중에게 전하게. 반드시 처남의 자식에게 비결을 전해야 한다고……."

 말 속에 손화중의 비결이 건너갈 자리가 보였다. 그곳은 생을 걸고 가야할 길 같았다. 멀지도 가깝지도 않은 길은 손화중이 결정할 것이었다.

 큰 지느러미를 저으며 고래가 가까이 내려왔다. 김기범을 바라보며 고래는 눈을 깜빡거렸다. 작별인사라도 하는 모양이었다. 고래가 꿈결 위로 솟아올랐다. 쇠 나비 떼가 고래 지느러미에 붙어 따라갔다. 고래를 따라 먼 곳으로 날아갈 수 있다면 바랄 것이 없었다. 가벼운 몸으로 세상 어디든 훨훨 날아올라 세상에 감추어진 비결과 무관한 곳에서 살고 싶은 마음이 간절했다.

 눈을 떴을 때, 지금실 사랑채에 파묻혀 졸고 있는 것을 알았다. 분명 서재에서 책을 보고 있었던 것 같은데, 새참으로 나온 손두부가 팔뚝 아래 으깨져 있었다. 꿈인지 생시인지 모를 곳을 다녀온 것 같았다.

우설 牛舌

 비가 내리려는지 날이 시렸다. 수라간 담장을 넘어온 바람은 비린 맛을 지우고 맑은 간으로 채워져 있었다. 음식에 든 맛은 왕성해도 사라진 임금의 입맛은 돌아오지 않았다.
 여리고 순한 된장국 냄새가 담장을 넘어올 때 뒷전에 물러난 임금은 아침나절 편전 벽에서 빛나던 〈몽유도원도 夢遊桃源圖〉를 생각했다. 안평대군의 삭신을 데우던 꿈속 진경은 세상과 너무도 달라서 갈 수 없다는 것도 알았다. 생각 너머에는 살 속을 파고드는 거미들의 허기가 그림과 겹치며 종일 떠날 줄 몰랐다.
 경회루 돌기둥을 돌아 별전 마루를 구르는 바람소리가 시점 없이 들려왔다.
 "저녁 수라이옵니다. 근심과 허기를 따순 밥으로 채울 때

이옵니다."

 기름기가 빠진 최고상궁의 목소리는 정성으로 들렸다. 허파에서 빠져나가는 바람은 멀고 가늘어 보였다. 임금이 조용히 답했다.

 "들라."

 내시부 상선이 임금의 말을 받아 최고상궁에게 전했다. 최고상궁이 임금 앞에 허리 숙일 때 부엉이 울음이 들렸다. 울음이 멀고 곡진했다. 사대문 밖에서 또 누군가 죽어나간 모양이었다.

 나인들이 임금 앞에 밥상을 풀었다. 밥상은 조밀하고 기름졌다. 구성진 밥상 위로 수라간 나인들의 빠른 손과 섬섬한 미각이 보였다. 나무랄 데 없이 차분한 저녁 밥상은 어제 올린 수라와 달라 보였다.

 임금이 말없이 밥상을 바라봤다. 하루의 무게를 실은 고뇌가 밥상 너머에서 불어왔다. 임금은 숟가락의 무게로 하루하루 밀려오는 고뇌를 견딜 것이다. 젓가락으로 세상을 후벼서는 보이지 않는 곳까지 바라볼 것이다. 임금의 수저는 늘 바람찬 언덕에 올라 하루를 소환하듯 저녁 수라에 집중하는 게 일이었다. 임금의 수저는 세상을 갈아엎는 칼과 활과 창보다 짧아도 가벼운 의지로 하루를 지나는 데는 가릴 것이 없었다.

최고상궁이 실눈을 뜨고 임금의 입맛을 다독였다.

"오늘 식단은 숯불로 구운 우설과 죽순이 별미가 될 것이옵니다."

우설은 기름기 대신 불향을 입고 있었다. 포개어진 살점마다 찐 죽순이 노란 색채로 스며들어 있었다. 임금이 표정 없이 고개를 끄덕였다. 사대문 밖에서 거미의 습격으로 죽어가는 백성을 생각하면 목구멍에 넘길 수 없는 음식이 보였다. 경기와 충청과 경상과 전라에서 끓어오르는 동학 민초들을 생각하면 입에 넣기도 전에 쓴맛이 밀려왔다. 임금이 한숨을 내쉬며 말했다.

"과분한 음식이다. 심란한 때에 육식이 입에 맞을 리 있겠느냐?"

"며칠째 죽만 드셨사옵니다. 이럴 때 몸을 더 비축하고 아끼셔야 하옵니다."

최고상궁의 말은 차분하게 들렸다. 임금이 죽순을 곁들인 우설 대신 참나물을 바라볼 때 발치에 앉은 기미 나인이 젓가락을 들어올렸다. 참나물로 손을 뻗어 먼저 맛을 봤다. 입속 골짜기에서 참나물이 휘도는 동안 나인의 표정은 아무 변화가 없었다. 목안으로 넘기고서야 나인은 고개를 끄덕이지 않고 눈을 감았다가 떴다. 임금을 바라보는 나인의 눈은 맑고 뚜렷했다. 먹어도 되는 신호였다.

 기미氣味.

 그 조건은 음식에 든 냄새와 맛에 있어도 먹는 자의 기분과 감정과 입맛과 취향을 헤아릴 줄 알아야 했다. 천 가지 음식보다 만 가지 임금의 표정 속에 하루 한 나절 나라의 성쇠와 흥망과 고락이 담기므로, 임금의 눈이 가리키는 자리를 알아차리고 임금보다 먼저 맛을 보는 것이 기미 나인의 소임이었다.

 임금이 물었다.

"무엇으로 맛을 냈느냐?"

"파향을 섞은 들기름으로 맛을 보탰사옵니다."

 최고상궁이 대답했다. 불안한 기색은 없었다. 맛을 내는 자신감만큼은 구긴 데 없이 반듯해 보였다.

 참나물을 입에 넣고 임금은 오래 씹었다. 씹을수록 섬유질만 남아 질겨지므로 대충 씹고 넘겨야 하는데, 임금은 참나물에 맺힌 것이 많은지 한참을 씹다가 삼켰다. 목안으로 넘긴 뒤 임금은 말했다.

"파 맛이 강하다. 참나물 특유의 맛이 보이질 않아."

 임금의 입은 까다롭게 들렸다. 최고상궁의 얼굴 위로 긴장이 돌았다. 고개를 돌리자 참나물을 무친 수라간 나인이 이마를 바닥에 찧었다. 어린 나인은 파향과 참나물의 관계를 이해할 수 없는 표정이었다.

*

맛은 재료에서 시작되어 먹는 자의 표정으로 끝을 맺는 것인데, 그 단순성이 오히려 어린 나인에겐 부담이 될지 몰랐다. 맛을 내는 자의 정성보다 먹는 자의 심기에 좌우되는 맛의 관계를 어린 나인은 망각한 모양이었다. 어린 나인이 다시 소리 나지 않게 이마를 바닥에 찧었다. 바닥에 금이 갔을 리 없으나 나인의 마음은 세 갈래로 나누어졌다.

첫째는 임금의 음식을 대하는 마음이고, 둘째는 마음속에 들어찬 갈등이며, 셋째는 갈등을 평정하는 감각이었다. 마음과 갈등과 감각으로 분할된 맛의 영토에서 어린 나인이 낼 수 있는 맛의 조화는 최적의 땀방울이었다. 노력하지 않으면 살아남을 수 없는 맛의 세계는 늘 최상을 원하므로, 땀방울 없이는 무엇도 기대할 수 없었다.

불의 세기와 바람의 강약과 물의 성질에 따라 맛은 천 가지로 나뉠 수 있으나 수라간의 맛은 언제나 땀의 결정 위에 완성되었다. 고기를 다지는 무두질과 아궁이를 달구는 풀무질과 재료를 다루는 칼질의 융화에서 맛의 원천은 솟을지 몰라도 수라간이 추구하는 으뜸의 맛은 땀 흘려 노력할 때 왔다. 그것이 최상을 원하는 수라간의 위계였고, 맛의 신비를 추구하는 수라간의 질서였다.

해가 기우는 시간에 임금의 뱃속은 참나물이 아닌 다른 것을 원하는 것 같았다.

… 비변사 장고에서 왕가의 비기를 찾아라.

어윤중에게 내린 명을 떠올리면서 임금은 가지런히 씹어 넘길 줄 몰랐다. 무거운 어깨로 돌아서는 어윤중의 뒷모습을 떠올릴 때도 임금은 참나물에 든 맛을 관찰하듯 자잘하게 씹어 넘겼다. 어쩌면 어윤중보다 참나물에 든 파향이 임금의 입을 예민하게 만드는 건 아닌지 걱정해야할 분위기였다. 한줌도 되지 않을 마늘향이 임금의 몸에 밴 취향을 흔드는 건 아닌지 불안할 정도였다.

최고상궁이 근심어린 얼굴로 말했다.

"식재료에 속한 맛은 언제나 정직하옵니다."

"안다."

"정직한 음식에서 다른 맛을 원하는 건, 기우는 저녁에 아침을 기대하는 것과 다르지 않사옵니다."

"이젠 수라간에서 나를 가르치려 하느냐?"

최고상궁의 표정이 굳어졌다. 헛것 같은 임금의 투정 앞에 최고상궁은 입을 다물었다. 더 말해 좋을 것이 없어 보였다. 통할 리 없는 임금의 입맛과 최고상궁의 입맛은 쪽마늘처럼 갈라져 바닥을 뒹굴었다.

기미 나인을 바라보며 최고상궁이 고개를 가로저었다. 오늘은 무엇을 올려도 임금의 입맛을 맞출 수 없는 표정이었다. 기미 나인이 젓가락을 쥐고 임금을 바라봤다. 음식마다 숨은 미향微香이 콧속으로 불어왔다. 맛이 품은 향은 천 가지가 넘을 것 같았다. 향의 진원을 바라보며 기미 나인은 오래전 세상에서 사라진 맛의 시원을 생각했다. 기미 나인의 정수리에서 아지랑이 같은 훈김이 피어올랐다.

맛의 진경

 거미들의 출몰을 알리는 시각에 기미 나인의 오감은 기민하면서도 예민하게 돌았다. 임금이 우설과 살점 사이에 든 죽순을 바라봤다. 우설과 죽순의 관계를 이해할 수 없는 임금의 표정은 아득하고 불안해 보였다.
 최고상궁이 나직이 말했다. 목에서 가느다란 바람이 불어갔다.
"시간의 입자가 오래도록 새겨든 죽순이며, 생장의 순도가 고르게 맺혀든 우설이옵니다."
 … 그 속에 이슬과 풀잎과 바람과 우기가 인공의 양념과 만나 맛으로는 비할 것이 없는 음식이라고, 최고 상궁은 덧붙였다. 임금의 입을 배려한 맛의 가치는 가을날 잎 지는 숲의 밀도로 밀려왔다. 최고상궁의 입속에 든 맛의 조화는 가을날

샛강을 지나는 나룻배와 닮아 있었다.

기미 나인이 최고상궁을 바라봤다. 최고상궁이 고개를 끄덕였다. 젓가락으로 죽순을 집어 들고 입에 넣었다. 임금처럼 오래 씹지는 않았으나 나인은 재료의 단층마다 박힌 맛을 단숨에 알아차렸다.

찐 죽순에 든 깨알 같은 맛의 비경은 전주 승암산 너머에 자리 잡은 죽림으로 뻗어갔다. 멀리에서 보면 머리카락처럼 빽빽이 솟은 대숲이었다. 인적이 끊긴 대숲 아래 죽순은 습기와 바람과 시간을 머금고 자라났다. 바람 부는 날 기린봉에서 솟은 달빛을 받고 자란 죽순은 밤안개를 뚫고 줄기를 일으킨 것도 알았다. 삶이 소담한 자리에서 난 죽순은 사람의 생태를 중시하는 지리적 조건을 딛고 숲지기의 손을 거쳐 남문 장터에 나갔을 것이다. 키가 크고 마른 보부상이 나귀에 얹어 한양으로 가져왔을 때, 기미상궁과 어린 나인이 동문시장에 나가 마디를 짚어보고 전주에서 올라온 죽순을 골랐다. 가져온 죽순을 물에 불렸다가 흙과 바람과 습기를 씻어내고 가지런히 도마에 올렸다.

가을빛을 머금은 식칼로 누를 때 죽순의 단면마다 박힌 풋것의 날카로움이 드러났다. 5년 묵은 나인의 손마디는 쓰고 비린 죽순을 새로운 맛으로 길들였다. 돌미나리와 들깨와 마늘과 간장을 죽순에 얹어 낮은 불로 은근히 쪄냈다. 미나리 향이 밴 죽순은 순한 맛을 거느리고 돌아왔다.

기미 나인이 젓가락으로 우설을 집어 들었다. 망설임 없이 입에 넣었다. 눈을 감을 때 우설은 한겨울 눈 내리는 풍경으로 기울어갔다. 처인성處仁城 뒤편 마른 들녘을 거닐며 생장한 3년생 암소의 내력은 사계를 머금고 긴 날의 풍상과 곡기를 혀로 받아내고 있었다.

고려 때 몽골군이 처인성을 함락하기 위해 진을 빼고 달려든 것을 보면 죽은 암소에 든 맛은 저절로 보였다. 암소는 맛을 비경을 안고 살아오지는 않았으나 죽는 순간 임금의 수라에 오르는 진상의 가치로 죽었을 것이다. 암소가 임금의 수라에 든 의미를 알든 모르든 죽은 뒤에는 임금의 입을 다독이고 허기진 배를 채우기 좋았다. 젖을 뗀 어린 수소를 남겨두고 우시장을 향해 걸어갈 때 암소는 철없이 울었다. 긴 울음 속에 박힌 암소의 운명은 하루치 질량의 치사량만큼이나 곡진하고 처량했다.

간이 엷은 죽순에서 시간을 건너온 보편의 맛이 돌았다. 비린내가 사라진 우설 편육에서 불향이 밀려왔다. 맛과 맛이 섞이어들 때 중한 감칠맛이 입속에 돌았다. 재료마다 절기가 맺혀 있었다. 해와 달의 비율이 소박했고, 일정한 우기가 뼛속까지 밀려왔다.

"드셔도 되옵니다."

기미 나인이 짧게 말했다. 맛에 든 어떤 정보도 입 밖에 담지 않았다. 임금의 순수로 죽순과 우설에 든 맛을 알아가길 바라는 것 같았다. 임금의 입맛을 생각한 배려였고, 수라간 기미 나인의 소임이었다. 맛은 정직해도 입은 다르기 때문에 먹기 전 음식에 든 맛을 알려주는 건 입맛을 부풀리게 할 뿐이었다. 임금의 입을 존중한 까닭이 거기 있었다.

*

임금은 조금씩 먹었다. 죽순에 든 깨알 같은 맛까지 알아낼 듯이 임금은 오래 야금거렸다. 우설에 든 땀구멍이라도 찾아내려는 듯이 임금은 조용히 씹었다. 임금이 알아낸 맛의 진경은 무엇이 될지 알 수 없었다.

"물과 바람과 풀잎이 기름진 맛에 묻혔구나. 비리고 역겹다. 조선의 맛이……."

… 조선의 맛이 죽어가고 있다. 맛이란 오래도록 산천이 스며든 자연의 향이 나야 하는데, 어찌 시궁창 냄새가 난단 말인가?

임금은 무거운 호통을 내리거나 역정을 내지는 않았으나 기름진 맛 하나에 수라간 나인들의 어깨는 무겁게 가라앉았다. 사라진 임금의 입맛 하나로 하루의 정성은 소리 없이 무너져 내렸다. 임금의 말 속에 별처럼 흩어진 맛이 보였고, 하나로 합쳐지지 않은 개별의 맛들이 재료의 참신함을 으깨고 있었다.
 임금이 입을 헹구고 덧붙였다.
"오늘 밤에도 거미들이 미쳐 날뛰는가 보구나. 귀한 음식 앞에 입은 허기가 진다. 정성으로 올린 음식마저 지극한 맛이 보이지 않아."
 마지막 끼니처럼 임금은 밥상 앞에 긴 시름을 풀어놓고 오래도록 말을 쏟을 듯이 보였다. 한 끼라도 무난한 밤이 오길 기다리는 건, 어쩌면 무모하고 외람된 일이 될지 몰랐다. 임금은 이 밤에도 잃어버린 미각을 찾기 위해 분투하는 듯했다.
 광화문 너머에서 새 울음이 들려왔다. 멀고 아득한 울음 속에 파란 눈을 뜨고 날뛰는 거미들의 운신이 보였다. 사지를 찢는 날카로움이 들려왔고, 누군가 죽어가는 소리가 들려왔다. 누구는 죽고 누구는 살아남을 것이지만, 기미 나인의 소임은 죽고 사는 것과 동떨어진 위치에서 임금의 밥상을 돌보는 일이 최선이었다.

기미 나인이 말없이 임금의 밥상을 바라봤다. 말할 때 다시 새 울음이 들렸다. 둥지를 떠나온 소쩍새 같았다.

"맛은 외로운 것이옵니다. 무뚝뚝하며 무질서한 것이 맛이옵니다. 생각과 무관한 곳에서 진입하는 것이 맛이며, 솔직한 것이 맛이옵니다. 솔직한 음식에서 의외의 맛을 추구하는 것은……."

임금의 밥상을 놓고 말을 던지는 것부터가 신분을 망각한 것이며 분수를 넘어서는 일이지 싶었다. 최고상궁이 놀란 눈으로 기미 나인을 노려봤다. 상궁의 눈이 돌아가든 말든 뱉은 말은 주워 담을 수 없었다. 임금의 밥상 앞에 정직하지 않으면 기미 나인의 본분을 다 하지 못한 것이므로, 맛으로 임하는 임금과의 소통은 수라간 위계에 어긋날 리 없었다.

기미 나인은 알았다. 최고상궁과 맛을 나누면서 임금을 가르치지 않아야 했고, 수라간의 명예와 계통을 짊어지고 날마다 맛의 신천지를 더듬어 가야 했다. 임금의 음식에 든 독소를 가려내다 죽든 살든 소리가 없어야 했다. 풍뎅이 같은 삶은 아니어도 임금을 대신해 죽어갈 때 하루살이보다 못한 것도 알았다.

맛을 앞세운 기미 나인의 목숨은 하루를 살아가는 곤충이 될지 몰라도 임금의 수라에 세상의 희비가 관통하므로, 해가 기울고 잠자리에 들 때까지 살아있으면 다행이었다.

임금이 기미 나인을 바라봤다. 눈빛이 중한 아이가 앞에 있다고, 임금은 생각했다.

임금이 조용히 물었다.

"이름이 무엇이냐?"

기미 나인의 눈빛이 흔들렸다. 기미 나인이 밥상에서 한 걸음 물러나 허리를 굽혔다. 두려움을 잊고 대꾸했다.

"연우戀嗎, 누에 같은 천한 이름이옵니다."

"이름 속에 뜻을 새겼느냐?"

"죽기 전 어미는 그리운 것에 대한 화답을 뜻한다 하였사옵니다."

그리운 것에 대한 화답…….

임금이 소리 없이 입에 머금었다. 이름자 속에 긴 사연과 인연을 당기는 기다림이 보였다. 희비가 엇갈린 감정이 한순간 밀려왔고, 호롱을 쥐고 긴 동굴을 지나는 생장의 아득함이 보였다. 임금은 나인의 이름에서 긴 마음으로 세상의 맛을 기다리는 애절한 구석을 직감했다.

세상은 맛에 눈먼 자들의 신기루가 아닌 순수로 올 때 정직했다. 긴 시간이 아니어도 세상의 맛을 통찰한 나인이 있는가 하면, 짧은 순간 임금을 대신해 죽어가는 나인도 많았다.

까만 눈동자로 임금을 올려보는 아이의 눈은 두려움을 비워낸 무수한 상처로 빛났다. 상처받을 용기로 살아남은 아이는 미각 하나로 세상을 바라봤다. 잃어버린 임금의 입맛을 찾아 나선 외로운 기다림이 아이의 눈 속에 보였다. 아이의 어깻죽지에서 수라간의 위계와 무관한 가느다란 인연이 보였다.

흰 구렁이

 남쪽을 열어야 한다[開南]는 견훤의 말은 꿈같지 않고 생생했다. 말속에 벽을 허무는 전율이 밀려왔다. 꿈을 꾸었다고 생각하면 아닌 것 같고, 생시인줄 여기면 꿈같은 일이었다. 김기범은 '개남開南'을 필연으로 받아들였다.
 김개남.
 그 이름을 딛고 동학 농민군을 이끄는 총사령 자리에 오를 것을 내다봤다. 그 자리는 조선 천지에 개벽과 혁명을 불러올 자리이기도 했다. 그 이름의 의미가 난세를 극복하고 새 세상을 열어갈 것을 김기범은 믿었다. 김개남의 운명을 받아들일 때 세상의 적들이 조금 줄어들 것도 알았다.
 조상이 지어준 이름을 버리는 이유는 앞으로 살아갈 날이 소중하기 때문이었다. 백성의 권리로 조선의 주권을 지키는 일은 명백했다. 척양척왜의 구호는 긴박하고 날카로웠으나 그 안에 신분의 자유와 모두의 평등이 있다는 것도 알았다. 나라의 자존은 나라의 공화와 같으므로 그 길은 대동 세상과 다르지 않았다.

전봉준이 원한 전주는 당신들의 자유와 평등의 최종 정착지이므로 중했다. 하늘 아래 당신들의 평등을 위해 반드시 넘어야할 언덕이었다. 전주는 천의 얼굴을 지녔다고 했으나 전봉준의 눈에는 정여립과 윤지충과 권상연이 뜻을 펼친 대동 세상의 중심일 뿐이었다. 그 이유만으로 전주를 가지면 세상을 얻은 것과 같았다. 세상은 모두의 것이므로, 모두의 세상이 전봉준이 원하는 세상이므로, 전주는 세상의 중심이기도 했다.

전봉준이 말했다. 말 속에 서편 멀리 기우는 노을이 보였다.
"보름날 아침에 말목장터에 집결할 것입니다. 이번 혁명은 달빛 전쟁이 될 것입니다. 다들 몸조심하셔야 합니다."

달빛 전쟁.

그 말의 순도를 알 수 없었다. 전쟁이 몰아올 피바람은 짐작되지 않았다. 빛의 전쟁이 몰아오는 수위는 알 수 없으나 그 세상의 평등은 달빛 같으므로 모두에게 공평한 듯했다.

그 전쟁에서 전봉준, 김개남, 손화중은 악을 누르는 선으로, 선을 넘어 자유와 평등의 땅에 임할 수 있을 것 같았다. 그 이상 바랄 것이 없었다. 그 이상 바람은 사치이며 헛된 욕심이었다. 갈 수 있는 만큼 가는 것이 모두를 위한 일이었다.

 전봉준이 초막을 나섰다. 등 뒤로 별이 쏟아져 내렸다. 손화중이 허리 숙였다. 김개남이 부은 눈두덩으로 전봉준을 바라봤다. 길쓸별 하나가 동에서 서로 기울며 떨어져 내렸다. 바람이 발목을 스칠 때, 구렁이가 담장을 타고 내려와 마당을 가로 질렀다. 흰 구렁이였다. 입에서 바람소리가 났다. 등짝에서 푸르스름한 빛이 돌았다.

 손화중이 흰 구렁이를 막대기로 들어 올려 초가지붕 깊숙한 자리로 옮겨주었다. 흰 구렁이는 땅꾼들이 눈에 불을 밝히고 찾아나서는 명물이었다. 눈에 띄는 대로 잡아 아전들의 몸보신으로 보내거나 멀리 대원군 뒤로 나앉은 임금에게 진상으로 보내지는 처지였다.

 아무래도 구렁이의 생존은 바닥보다 초가지붕이 낫지 싶었다. 그곳에서 능구렁이와 짝을 짓고 조용히 살아주면 오래 갈 것 같았다.

 손화중을 물끄러미 바라보던 김개남이 말했다.

"도솔암에서 비결을 찾았다고 들었네."

"그 일로 번민 중입니다. 버려야할지, 묻어야할지……."

흰 구렁이

손화중은 비결을 두고 마음의 갈피를 정하지 못했다. 김개남이 나직이 말했다.
"마음에서 지우게. 주인이 따로 있는 물건이네."
"그건 무슨 말씀인지……."
"얼마 전 꿈이 지나는 길목에서 견훤 왕을 만났네. 내게 남쪽을 열라시며 비결을 처남의 자식에게 전해주라고 하셨네. 반드시 그래야 한다고, 단단히 이르셨네."
"……."
손화중은 대꾸하지 않았다. 김개남을 바라보며 할 말을 잃은 표정이었다. 김개남의 말에 손화중은 망설이는 것 같지는 않았다. 견훤의 말을 전할 때 손화중의 눈은 먼 곳의 처남을 생각하는 것 같았다.
손화중이 고개를 끄덕였다. 구김 없는 표정으로 대답했다.
"비로소 비결이 갈 곳을 알았습니다. 견훤 왕이 비결을 처남의 자식에게 전하라 한 데는 분명 사연이 있을 겁니다."
손화중은 비결이 품은 까닭과 사연과 출처를 생각하는 것 같았다. 더 말해주지 않아도 비결의 자리를 찾아가는 손화중의 처세는 쑥스러움이 없어 보였다. 손화중은 의심 없이 김개남의 말을 신뢰했다.

*

 손화중의 처남은 아내 유씨와 달리 표정이 순하고 말이 무거웠다. 인심이 잦았고, 잰 걸음으로 세상을 걷다보면 하루치의 질량이 길 위에 밀려왔다. 이름이 공선公先이었다. 유공선은 순한 이름을 딛고 하루살이의 생을 부러워하며 살았다. 고려가 남긴 팔만대장경을 신뢰했고, 불심이 더해진 유공선의 동학은 높고 깊었다.

 유공선이 매부 손화중과 지리산 청학동으로 찾아든 것도 우연만은 아니었다. 고부 관아에 빼앗긴 삶을 되찾을 운명이라면 청학동이 아니라 어디든 찾아갔을 것이었다. 청학동에서 우회할 수 없는 운명과 조우한 것을 유공선은 알았다. 유공선은 삶을 돌아봤다. 하루살이에게 하루는 일생이며 평생이므로 삶이 소중한 이유를 그때 알았다. 삶은 하루하루가 중한 까닭에 삼신의 점지가 아닌 개척으로서 운명을 원했다. 유공선은 가파른 산악을 오르듯이 동학의 길을 걸었다. 돌부리가 박힌 험한 길이거나 탱자나무 무성한 가시밭이어도 유공선은 길을 멈추지 않았다.

 유공선에게 자식이 하나 있었다. 사내아이였다. 머리가 총명하고 눈이 밝은 대신 손가락이 네 개뿐이었다. 아이는 동학이 무엇인지 알지 못했다. 동학 없이도 살 아이였다. 아비를 따라 길섶에 머무는 날이 많았으나 세상이 아이를 원했다. 부르지 않아도 세상이 아이에게 오리라는 것을 손화중은 알았다. 도솔암에서 비결을 손에 쥐는 순간 손화중은 자신의 것이 아님을 알았다. 비결의 주인이 멀지 않은 곳의 처남이 아니라 처남의 아이인 것을 아는 것은 쉽지 않았다.

김개남의 말을 들은 뒤 손화중은 오래 생각했다. 아이의 손가락이 네 개뿐인 것을 생각할 때 머릿속을 가로지르는 불꽃이 보였다. 등짝을 기어오르는 전율과 함께 벼락이 스며드는 기분이 들었다. 오감을 뚫고 오는 예감은 비결의 주인을 아이로 지목하고 있었다. 머릿속에 실타래처럼 엉켜있던 비결의 출처가 풀리는 것도 알았다.

손화중은 안도했다. 비결의 주인이 가까운 곳에 있다는 것에 마음은 한결 가벼웠다. 손화중이 이마에 맺힌 땀을 닦아내며 김개남에게 말했다.

"처음부터 내 것이 아니라는 걸 알았습니다. 주인이 누군지 몰라 몸에 지니고 다녔습니다. 비결에 든 광채가 갈 곳을 말해주고 있지 않습니까?"

손화중이 품에서 작은 주머니를 꺼냈다. 검정 주머니였다. 김개남이 말없이 바라봤다. 떨리는 손으로 꺼낸 비결은 흰 비단에 싸여 있었다. 비단을 펼치자 작고 가느다란 옥석이 드러났다. 푸른색의 광채가 뛰는 옥석이었다. 김개남이 숨을 멈추었다. 어린 아이 손가락마디가 돌에 보였고, 자그마한 손톱이 돌 위에 박혀 있었다. 끝에 촘촘한 소용돌이무늬가 새겨져 있었다. 어린 아이의 지문 같았다.

뜨거운 물줄기가 등짝을 타고 내려가는 기분이 들었다. 비결은 다듬은 흔적 없이 자연 그대로를 품고 있다고, 손화중의 눈은 말했다. 전신을 타고 전율이 올라왔다. 비결은 생각밖에 놀라웠다.

김개남이 손화중을 바라봤다. 손화중이 덧붙였다.

"보름달이 오르기 전에 비결을 처남에게 전하겠습니다."

"그래야만 하네."

어디를 돌던 주인을 찾아갈 비결이므로, 아이의 운명을 쥐고 흔들 것 같지는 않았다. 김개남이 손화중의 손을 잡았다. 묵직한 손마디가 손에 다 들어오지 않았다. 언짢은 기색 없이 비결의 자리를 바라보는 손화중의 안목은 깊고 차분해 보였다. 김개남이 고개를 끄덕였다. 손화중이 웃었다. 김개남이 웃자 세상이 따라 웃는 것 같았다.

전봉준이 걸어간 길 위로 달빛이 내려와 낮게 스며들었다. 길은 먼 곳부터 하늘에 닿아 달무리 가까이 뻗어갔다. 땅과 하늘이 합쳐지는 곳에서 새들이 날아올랐다. 봄날 아지랑이 같은 풍경이 멀리에서 밀려왔다. 달빛을 빨아들이면서 세상은 바람과 시간이 쉬어가는 풍경처럼, 그날을 기다렸다.

삶과 죽음, 그 너머

 춘추관 폐지는 남아 있는 관료들을 쑥스럽게 했다. 물러갈 자리가 보이지 않는 자들은 생계를 근심해야 했다. 춘추관의 사활은 사직의 결정보다 일본의 입김이 거셌다. 양이의 의견이 넘치도록 반영되었다. 어디를 보나 나라의 수치를 가져오는 결단이었다.

 외세가 두려워한 사직의 기둥이 춘추관이었다. 국가기록원 역할을 했고, 논의論議·교명敎命·국사國史를 처리했다. 정사政事에 치중하되 외사外事를 기록하는 일도 빠트리지 않았다. 예문관과 함께 시대마다 사건과 사고를 기록했다. 임금의 언행과 신료들의 행적을 기록하는 기관도 춘추관이었다. 임금의 언행이 곧 『승정원일기』와 실록에 옮길 사초이므로, 사관의 업무는 멈추는 날이 없었다.

한 달 안에 춘추관이 폐지될 거란 소문은 지방 관아까지 퍼져나갔다. 춘추관의 사라짐은 사초의 위기와 다르지 않았다. 사초란 사소하지 않으며 복잡하거나 은밀하지도 않았다. 정직한 문장으로 사관의 주관이 개입될 여지는 얼마 되지 않았다. 객관의 시각으로 임금의 행적과 언행을 기록하는 일은 목을 걸고 먹을 갈며, 숨통을 걸고 붓을 드는 것과 다르지 않았다.

기록은 추론과 짐작에 맞서 누가 사라질지 갈등하지 않았으나 사관의 눈으로 상식을 넘어서는 추론은 허용되지 않았다. 기록의 정직을 불러오는 일은 사관이 지닌 객관의 관점 아래 벼루의 바다에 붓을 담그거나 붓을 씻는 일과 같았다.

땅과 하늘을 경계로 임금의 언행을 사관의 붓으로 새기는 일은 하루하루 전율로 왔다. 우국과 충정이 고른 사직의 비늘마다 조선의 임금들은 사관의 기록 안에 하루하루 먹물로 투사되거나 우람한 빛을 튕겨내는 일도 많았다.

어윤중은 춘추관 사관들의 어려움을 알았다. 어려움을 딛고 종이의 바다를 건너가는 붓의 행로를 중히 여긴 것도 알았다. 사관들의 붓마다 사직의 비늘이 돋고 새순 같은 어록이 빛을 내면 벼루의 바다에 임금들의 한숨에서 고뇌까지 하나의 결실로 성글어드는 것도 알았다.

비변사 장고에서 어윤중이 확인한 골자는 깊고 오묘했다. 넓고 황량한 것도 있었다. 헛것 같은 공허한 시간도 보였다. 가을날 바람 불고 잎 지는 숲의 허무한 날도 보였다. 숲에서 나무를 보는 일과 나무들 사이에서 숲은 보는 일은 달랐다. 그 다름이 어윤중의 뒷덜미를 붙잡고 늘어지는 일은 없었다. 날 것 같은 풍경이 종이에 스미면 바람과 시간은 오래도록 쉬어가는 것도 알았다.

어윤중은 『풍비록』을 내려 보며 깊은 숨을 내쉬었다. 기록은 기축년 동짓달이었다. 정여립이 진안에서 스스로 몸을 버린 해였다. 그 모두를 지켜본 예문관 응교의 안목은 날카롭고 정직해 보였다. 예문관 응교 김의몽이 남긴 기록은 깊고 조용했다.

응교는 삼백년의 시차를 기다린 듯했다.

> … 사관은 다만 지켜볼 뿐이다. 임금이 내린 칼 앞에 정여립의 삶은 무겁고 가혹하다. 임금의 칼에 죽을 수 없는 이유는 정여립의 삶이 말한다. 죽음을 기다리는 무의미와 살아남기를 바라는 마음은 다르지 않다. 죽을 수 있는 조건이 임금에게 있는지 살아갈 여건이 정여립에게 있는지 판단할 수 없다. 죽고 사는 데는 의도와 계획과 이유가 있는 것이고, 사관이 개입할 일

은 아니다. 기축년에 수긍할 수 없는 죽음은 죽음이 끝이 아님을 안다. 그 죽음이 전주를 지나 팔도로 번져갈 때 사관은 살아 있음이 부끄럽다. 부끄러운 마음과 살아남은 이유만으로 이 글은 남길 바란다. 이 글이 당도한 곳은 공화와 대동이 절실한 시대일 가능성이 농후하다. 글에서 주관의 정황이 발견되더라도 사관의 뜻은 늘 한결 같다. 사관의 소임으로 시대를 기약하고 아득한 저편의 시대를 예감할 때…….

어윤중은 문장 속에 난무하는 감정의 찌꺼기를 이해할 수 없었다. 사관의 덕목을 헤아려도 예문관 응교의 감정은 임금이 내릴 수 있는 죽음의 형륙 앞에 솔직했다. 죽음을 받는 정여립의 입장에서 옥사獄事의 부당성은 정직해 보였다. 당대를 스쳐가는 바람이 아무리 거칠고 메말라도 사관은 임금으로부터 자유롭고 실세로부터 은밀해야 하는데, 문장마다 박힌 응교의 의중은 직관의 투사보다 주관의 감정에 주력한 것 같았다.

어윤중은 정여립의 대동사상을 뿌리로 하여 서학과 반대 지점에서 나고 자라며 뻗어가는 동학을 이해할 수 없었다. 문장 속에 잠재된 응교의 감정은 시대를 연민한 이유가 선명했다. 당대의 임금을 염려한 까닭도 뚜렷했다. 버거운 감정을 읽어

갈 때, 응교의 판단과 무관하게 누군가 죽고 사는 건 그때나 지금이나 절박해 보였다. 누구의 삶이든 절박할 수밖에 없는 이유는 죽음보다 완강한 삶을 목표로 하기 때문이며, 죽을 수 없는 까닭은 살아 있는 동안의 시간이 절실하기 때문이었다.

 어윤중은 태생이 다른 사상이 백성을 근본으로 하나의 골격을 이루는 골자가 놀라웠다. 까닭을 물으면 삶의 모순이 실세들의 비선놀음에서 오는 것도 알았다. 보은취회 때 많은 사람을 앞에서 놓고 다독이며 뱉은 민당은 동학 사람들의 눈치 때문이 아니었다. 순간의 감정 때문도 아니었다. 외세를 밀어내고 평등을 원하는 자들의 절규는 한 해 두 해 들은 것이 아니므로, 백성의 민음에 귀 기울인 것은 당연했다. 마음은 민음을 듣고 있어도 실상 어윤중이 할 수 있는 일은 얼마 되지 않았다.

*

 동학농민들의 저항은 연민할 수 없는 풋풋한 삶에서 밀려왔다. 외세를 근심하는 게 잘못이 아니었다. 고을 수령의 수탈과 학정과 탐욕을 말할 수 없는 천한 신분으로부터 스스로를 구원하고자 저항하는 삶은 오직 동학농민들만 해냈다.

저항은 삶의 향기와 다르지 않았다. 어윤중은 정여립의 대동 세상을 끌어와 동학을 다독이지 않았다. 동학은 스스로 높고 곧으므로, 저들 스스로 어깨를 걸고 일어서는 데는 거칠 것이 없었다. 나라 위에 백성이 모여 사는 나라를 생각한 마음은 정여립의 공화와 통했고, 동학의 홍익과 다르지 않았다.

나라의 주인을 백성으로 규정하는 정서는 뒤편에 나앉은 임금의 마음에도 드러났다. 쇄국의 섭정을 밀어붙이는 대원군의 정책에도 보였다. 궁극에는 어윤중의 민당에 흐르는 감성과 다르지 않았다. 그럼에도 말뿐인 허구로는 백성을 주인으로 삼는 나라를 건설할 수 없었다. 누구나 주인이 되는 홍익의 세상은 입만 가지고는 일으킬 수 없었다. 탁지부대신의 자격으로 어윤중은 외세에 저항하는 동학만큼은 부정할 수 없었다. 그 하나만은 민당을 앞세워 형틀에 묶이거나 국문鞠問을 당해도 말할 수 있었다. 그것만은 진실로 여기며 살아도 될 것 같았다.

동학은 하늘의 위치에서 백성을 바라보는 것이 아니라 땅의 평등을 지향하는 곧은 마음들이 혁명을 부르는 것이며, 탐학하고 무능한 권력을 징벌하려는 것이었다. 그 마음은 정여립의 공화와 직결되고 대동과 다르지 않으므로 동학의 원천이 될 수 있었다. 땅의 민본을 하늘로 보는 동학 이념과 방식은 달라도 백성을 생각하는 어윤중의 민당은 변함없었다.
 예문관 응교의 기록을 바라보며 어윤중은 삼백년 저편으로 밀려가는 것을 알았다. 정여립이 죽던 날 죽도 능선은 한 자락 몽환으로 보였다.

> … 다시 자유와 평등을 염려한다. 사관은 다만 비 내리는 벌판에서 두려운 물줄기를 바라보며 애도할 뿐이다. 그리하여 진안 죽도에서 목에 칼을 걸고 운명의 끝을 가늠하던 정여립을 문장으로 남긴다.

 문장은 정여립이 죽던 해 동짓달로 기록되어 있었다. 정여립은 예문관 응교의 글 속에 차분한 속도로 죽음을 받아들이며 바람의 사제들과 마지막 밤을 보내고 있었다. 갈 수 없고 볼 수 없는 시대 저편에서 정여립은 동쪽 하늘 별이 되어 오래도록 떠 있었다.
 장악원 담장 너머에서 부엉이가 울었다. 들창 너머로 별이 떠갔다. 응교의 글을 마저 읽어 갈 때, 어윤중은 알 수 없는 전율에 몸을 떨었다. 문장으로 묘사된 죽도의 하늘은 경이와 외경으로 그려져 있었다. 두려움과 신비의 풍경을 눈앞으로 끌고 올 때, 어윤중은 숨을 멈추었다. 생각할 수 없던 섬광이 머릿속에 그려졌다. 팔뚝을 따라 소름 돋는 전율이 다시 밀려왔다.

… 죽도의 하늘을 따라 오래도록 푸른 천이 흔들리며 지나간다. 세월에 묻혀 비단길을 오가던 대상(隊商)들이 오로라라고 부른 이유가 그제야 보인다. 처연한 어감만큼이나 밤하늘의 오로라는 사관의 눈을 끌며 그 밤의 풍경을 남기라 한다. 열두 명의 검은 바람의 사제들이 찾아든 죽도는 어느 때보다 적막하다. 시간과 공간을 뛰어 넘어 모두는 정여립을 바라보며 깊은 숨을 내쉰다. 말할 수 없는 자들의 운명은 헛되지 않으나 눈앞의 죽음은 헛되고 우울하다. 죽는 순간까지 정여립은 사유의 끝을 별 속에 예감하는 모양이다. 죽는 날에도 별을 아끼고 별을 바라보는 정여립은 세상 너머로 사라지는 시 같은 문장으로 기별한다. 피리소리가 들려오고 먼 바다에서 뛰어 오른 고래 떼가 죽도의 하늘에 날아든다.

응교의 문장 속에 정여립은 먼 별을 바라보며 아뢰었다. 임금이 앉은 자리를 바라볼 때, 어윤중은 눈이 뜨거워지는 것을 알았다.

… 신은 별을 부르는 까닭을 안고 살아왔나이다. 별을 노래하는 마음으로 죽을 것이옵니다.

　문장으로 임한 정여립은 고통을 버린 자의 목소리로 임금을 부르고 있었다. 생이 무르익은 자의 고통은 소멸의 위치에서 살아온 날의 회상으로 삶을 다하는 것 같았다. 나눌 수 없는 고통은 몸속으로 흩어지거나 누운 자리로 가져갈지 알 수 없으나 그 고통은 어윤중이 평생을 걸어도 갈 수 없는 곳에 놓여 있었다. 밤마다 무겁게 떠오르지 않은 별이 없을 것이나 가벼이 떠서 바람결에 나뭇잎 사이로 져도 별은 별일뿐이었다.

　문장 속의 정여립은 다시 임금께 아뢰었다. 목에서 하루살이만큼이나 질긴 별무리가 보였다. 별 속에 성긴 정여립의 대동 세상은 높고 외롭게 들렸다.

　… 대동 세상은 크고 놀라운 세상이 아니옵니다. 만인의, 만인으로부터, 만인을 위한 세상일 뿐이옵니다. 그 세상을 반역과 역모와 대역의 제안으로 받지 마시고, 모든 백성과 나누는 공화의 세상이라 바라보소서. 신은 죽더라도 저편 세상에서 대동을 꿈꾸고, 공화를 추구하며 지낼 것이옵니다. 제가 살아온

생애가 그 속에 있고, 죽을 것을 아는 자의 신념이 거기에 있사옵니다.

두려운 용기가 정여립의 목을 타고 글 속에 들려왔다. 예문관 응교의 문장은 정직하고 참신했다. 문장으로 새긴 정여립의 음성에서 전봉준의 목소리를 들은 것은 과하지 않았다. 생의 정면에서 불어오는 질감은 이런 것이라고, 칼끝으로 죽음을 받는 정여립의 얼굴이 글 속에 보였다. 모두가 원하는 대동 세상은 그날 죽도 밤하늘에 날아들고 있었다.

어윤중은 정여립의 고통을 생각했다. 전봉준의 인내와 교차하는 저항을 생각했다. 끝나지 않을 운명 앞에 고통은 약소했다. 고통은 오금처럼 잔잔히 밀려왔어도 세상을 밀어내는 고통으론 충분했다.

성한 작물을 길러낼 수 없는 텅 빈 들녘에서 허기진 몸으로 돌아가는 농부를 바라보면, 저항과 용서에 관한 비율은 언제나 저항으로 기울었다.

어윤중은 저항 끝에 찾아올 혁명과 징벌을 생각했다. 저항의 조건은 굶주린 자들의 공화에 있을 것이고, 그 한없는 단순성 앞에 적이 물러가길 원했다.

동학으로 국론이 갈리고 삶이 흩어지는 모순은 오래전 공화를 원하던 정여립의 시대와 다르지 않았다. 어윤중은 천지를 가르는 분열을 생각했다. 땅의 척박이 일어서고 하늘의 존엄이 허물어지는 불경을 생각했다. 임금이 뒤로 물러난 시점에 전봉준은 대원군과 담판을 지을지 알 수 없었다. 천지가 갈리는 불경 앞에 혁명과 징벌이 모두에게 유효할지 그마저 알 수 없었다.

오래된 바람

 왕가의 비기는 전했다.
 기축년 동짓달은 스산하고 외로웠다. 눈이 내렸고, 임금의 근심과 노기와 염려가 하염없이 쏟아졌다. 임금이 뱉은 말의 찌꺼기가 신료들의 눈을 무겁게 했고, 그해 몰아친 눈보라를 모두는 무거운 눈으로 바라보았다.
 신료들의 직설과 불안이 뒤섞인 기축년 동짓달은 우울하고 어수선한 풍경으로 기록되어 있었다. 정여립의 죽음 앞에 모두는 열 개라도 부족한 입으로 혁명과 징벌을 논했다. 흩어진 논리로 공화와 대동을 놓고 설전을 벌였다. 저항과 용서를 놓고 성내고 꾸짖으며 득달 같이 달려들었다.
 삼백년 저편 동짓달 스무나흘 날 눈 내리는 저녁에 예문관 응교 김의몽과 유성용은 젖은 세상을 놓고 한참을 논했다. 김의몽이 정여립의 죽음을 전할 때, 유성용의 눈은 달빛 같았다. 피리소리가 바람을 타고 저 아스라한 태고에서 밀려오듯 둘은 긴 밤을 나누었다. 예문관 당직실에서 먼저 입을 연 것은 유성용이었다.

"오늘이 무슨 날인줄 아느냐?"

"진안 죽도에서 정여립이 몸을 버린 지 사십구일 째 되는 날입니다."

"……."

유성용은 대답 대신 고개를 가로저었다. 표정만으론, 고갯짓만으론, 김의몽의 말을 수긍하는지 부정하는지 알 수 없었다. 의몽이 조급증을 누르며 덧붙였다.

"정여립이 죽던 밤 하늘엔 큰 나무 별자리가 그려졌습니다."

유성용의 눈빛이 떨렸다. 손끝에 힘이 들어갔다. 장악원 언저리에서 새가 울었다. 유성용이 나직이 물었다.

"나무의 형상이 무엇을 말하더냐?"

"흰 십자가로 보였습니다."

유성용은 한동안 생각에 잠기었다. 정여립의 운명을 흰 십자가에 거는 것 같았다. 죽음에 대한 사유를 별과 나무와 십자가에 걸고 해지는 자리로 유성용은 건너갔다.

"정여립의 죽음으로 끝날 대동 세상이 아니다. 그 세상의 위엄을 모르고 하는 소리지. 대동 세상은 다시 오게 되어 있어. 어쩌면 백년이거나 그 너머 흰 십자가를 걸고……."

별 속에 삶을 던진 정여립은 큰 나무 별자리에 십자가를 숨겨서는 대동 세상을 계시한 모양이었다. 죽더라도 대동 세상을 이어가려는 결의는 그 세상을 원한 자만이 알 것 같았다.

흰 십자가를 걸고…….

그 말의 진실과 그 말의 탄력과 그 말의 신비를 의몽은 짐작할 수 없었다. 정여립과 함께 묻힌 진실은 끝내 불러올 수 없었다.

의몽은 정여립의 목을 압박하던 칼끝을 생각했다. 칼날에 스며들던 저녁 빛의 오묘를 생각했다. 칼끝에 모여들던 하루살이의 떼죽음은 하루가 짧아서가 아니라 평생을 살아온 벌레들의 운명이 다한 때문일 것이었다. 정여립의 운명은 그날이 마지막이었을지, 긍정할 수 없는 죽음은 긴 연민으로 밀려왔다.

의몽이 대답했다. 눈빛이 저녁나절 가지런하고 침착해 보였다.

"그날 밤 모두는 정여립을 살리는 것보다 훗날을 기약했습니다. 그 세상이 옳았으므로, 모두는 정여립을 애도하면서도 다음 세상의 공화와 대동을 희망으로 받았습니다."

그날 밤 견훤의 눈은 맹렬했다. 정여립의 눈은 젖어 있었다. 견훤과 정여립은 세상을 건 싸움 끝에 서로의 감성을 걸고 오래도록 바라봤다. 정여립의 눈에서 삶을 버릴 수밖에 없는 가혹한 운명이 보였다. 운명은 버림받을 용기로 채워져 있었다. 그날 밤 땀과 눈물과 피로 물든 정여립의 죽음은 의몽의 살과 뼈와 혼을 쓰다듬고 지나갔다.

유성용의 얼굴은 수척하고 우울해 보였다. 정여립이 지닌 용기의 출처를 알고자 한 것이 아니었다. 그 죽음에서 밀려오는 아스라한 미명을 바라보기 위한 자리도 아니었다. 정여립의 끝을 마음에 쥘 때 그 고통은 이해가 됐다.

유성용의 눈은 젖어 있었다. 눈 속에 바람이 밀려가는 자리가 보였고, 목에서 뚜렷한 빗소리가 들렸다.

"그날 밤 다른 존재들이 모였었느냐?"

"열두 명의 바람의 사제들이 칼과 활을 숨긴 채 지켜봤습니다. 시대마다 출몰하던 초월과 변이의 아이들이 지켜봤습니다."

검은 장옷의 사제들이 김의몽의 눈앞으로 밀려왔다. 열두 명의 바람의 사제들은 꿈과 생시의 중간에 서 있었다. 몽환을 딛고 세상을 응시하면 세상을 조율하는 외로운 근성이 검은 빛으로 밀려왔다. 초월의 능력을 감춘 아이들의 본성은 깨끗해 보였다.

　유성용이 물었다.

"어디로 간다고 하더냐?"

"지리산 청학동으로 스며들 거라고 했습니다. 그곳에서 단군을 시조로 하는 홍익인간을 실천하며 지낼 것이라고……."

　인내천을 후예들에게 물려주며 자연의 생을 연민할 것이라고, 춤추듯 흔들리는 세상을 멀리에서 지켜볼 것이라고, 은밀히 움직이고 조용히 바라보며 세상을 살아갈 것이라고, 그날 밤 젖은 견훤의 목소리를 의몽은 담담히 전했다.

*

　드러날 수 없는 아이들을 이끌고 세상 끝으로 밀려가는 검은 존재들은 의몽의 입에서 나올 때 과묵하고 소리가 없었다. 검은 색으로 뻗은 길을 바라보며 서로는 서로의 삶을 묻지 않음으로 그 삶들은 가혹해 보였다. 세상 너머로 사라질 때 열두 명의 바람의 사제와 초월의 아이들은 서로의 운명을 다독이며 걸어갔다.

　유성용이 긴 여운을 끌며 말했다. 긴 꼬리를 단 길쓸별보다 영롱하고 맑게 들렸다.

"큰 나무 별자리는 정여립의 운명을 싣고 기별할 것이다. 갑오년 세상에 이르러 황폐한 자리에 공화로 싹트게 된다. 그 무렵 비결 하나가 세상에 나오면 바다 건너 일본과 양이의 세력이 거친 파도로 밀려올 것이다. 그날이 오면, 정여립의 도포 같은 흰옷 입은 자들이 혁명과 징벌로 세상을 물들일 것이다. 대동 세상을 원하는 자들이 다시 세상을……"

유성용의 예언은 어디에서 시작되어 어디로 가는지 알 수 없었다. 갑오년에 이르러 밀려올 세상은 기축년의 세상과 무엇이 다른지 의몽은 알 수 없었다. 순간이동으로 다녀올 수 없는 미래 세상은 답답하고 막연한 환영이 되어 머릿속을 떠돌았다.

의몽이 숨을 멈추고 유성용을 바라봤다. 짧은 시간이었으나 숨을 죄어오는 긴장은 하루가 지나듯 멀고 길게 느껴졌다.

… 시간을 삼킨 아이가 오는 날, 시공을 건너 갑오년에 임하기를…….

의몽이 들창 밖으로 빛나는 별을 바라보며 손을 모았다. 별 속에 의몽의 과거가 보였다. 점지할 수 없는 미래가 볼 수 없는 시점 너머에 가물거렸다. 먼 산들이 들창 너머에서 파도

오래된 바람

처럼 흔들렸다. 어지럽게 뒤엉킨 산들의 대오를 바라보며 의몽은 미래를 기약했다. 알 수 없는 미래는 생각보다 멀고 아득한 자리에 밀려나가 있었다.

 유성용의 눈에서 끝나지 않을 전쟁이 보였다. 달빛으로 빛나는 십자가 형상의 전쟁을 바라보며 유성용은 낮게 읊조렸다.

 "오늘은 예수라는 자가 태어난 전야이다."

 멀리에서 부엉이가 울었다. 정여립이 지나쳐간 시대에도 부엉이는 울었을 것이다. 그때의 부엉이 울음과 지금의 부엉이 울음이 무엇이 다른지 알 수 없었다. 의몽이 대답했다.

 "들은 바 있습니다. 성균관 유생의 말에 서역에서 메시아가 태어난 전야를 가리켜 크리스마스이브라고 했습니다."

 어감이 부드럽고 순했다. 유성용의 눈동자를 가로질러 거친 눈보라가 비쳐들었다. 어깨 너머로 서늘한 바람이 서까래를 두드리며 뚫린 처마를 돌아 나갔다. 유성용이 헛기침 했다. 예수라는 젊은이의 진정은 태어난 전날보다 죽은 뒤 부활에 있는 것을 아는 눈치였다.

 서역을 다녀온 대상이 전한 예수는 성령의 힘을 딛고 동정녀 마리아의 뱃속에서 열 달을 견디었다고 했다. 태어나 장성하여 본시오 빌라도의 통치 아래 고통 받고 신음하는 사람들을 위해 십자가에 못 박혀 죽었다고 했다. 서른세 살의 젊은 나이로 온전히 세상을 돌아보지 못하고 제자의 배신으로 죽었다고 했다. 죽은 지 사흘 만에 부활한 예수는 물고기 별자리를 가리키던 메시아의 손으로 다섯 개의 오방떡과 두 마리 물고기를 이끌고 오천 명에 이르는 유랑자를 먹였다고 했다. 오병이어五餠二魚 전설은 십자가에 못 박힌 자의 용기로부터 나온 것 같았다.

예수는 온전히 죽은 뒤 하늘에 올라 전능한 천주의 오른 편에 앉아 있었다고 했는데, 유성용은 그 말의 신비를 알 수 없었다. 알 수 없는 말의 씨앗으로부터 싹트는 복음이 부러웠다. 복음의 열매는 죽음을 초월한 예수의 부활과 죽은 뒤 영생으로 이어졌을 것인데, 그 믿음은 어디에서 시작되어 어디로 가는지 알 수 없었다.

징비록 懲毖錄

 정여립은 죽은 지 사십구일이 지나도 부활하지 못했다. 부활은 아무나 하는 것이 아니라고, 그 오래 전 유성용은 예문관 응교를 앞에 두고 생각을 추슬렀다. 생각하지 않아도 정여립의 죽음은 유성용의 머리에 또렷이 떠올랐다. 그 때문에 눈이 내리는지 알 수 없으나 천지를 가르는 눈발은 파도 같았다.

 그 밤에 유성용은 은밀히 의몽에게 전했다. 말을 남길 때 긴 시름 끝에 짧은 한숨이 밀려왔다.

 "날이 밝기 전에 왕가의 비기를 감추어야 할 것이다. 일본과 명나라를 사이에 놓고 조선은 오랜 날 다툴 것이다. 사건을 묻고 역사를 추적해 저술을 남기되, 왕가의 비기에 버금가는 기록을 남길 것이다. 징비록懲毖錄이라 할 것이다."

유성용의 말 속에 조선의 환란은 예고되어 있었다. 유성용의 예감은 정확했다. 유성용의 예언은 미리 조준된 구멍으로 물줄기를 흘려보내는 것 같았다. 한 치 빗나감 없이 시공을 뚫어보는 유성용의 안목은 탁월하다 못해 비범해 보였다. 『징비록』은 임진년 전쟁을 대가로 얻은 기록이었다. 수백 척의 함선을 띄워 바다를 건너온 일본과 다투며 유성용이 깨달은 것은 동인과 서인의 분열이 아니라, 이이의 십만 양병과 정여립의 대동사상이었다. 준비된 군사로 싸울 때 나라가 견디는 것이므로, 이기고 지는 것은 임금과 신하와 군사와 백성이 하나로 뭉칠 때 판가름 났다. 하나의 마음, 그 마음이 대동이었다. 하나의 언행에서 시작되는 단결과 협동과 민심을 어깨에 걸고 한 걸음 한 걸음 나가는 것이 대동이었다.

  조선의 신하로서 유성용은 왜란의 창망悵望을 긴 시름으로 바라봤다. 후대로 이어지는 길목에서 백성들 저마다 유념하길 바라마지 않았다. 임진년 먼 바다에서 밀려온 한없는 적의로부터 갈대처럼 스러지는 조선의 초목을 근심했고, 성난 파도로 밀려오는 적과 맞설 때, 마음에서 사라지던 조선의 산천을 유성용은 깊이 염려했다.

  『징비록』은 개인 유성용의 상처를 넘어 일본 사신 귤강광이 가져온 도요토미 히데요시의 계략에 대한 유한성을 통찰한 기록이었다. 어지러운 난세를 성찰과 참회로 돌이키므로 중했다. 당대의 과오를 눈물로 삼키는 것이 『징비록』이었다. 물밀 듯 밀려오는 새까만 적들을 바라보며 임금과 신하와 백성이 느꼈을 무게를 저버리지 못한 탓에 조선의 운명에 대한 지침이었다. 『징비록』은 적들이 물러간 뒤 모두의 마음에서 사라지는 임진년의 난국을 두려워한 까닭에서 시작되었다. 나고 자라며 죽어가는 생장의 순환을, 농사를 짓고 베를 짜며 물고기를 건져 올리는 일과 비교할 수 없는 유언으로 채워져 있었다.

 달 밝은 저녁에 마음에서 사라지는 적의 경계는 무의미했으나 마음에서 끓어오르던 그 한없는 적의를 유성용은 용서할 수 없었다. 가물거리는 신새벽에 유성용은 욕정처럼 일어서는 전쟁의 잔해와 몸속 깊은 곳에서 올라오는 적의를 잊지 않았다. 유성용의 적의는 조선의 근본을 떠올리게 했다. 당대의 감성을 문장으로 실어와 세상 끝에서 절규했다. 『징비록』 곳곳에 구름 걷힌 뒤 푸른 달빛으로 남은 유성용의 끈기와 집념은 외로워 보였다.

*

그 오래 전 『징비록』에서 어윤중이 본 것은 조선의 광활함이었다. 광활한 나라에서 개인보다 나라를 먼저 생각한 유성용의 마음은 문장마다 불꽃으로 남아 있었다. 유성용의 사유와 판단과 예감은 푸른 은하의 뱃길을 긴 문장으로 떠날 수밖에 없는 사공을 떠올리게 했다. 정여립이 나고 자라며 죽어간 시대를 유성용은 붕당의 혼돈과 전쟁의 불면을 끌어안고 실세와 비선들 사이에서 오랫동안 외로웠을 것 같았다.

그럼에도 정여립의 공화를 동학의 평등과 나란히 어깨를 걸어도 무방할지 어윤중은 알 수 없었다. 전봉준의 출현을 정여립의 부활로 말할 수 있을지 그마저 알 수 없었다. 동학이 부르짖는 혁명은 악의 천지를 밀어내는 징벌과 같으므로, 정여립이 구상한 대동 세상과 하나로 이어질 가능성이 높았다. 둘의 존재를 하나로 연결하는 것은 몽환일 것이나 억눌린 현실을 찾아가는 대안으로 보면 참신한 기획이 될지 몰랐다.

어윤중의 입에서 한숨과 신음이 뒤섞여 나왔다.

"정여립과 전봉준의 대동은 하나인가?"

홍련이 생각에 잠겼다가 대답했다.

"객관의 시각과 세상을 통찰하는 안목이 중합니다. 끓는 인정이 아닌, 삶의 자리와 조건을 내걸고 바라보아야 합니다."

홍련의 말은 무겁게 왔다. 먼 곳을 순간에 다녀오는 아이의 말은 사대문 밖에서 날뛰는 거미와는 무관하게 들렸어도, 동학인들을 생각하면 쓸모 있게 들렸다.

홍련의 말에 어윤중의 가슴은 조용히 뛰었다. 어윤중이 물었다.

"그러한들 말뿐인 대동으로 밝은 세상, 좋은 세상이 올 것 같으냐?"

"마음부터가 시작입니다. 동학인들의 마음이 자유와 평등에 있다는 것은 장터 각설이도 알고 부뚜막 천정에 십자가를 내건 서학인들도 아는 골자입니다."

정여립도 알았을 것이고, 알고 죽었을 것이다. 그마저 삼키느라 외롭게 죽어갔을 것이다. 어윤중의 입에서 뱃속 까마득한 자리를 떠난 울분이 들렸다.

"그럴 테지. 그런 세상이니까, 저마다 악을 허물고 선한 마음으로 살고자 하는 것이다."

"어느 시대에서도 악의 맹목은 선의 집행으로 긍휼해지며, 긍휼한 세상은 지금까지 이어져온 터전이 말해줍니다."

홍련은 선악이 극렬히 분할된 영토에서 살고자 하는 것 같았다. 그럼에도 나눌 수 없는 세상을 선악으로 나누어야 하는 현실은 안타깝고 어지러웠다. 그 모두 정여립의 공화에서 시작되는 것을 모르지 않았다. 공화에서 뻗어 나온 줄기를 타고 조선 천지에 뿌리내린 대동사상도 알았다.

『풍비록』의 의중은 정여립의 죽음 뒤에 밀려온 바람의 사제들의 의분과 노기와 울분에 있었다. 정여립은 갚을 길 없는 가을을 물려주며 기울어 갔다. 기록은 바람의 사제들이 지리산 청학동으로 스며든다고 전했다. 임금이 지울 것을 요청했어도 지울 수 없는 까닭은 사관의 도덕과 양심에서 시작되었을 것이다. 죽는 날까지 입을 다물고 죽을 수 있을지 김의몽은 스스로 근심하였을 것이다.

휘파람

 간밤 새끼를 잃은 어미 노루가 고부천을 건너다 물에 휩쓸려 죽었다. 흰 노루는 고부 수령 민가에 산 채 잡혀간 새끼 노루의 생사를 좇아 하염없이 뛰었다. 한참이나 떨어진 산중까지 들려온 어린 노루의 울음은 휘파람 같았으나 어미 노루는 용케 알아들었다. 어미 노루는 길길이 날뛰며 새끼노루를 찾아 나섰다.

 정월대보름 지나 고부수령 세 번째 첩 어미가 풍을 맞은 것은 사실이었다. 떨리는 머리와 어깨와 관절을 바로잡기 위해 산 노루 피를 마시며 견디고 있다는 것도 대개는 알았다.

 철없이 뛰어놀던 새끼 노루는 사냥나간 관군들에게 생포되었다. 다리가 묶인 채 버둥거리며 밤마다 휘파람 소리를 냈다. 휘파람 소리를 따라 어미 노루는 사람 사는 마을로 내려갔다. 고부천을 건너야 했고, 물에 휩쓸려 말목장터 입구까지 떠내려갔다.

고부천을 건너다 죽은 어미 노루는 눈이 파랬다. 새벽나절 사람들이 죽은 노루를 놓고 다투느라 소란했다. 전봉준이 사람들을 불러 타일렀다.

"오늘이 무슨 날인줄 알고 이리 소란한가?"

고창에서 염전을 일구다 올라온 사내가 대답했다. 상투가 헝클어져 이마가 보이지 않은 사내의 말은 모두를 쑥스럽게 했다.

"농민과 동학군이 전주로 진군하는 날입니다."

김제, 부안, 삼례 동학 접주들이 농민군과 함께 전주에 집결하는 것을 모두는 알았다. 이런 와중에 사소한 일로 전의를 흩트리는 일은 두고 볼 수 없었다.

전봉준은 노기를 누르며 덧붙였다.

"한 마음으로 뭉쳐도 모자랄 판에, 왜들 말로 마음을 흔들어 놓는 것이오?"

주린 얼굴의 심마니가 끼어들었다. 어지간히 굶주린 몰골이었다.

"헌데, 고부 수령 장모에게 피를 빨리던 새끼 노루의 어미가 물에 떠내려 왔습니다요."

보름 전 고부수령 집에 새끼 노루가 잡혀간 것도 모두는 알았다. 안들 누구도 대놓고 말할 수 없었다. 전봉준은 다급하게 물었다.

"허면, 새끼 잃은 어미 노루마저 붙들렸단 말인가?"

"이미 물에 불려 죽어 있었습니다."

심마니의 말은 눈을 찌르며 밀려왔다. 눈을 감고 죽은 어미 노루의 절박한 울음을 생각했다. 사람과 처지가 다르지 않은 노루 모자의 질곡은 전주성 진격을 앞두고 불길하게 들려왔다.

낡은 호미를 든 늙은 아낙의 말은 전봉준의 마음을 더 무겁게 했다.

"빈 배라도 채워야 싸울 것 아니오."

정봉준이 정색하고 물었다.

"꼭 그렇게 해야겠소? 어미 노루가 무슨 죄란 말이오?"

장터에서 경판, 완판, 안성판을 망라해 방각본을 대여해주던 총각이 아낙의 말을 거들었다.

"어차피 죽은 것 아니오. 산 사람을 생각해서라도……."

마디가 뚫린 대나무를 새끼 노루 동맥에 꽂아 하루 세끼 피를 받아 마시던 고부수령 장모는 끈기 있게 생을 이어갔다. 그나마 모두를 놀라게 한 기행은 뜬구름 같지 않고 생생히 들려왔다.

　세 번째 첩의 어미는 한밤중에 벌떡 일어나 네 발로 마당과 장독대를 기면서 노루처럼 울부짖었다고 했다. 머리를 풀어 헤치고 새벽이슬을 맞으며 동구 밖에서 옷을 벗고 춤을 추었다고 했다. 낮이면 깊은 잠에 빠져 꿈속에서 산 자와 죽은 자를 가리지 않고 만나 하염없이 진을 뺐다고 했다. 저녁이 오면 어김없이 일어나 바닥을 기거나 울부짖었다고 했다. 동구 밖 언저리를 쓸고 다녔으며, 어미 노루의 환영을 바라보며 두 손 모아 동트는 시각까지 빌었다고 했다.

　죽은 어미 노루의 눈에 비친 세상은 파랬다. 들여다보면 붉은 핏발이 속에 보였다. 어미 노루는 어린 새끼를 부르짖으며 생을 마감했다. 흐리거나 밝아도 자유를 원했을 어미노루는 고부수령 세 번째 첩 어머의 생을 연장하는 조건 아래 죽어 있었다.

*

　자유.
　짐승이나 사람이나 긴 자유를 원했다. 사람이나 짐승이나 굴레를 벗어던진 평등을 원했다. 처음부터 성난 파도와 같은 삶을 원한 건 아니었으나 억압을 견디며 일어서는 적의로 죽기는 싫었다. 빼앗긴 들과 바람과 자식을 위한 마음은 농사를 짓듯 자유를 갈망했다. 자유는 몸과 마음에서 시작되어 들과 산과 물로 이어지는 순환이었고, 생의 저편까지 불어가는 긴 바람이었다. 노루의 자유는 노루에게 있을 것이고, 사람의 자유는 사람에게 있을 것이다. 자유는 이해받을 일이 아니라 본능이었다. 사람이든 짐승이든 억압을 견디며 살아가는 이유가 거기 있었다.

죽은 지 하루도 되지 않은 어미 노루는 살기 위해 죽었을 것이고, 죽기 위해 살아오진 않았을 것이다. 노루의 죽음은, 바람 부는 장터에서 목을 매고 죽은 자와, 관아에 끌려가 고문과 매질 끝에 죽어가던 아비와, 붉은 대낮에 몸에 소기름을 끼얹고 죽어가던 농민과는 다를 것이었다. 생의 끝자리에서 노루의 운명은 새끼를 잃은 어미의 본능으로 죽었을 것이다.

땅에 널브러진 노루를 바라보며 전봉준은 고부 관아에 붙들려가 고초를 겪다 죽은 아비를 생각했다. 아비는 땅에 묻혔어도 자연사로 죽지는 못했다. 구불구불 이어지던 산길을 돌아가 아비는 흙을 덜어낸 자리에 묻혔다. 피리를 불던 소년과 노래를 부르던 여인의 머리 위로 붉고 처연한 저녁이 밀려올 때 아비는 흙으로 돌아갔다. 한 줌이거나 두 줌이 되어도 무방한 아비의 육신은 아득한 비탈과 꺾인 산마루를 돌아 산 자와 무관한 저 세상으로 갔다. 아비는 죽어 바람이 되었을지 별이 되었을지 알 수 없었다.

굽은 산마루까지 아비를 실어 나른 지게꾼과 대장장이와 옹기장이가 떠올랐다. 불구의 몸을 이끌고 겨우 살아 돌아온 자들의 눈빛을 생각했다. 모두는 한쪽 눈이 멀거나 다리를 절거나 팔이 틀어지거나 입이 돌아갔는데, 새벽나절 물에 불려 죽은 어미 노루의 눈빛과 다르지 않았다.

주막 부뚜막 위에 걸린 십자가를 바라보며 주문을 올리던 늙은 주모와, 사발통문을 돌리던 동학 접주와, 장터에서 재세이화의 가치를 논하던 선비들과, 그 모두의 식솔들이 관아에 끌려가 불구의 몸이 되어 돌아왔을 때도 말 할 수 없는 자와 가지지 못한 자들의 몸은 새벽나절 물에 떠내려 온 어미 노루와 같았다.

죽은 노루를 놓고 쏟은 말들이 의미 없진 않았다. 감성의 말이 오갔다. 생떼의 말도 오갔다. 상실의 말과 주술의 말이 떠갔다. 굶주린 날들의 허기가 들렸다. 직관의 말은 고개를 끄덕이게 했다. 짐작의 말은 한숨 속에 사라져갔다. 거룩한 말과 천한 말이 섞이어 들 때, 전봉준은 말과 말의 덧없는 진경 속을 걸어가 유서 없이 죽은 것들의 생애 앞에 지독히 절망했다.

 노루의 몸에서 죽은 자에 대한 예의가 들려왔다. 노루의 몸에서 빠져나온 배설물 속에 산 것에 대한 운명이 들렸다. 죽은 것과 산 것이 경계를 허물고 저편 세상으로 건너갔다. 생사의 갈림길을 놓고 무엇을 말하든 말의 진실은 결국 죽은 노루에게 있었다.

 죽은 노루를 놓고 낭만의 말은 들리지 않았다. 죽음은 낭만과 거리가 먼 말로 들려왔으나 낭만이야말로 죽음을 명예롭게 하고 죽은 것의 안식을 다독이는 것을 모르고 하는 소리였다.

 염쟁이 여식이 죽은 어미 노루를 내려 보며 물었다.

 "죽은 뒤 무엇이 되고 싶어?"

 아이의 머리는 까맣고 숱이 많았다. 아비를 묻던 날 산에서 노래 부른 여인이 검은 숱을 날리며 마음으로 건너왔다. 산발의 머리를 바라보며 까맣게 밀려온 욕정은 무의미해도 두 줄기 혁명과 징벌은 뚜렷했다.

 "……."

 죽은 어미 노루는 대답하지 않았다. 염쟁이 여식이 덧붙였다.

 "저 세상에서 우리 어미 아비 만나거든 나 잘 있다고 전해줄래?"

 염쟁이는 아내를 위해 죽었다. 염쟁이 아내는 염쟁이와 여식을 위해 죽어갔다. 말목장터에 집회를 나갔다가 돌아오는 길에 관군에 붙들린 어미는 혀를 깨물었다. 낫을 치켜든 염쟁이는 관군이 쏜 총통에 머리를 맞아 그 자리에 즉사했다. 사흘 뒤 어미가 죽은 자리에 노란 민들레가 돋았다. 아비가 죽은 자리에는 파란 쑥이 돋았다.

"……."

바람이 불어갔다. 죽은 노루의 입에서는 무엇도 들려오지 않았다. 숨소리도 들려오지 않았다. 죽은 노루 입속은 바람 한 점 없이 깨끗이 비어 있었다. 염쟁이 여식이 오래도록 죽은 어미 노루의 눈을 바라보다 돌아섰다.

허기

 죽은 어미 노루를 놓고 떠올린 낭만은 염치없이 않았다. 염쟁이 여식을 바라보며 떠올린 혁명도 쑥스럽지 않았다. 낭만과 혁명은 성질이 달랐으나 그 다름이 오히려 하나로 이어질 가능성이 높았다.
 낭만과 혁명은 물과 불의 속성을 합치는 것과 달랐다. 다른 개념, 다른 속성을 하나로 이을 때 별개의 개념은 하나가 될 여지가 많았으나 하나마나한 말로 말을 늘이고 싶지는 않았다.
 등짝이 넓은 자가 투덜대며 말했다. 물가에 널브러진 노루를 건져온 자였다. 손가락이 잘리고 팔뚝이 틀어진 대장장이 아들이었다.
 "허기진 배를 채워야 살지 않겠습니까?"

주림을 외면할 수는 없었다. 허기진 배로 전쟁을 치를 수 없다는 것도 알았다. 달라붙은 뱃가죽으로 죽음을 불사하는 전쟁이 혁명이 되어줄지 낭만이 되어줄지 알 수 없었다. 다시 전봉준은 어미 노루의 죽음에서 밀려오는 낭만을 생각했다. 그 너머 흙으로 돌아가는 순환을 생각했다. 다른 말은 하지 않았다.

"묻어주게. 새끼 잃은 어미 노루의 상실과 상처는 사람과 다르지 않을 것이네."

대장장이 아들이 전봉준을 바라봤다. 먹어야 살고, 살아야 전쟁이든 혁명이든 할 것이라고, 부릅뜬 눈은 말했다. 전봉준이 덧붙였다

"자식 잃은 마음, 우리라도 치유해야하지 않겠는가?"

죽은 짐승을 놓고 장닭처럼 투닥거리던 자들이 말을 잃은 듯했다. 모두는 살아남거나 죽는 것을 두려워하기보다 먹기를 두려워하는 것 같았다. 상처 입은 짐승 앞에 모두는 한 가지만 떠올리는 것 같았다. 살기 위해 먹을 뿐이며, 먹기 위해 사는 것은 아니라고.

 말하지 않아도 알 것 같았다. 삶과 죽음은 먹는 것과 무관한데, 먹는 것에 삶을 걸어야 하는 까닭이 답답했고, 먹지 않으면 살아갈 수 없는 목숨이 허랑했다.

새벽나절 먹는 것에서 시작된 생의 조건이 무의미하진 않았다. 눈을 감으면 비 내리는 아비의 무덤가 풍경처럼, 홀로 위험을 무릅쓰고 물을 건넜을 어미 노루의 생애가 안타까웠다.

죽은 어미 노루는 길든 짧든 어린 새끼와 뛰거나 걸었을 것이다. 풀을 뜯고 여문 곡식 알갱이를 주워 먹으며 살았을 것이다. 산더덕을 파내 먹거나 깊은 산속 옹달샘 물을 마셨을 그 삶을 생각하면 죽음에 대한 애도는 덧없지 않았다.

말이 없던 물레방아 둘째 아들이 말했다. 눈빛이 초롱한 청년이었다.

"반나절이라도 묻어주는 것이 죽은 노루와 모두에게 이롭지 싶습니다."

그 말의 실체는 결국 죽은 노루를 먹겠다는 말일 것인데, 전봉준은 다만 뱃속 허기를 이유로 죽은 노루를 먹기는 싫었다. 죽은 노루를 생각하고, 산 자들의 허기를 생각하는 것이 옳을지는 몰라도 최선은 아니지 싶었다.

전봉준이 고개를 끄덕여주었다. 달리 방도가 없는 일에 진을 뺄 이유가 없었다. 죽은 짐승을 대신해 산 짐승을 죽여가면서 끝낼 일도 아닌 것 같았다. 산 짐승이 남아 있기나 한지 그마저 알 수 없었다.

"양지 바른 데 묻어 주게. 묻을 때 익은 과실이라도 하나 던져주게. 묻은 자리에 물은 올리지 않아도 될 걸세."

 물에 빠져 죽은 어미 노루에게 할 수 있는 건 죄다 배려한 것 같았다. 물을 주지 말라는 당부는 물에 빠져 죽은 어미 노루를 위한 것인지, 고부수령 세 번째 첩 어미에게 피를 빨리던 새끼 노루를 위한 것인지 알 수 없었다.

 전봉준이 덧붙였다. 목에서 눈보라치는 겨울이 밀려왔다.
"해가 이마 위로 오르면 전주로 향할 것이네. 그 안에 준비를 갖추되, 저마다 몸을 가벼이 하여 발진할 것이네."

 소문 없는 적의가 입에서 입으로 번져갈 때, 전주성은 눈앞으로 당겨져 왔다. 새벽나절 어수선한 소동은 죽은 노루를 딛고 바람 부는 전주성으로 밀려갔다.

 전주는 온 고을의 서정이 사람 속에 열리는 곳이었고, 땅과 물과 바람이 깨끗한 전통으로 이어진 고을이었다. 사람에 대한 예의를 중시했고, 태조의 초상을 모신 경기전이 고을 가운데 자리 잡았다. 조선의 역사와 전통을 지켜온 전주사고全州史庫의 우람한 진정이 살아 숨 쉬는 사직의 한 곳이었다. 역사가 두렵지 않은 고을은, 예부터 그 예전부터 늘 청정한 곳으로 이름을 알렸다.

*

악을 허물고 자유와 평등을 찾아가는 여정은 예동 공터에서 군중을 이끌고 고부관아를 습격하던 숨 가쁜 전투와 달랐다. 삼월에 손화중·김개남이 이끄는 남접군과 고부관아를 점령하던 황토현 전투의 숨찬 박동과도 달랐다. 시월에 손병희가 이끄는 북접군과 함께 일본연합군의 공세에 맞서던 우금치 전투의 전율과도 달랐다. 말목장터에 모여 만석보를 표적으로 삼아 숨 졸이던 진격에도 비할 수 없었다. 백산 흙성에 주둔하여 관군을 기다리던 긴장과 달랐으며, 이용태가 수백 명의 역졸들을 데리고 마을을 불태우던 때의 민심과 다를 수밖에 없었다.

전봉준은 이용태의 만행을 소상히 알았다. 낱낱이 파헤쳐 그 죄를 물었다. 마을마다 역졸을 풀어 민심을 어지럽히는 민요民擾 두목을 잡아들인다는 명분으로 아녀자를 욕보인 것을 알았다. 수시로 재물을 약탈했으며, 시도 때도 없이 몽둥이를 휘둘러 저항하는 자들의 사지를 분지르고 으깬 것도 알았다. 전봉준의 집이 불탄 것도 이 무렵이었다. 부안과 고창과 무안 일대를 쑥대밭으로 만들어가던 이용태의 만행은 끝없이 이어졌다. 손화중이 이끄는 동학군에 붙잡혀 죽도록 얻어맞은 뒤 이용태는 어디론가 자취를 감추었다.

전주성 함락은 외세로부터 조선을 지키는 마지막 전투가 될 것이었다. 전봉준은 사지를 찔러오는 수천수만 개의 바늘이 한 칼에 잘려나가는 고통보다 아프다는 것을 알았다.

연민 없이 깨끗한 사지로 전쟁에 임할 조건은 사월에 장성에서 두 차례 승전하여 원평에 당도했을 때의 감정과 달랐다. 장위영령관壯衛營領官관 홍계훈의 명을 받고 이효응과 배은환이 임금의 편지를 들고 원평으로 찾아왔을 때 전봉준은 망설임 없이 둘의 목을 벴다. 칼끝에 맺힌 핏방울을 바라보며 죽은 아비를 생각했고, 관아로 끌려간 수많은 고부농민을 생각했다.

더 이상 조정과 타결할 수 없었다. 입바른 회유와 목을 조르는 협박과 막대한 금전에도 흔들리지 않을 자신이 있었다. 모두가 지켜보는 가운데 둘의 목을 벤 것은 본보기로 옳았다. 연민은 없었다. 그나마 이주호가 들고 온 내탕금內帑金 일만 냥을 군수자금으로 빼앗은 것은 백성에게 수탈한 금전을 돌려받는 것일 뿐 그 이상 의미는 없었다. 그 또한 연민할 일이 아니었다.

죽음이 두려운 마음으론 전쟁에 임할 수 없었다. 완벽한 평정심의 용기로 전쟁에 나설 조건은 개인의 목숨보다 나라의 운명을 걸기 때문에 가능했다. 나라 앞에 개인은 사치일 뿐이었다. 나라의 운명 앞에 목숨은 한갓 들풀에 지나지 않아도 좋았다. 생목숨을 버려도 바람 불고 나뭇잎 지는 늦가을의 석양을 바라보듯 서럽게 애도할 일은 아니었다.

  죽음은 쑥스러운 낭만이 아니라 혁명을 불러오는 깊고 조용하며 은밀한 죽음이 가장 아름다웠다. 그 죽음은 새별나절 어린 새끼를 찾아 물을 건너다 죽은 어미 노루의 눈에 비친 새파란 하늘과 다르지 않았다. 그 죽음의 내용은 외롭거나 고달파도 의롭게 밀려올 때 아름다웠다.

마이산

 들창 너머에서 불어온 잔바람이 등롱을 흔들고 지나갔다. 불빛에 드러난 비변사 장고는 무채색의 질감으로 흔들렸다. 구석진 자리에 그림 한 점이 보였다. 눈 밖에 버려질 만큼 그림은 낡아 보였다. 어윤중의 눈에 들어온 것부터가 평범하지 않았다.

 등롱을 들고 가까이 걸어갔다. 천을 걷어낸 뒤 그림을 바라봤다. 눈에 익은 암수 산마루가 보였다. 단번에 마이산이라는 것을 알았다. 어윤중의 눈동자가 흔들렸다. 놀라움으로 들어찬 어윤중의 눈빛은 본 것을 황급히 지우려하는 것 같았다. 등줄기를 타고 올라오는 서늘한 한기를 느꼈을 때, 그림 속 존재들의 실체가 보였다.

 바람의 사제들.

검은 장옷의 열두 사제들은 깊은 눈매로 목에 칼을 꽂은 정여립을 바라봤다. 어깻죽지가 떨렸고, 명치끝이 아파왔다. 관자놀이를 찌르는 아득한 통증이 밀려왔다. 시간이 멈춘 자리에서 어윤중은 혁명을 부르며 죽어간 혼백과 마주했다. 저 세상의 언덕에서 정여립은 이마에 오로라를 담고 흰 뼈를 드러낸 큰 나무 별자리를 올려봤다. 찬란한 죽음이 밀려올 때, 화폭 너머에서 부엉이가 울었다.

 불멸의 존재들은 그림 속에 죽지 않고 살아 있었다. 백발의 건장한 노인이 쇠와 불과 바람과 물을 다스리는 아이들과 함께 직립해 있었다. 모두는 정여립을 바라보며 다음 세상을 기약하는 것 같았다. 정여립의 공화와 대동 세상을 물려받은 바람의 사제들은 은둔과 불멸을 사이에 놓고 더 먼 세상을 기다리는 것 같았다.

"보았느냐?"

 홍련은 말없이 고개를 끄덕였다. 어윤중이 신음했다.

"이 어찌……. 놀랍구나."

 덧붙여 말할 때, 조용한 눈빛의 아이는 어윤중의 마음을 딛고 답했다.

"정여립은 이미 오래전 갑오년의 세상을 예언한 것 같습니다. 이 세상의 어려움을 그때 이미 알은 것 같습니다."

그림 속에서 거친 바람이 불어갔다. 정여립이 부릅뜬 눈으로 먼 하늘을 바라봤고, 그림 속 모두는 말이 없었다. 어디에서 시작된 바람인지 알 수 없으나 모두의 시선은 생의 정면을 겨누며 밀려갔다.

　　　　　　　　　　＊

 정여립은 그림 속에서도 그림 밖에서도 기억되기를 바라는 것 같았다. 푸르스름한 생의 기별이 그림 속에 떠갔고, 죽음이 놓은 길을 따라 미지의 세상으로 정여립은 걸어갔다. 두려움 없이 깨끗한 묘사는 극사실의 화법으로 그려져 있었다. 거센 죽음으로 풍요의 삶을 예감하는 그림은 객관의 묘사가 백미였다.
 비밀을 삼킨 그림을 바라보며 어윤중은 전율했다. 전신을 찌르는 고통을 알았다. 다시 그림을 바라봤다. 멀리에서 정여립의 죽음을 바라보는 세 명의 건장한 사내가 보였다. 사내들은 이마에 가느다란 글씨로 '在世理化재세이화'를 새긴 붉은 띠를 두르고 있었다. 삼백년 저편에 동학 접주들이 정여립과 함께 살았을 리 만무했다. 곁에 열댓 살 정도 보이는 소녀와 스무 살이 갓 넘은 청년이 보였다. 손끝이 떨렸고, 어깨가 휘청거렸다.

『풍비록』한 곳에 기록된 초월의 존재들이었다. 소녀는 시간을 삼켰다고 했고, 청년은 순간이동을 한다고 비기는 전했다. 청년이 바로 예문관 응교 김의몽이며, 그의 아득한 후예가 바로 홍련이었다. 홍련의 몸에 붙은 순간이동은 김의몽으로부터 유전된 능력이었다.

그림 속 청년과 함께 정여립의 죽던 날 세 명의 사내가 먼 미래에서 다녀간 것을 알았을 때, 어윤중의 심박은 평소보다 다섯 배 넘게 뛰었다. 갑오년 동학의 시대를 거슬러 정여립이 살다간 기축년 시월의 시공으로 건너간 자들은 말하지 않아도 누군지 알 것 같았다.

전봉준, 김개남, 손화중은 그림 속에서 말이 없었다. 어윤중은 숨을 죽였다. 홍련이 떨리는 눈으로 그림을 바라봤다. 어윤중의 입에서 낮은 신음이 나왔다.

··· 기축년에 스러져간 대동 세상이 갑오년에 이르러 다시 오는구나.

그림 속 예언을 어윤중은 한 눈에 알았다. 정여립의 공화를 딛고 혁명은 다시 도래할 것이며, 저 세상의 징벌과 함께 이 세상의 혁명이 뜨거울 것도 내다봤다.

전봉준, 김개남, 손화중의 머리 위로 소리 없이 떠가는 고래 떼가 보였다. 머릿속이 끓어올랐고, 입에서 낮은 신음이 새어나왔다. 뱃가죽이 흰 고래 떼가 눈동자를 가로지를 때 알 수 없는 물이 어윤중의 눈에서 흘러내렸다.

기록 속의 김의몽은 동짓날 스무네 째날 밤을 크리스마스이브라고 전했다. 어감이 순하고 부드럽게 새겨져 있었다. 성균관 유생의 말로 서역에서 메시아가 태어난 전야를 가리킨다고 했다.

홍련의 눈동자를 가로질러 거친 눈보라가 비쳐들었다. 어깨 너머로 서늘한 바람이 서까래를 두드리며 뚫린 처마를 돌아나갔다. 어윤중이 헛기침 했고, 홍련이 눈을 들어 들창 너머 먼 하늘을 바라봤다. 예수라는 젊은이의 진정이 태어난 전날보다 죽은 뒤 부활에 있는 것을 아는 눈치였다.

어윤중은 비척거리며 장고를 나왔다. 말발굽 소리 한 점 없는 새벽이었다. 멀리 청계천 물소리가 들려왔다. 귓속을 후비는 거미들의 고성도 들려왔다. 거미들은 잠들지 않는 세상을 산 것도 죽은 것도 아닌 채 저 가는대로 흘러 다녔다. 홍련의 지혜가 덕이 될지 돌이 될지 아직 알 수 없었다. 낮은 바람이 비변사 앞뜰 고른 박석 위를 불어 다녔다. 달빛이 내려와 박석을 비출 때 끝이 날카로운 빛이 뛰어 올랐다. 새벽은 어느 때보다 스산하고 고단했다.

노룻국 한 모금

말목 장터 구석진 곳에서 큼직한 가마솥이 끓어 넘쳤다. 두 식경 지나 묻은 노루를 파내 가져온 모양이었다. 죽지 않으려면 먹어야 했으나 새끼 잃은 어미 노루까지 먹어야하는 주림은 낭만과 무관해 보였다. 결국 먹어야 살아남을 수 있었다. 먹어야 하는 본능보다 살아남아야 하는 현실이 더 중한 것도 알았다.

죽은 어미 노루로부터 얻은 부드러운 살점과 뼈마디 사이의 골수와 기름진 국물은 한 끼 식사로 가뜬했다. 목 너머로 넘길 때 먹거리에 관한 본성은 어느 때보다 쓰라렸다.

손가락 사이로 바람이 불어갔다. 염쟁이 여식이 다가와 노루 국을 건넸다.

"숟가락이 없어도 드셔요. 배를 채워야 싸울 수 있습니다."

까만 머리에 이마가 둥글고 콧등이 매끄러운 아이는 눈빛으로 전쟁을 준비하고 있었다. 눈 속 전쟁은 맑고 깨끗했으나 아이가 감당할 전쟁은 아닌 듯했다. 전봉준이 아이의 머리를 쓰다듬었다.

고맙구나.

그 말을 할 수 없었다. 노루의 주검을 생각하면 애통했다. 아이의 눈을 생각하면 절박했다. 허랑한 마음은 어디를 바라봐야 할지 알 수 없었다. 아이의 눈을 지나 마음으로 건너오는 전쟁은 주저 없이 뛰어들 모두의 세상이었다. 그 세상의 전쟁터엔 시린 비가 내렸고, 거친 눈보라가 불어갔다. 아이의 눈 속 전쟁은 하염없는 빗줄기와 눈보라로 채워져 있었다. 그 전쟁은 혁명과 징벌일 것이었다.

전봉준이 뚜렷한 눈매로 아이를 바라봤다. 아이가 희미하게 웃었다. 세상이 조금 순해지는 것 같았다. 고개를 끄덕이며 국사발을 들이켰다. 비린 사골 냄새가 코를 찔러왔다. 콧구멍을 타고 어둡고 캄캄한 뱃속으로 국물은 긴 폭포처럼 내려갔다. 텅 빈 뱃속이 꿈틀댈 때 세상 끝에서 끝으로 불어가는 노루의 생애가 보였다. 긴박한 뜀박질로 이어진 노루의 생애는 사람보다 깨끗하고 조용해 보였다. 숨 막히는 긴장감 없이 아늑하면서도 고요한 노루의 생애를 바라보며 전봉준은 전율했다. 노루의 세상은 사람 사는 세상과 달라 보였다.

아이가 덧붙였다. 아이의 목에서 휘파람 소리가 들렸다. 새끼 노루 울음 같기도 했고, 전쟁터마다 울려 퍼지는 쇠나팔 소리 같기도 했다.

"죽은 어미 노루는 어린 새끼와 함께 별이 될 거라고 했습니다. 다시는 죽지 않는 별로 태어날 거라고 말했습니다. 밤이면 세상을 바라보며 지낼 거라고, 전봉준 장군께 전해주라고 했습니다."

짧은 생을 살다 간 노루 모자의 생애는 별과 다르지 않은 것 같았다. 큰 별과 작은 별은 밤마다 몸을 떨어 한줌 빛으로 서로의 존재를 확인하고 서로를 바라보며 살 것 같았다. 별이 되어 서로를 바라보면 얼마나 다행일지 죽은 어미 노루만큼은 알 것 같았다. 작고 희미해도 모두에게 빛이 닿으면 다행일 것이고, 크고 찬란해도 좋았다.

전봉준이 조용한 눈으로 아이에게 물었다.

"죽은 어미 노루와 말을 섞었느냐?"

"저는, 모든 죽은 것과 말하고 이야기 나눌 수 있습니다."

가슴이 두근거려왔다. 죽어 사라진 것들과 소통할 수 있다는 말은 눈물보다 애잔한 감성을 실어왔다. 알 수 없는 아이의 말에 전봉준은 죽은 아비의 소식을 묻고 싶었으나 부질없다는 것도 알았다. 공연한 말로 아이를 힘들게 해서 좋을 게 없었다. 죽은 아비보다 염쟁이와 염쟁이 아내가 저 세상 어디에서든 근심 없이 지내거나 고통 없이 흘러가면 다행이지 싶었다.

"네 아비어미는 저 세상에서 잘 지내고 있다더냐?"

아이의 아비는 오랜 세월 죽은 자를 씻고 닦았다. 찢긴 자리를 꿰매거나 잘려나간 곳을 마른 소나무로 조각해 붙여주었다. 묻힐 때만이라도 부족한 것 없이 성한 살과 뼈를 맞추어 흙으로 돌아갈 수 있도록 했다. 아이의 어미는 죽은 자에게 마른 옷을 입혀 젖은 세상을 망각하도록 도운 자였다. 아이의 마음에서 죽은 자에 대한 두려움이 사라지도록 했고, 먼저 죽은 것들에 대한 예의를 가르쳐 준 자였다.

아이가 초롱한 눈으로 대답했다. 슬픔도 두려움도 없는 아이의 눈망울은 깨끗하고 차분해 보였다. 아이가 대답했다.

"아비어미는 궁극의 전당에 머문다고 했습니다. 그곳 입구에 초당을 짓고 사지를 잃은 전사자들에게 새 살과 뼈를 이어준다고 했습니다."

아이가 대꾸할 때, 세상 너머 희디 흰 신화의 세상이 그림처럼 밀려왔다. 높고 가파른 곳에 있다던 궁극의 전당은 산 자의 힘으론 절대 오를 수 없다고 했다. 살아가는 동안 상처와 고통의 흔적을 지우는 곳이며, 전사의 자격으로 고단한 혼령을 이끌고 당도할 수 있는 최종 정착지라고 했다. 살았을 때 얻지 못한 영예를 입을 수 있는 곳이라고 했다. 죽은 뒤 평등한 전사로 남는 궁전이라고 했다. 오래전부터 정여립은 죽은 뒤 궁극의 전당에 들어가 전사로 남았다는 이야기가 돌았다. 이야기는 뜬구름 같지 않고 밤 하늘 별처럼 영롱한 빛이 되어 전설로 떠돌았다.

아이의 눈망울에 비친 전봉준의 얼굴은 침착해 보였다. 전봉준이 나직이 말했다.

"모두가 갈 수 있는 곳은 아니라고 들었다. 죽은 자를 위해 씻고 닦고 꿰맨 노고가 크고 넘쳤으니, 죽은 뒤에라도 오래전 왕들이 세운 궁전에 가고도 남을 것이다. 죽어서라도 좋은 곳으로 갔으니 마음이 놓이는구나."

죽은 자를 염려하고 죽은 자의 안식을 빌어마지 않은 긴 날에 염쟁이는 여식에게 죽은 자와 소통하는 초월의 능력을 넘겨준 모양이었다. 산 자와 죽은 자의 경계를 잇는 아이의 능력은 먼 세상으로부터 밀려오는 역류와 이 세상의 물결이 합쳐지는 환영으로 왔다.

산 자의 편에서 아이의 초월은 신비롭고 놀라워 보였다. 죽은 자의 편에서 아이의 소임은 적대감 없는 소통으로 보였다.

산 자와 죽은 자의 경계를 허무는 아이의 감성은 세상이 베푸는 흔한 의례와 달랐다. 죽은 자를 불러오는 마법사의 능력과도 달랐다. 죽은 자의 혼백을 깨우는 흑마술의 주술과도 차원이 달랐다.

*

 아이의 눈을 바라보며 전봉준은 신음했다. 아이의 머리를 쓰다듬으며 죽은 어미 노루가 남긴 살덩이와 국물을 목안으로 넘겼다. 살점을 씹을 때 비린 맛 너머 고소한 맛이 느껴졌다. 노루 국에 든 맛의 진경은 주린 뱃속이 먼저 아는 것 같았다.
 "맛있구나. 어미 노루에게 전하거라. 허기진 배로 잘 먹었다고……."
 배는 데워졌으나 왠지 모르게 눈물이 났다. 눈물의 의미를 알 것 같기도 했고, 모를 것 같기도 했다. 눈물 나는 세상의 노루는 저 죽은 몸을 사람에게 나눌 때 평등을 생각할 것이고, 흩어진 사지로 자유를 생각할 것 같았다. 식은 몸을 내준 뒤 차별과 억압과 폭력에서 벗어나 별로 환생하면 다행이었다. 어린 새끼를 보듬고 세상을 구원하는 마음으로 노루는 살과 뼈를 내준 것 같았다.

　아이가 젖은 눈으로 고개를 끄덕였다. 아이의 눈을 바라봤다. 무심한 눈동자가 산 자와 죽은 자 모두를 바라보는 것 같았다. 부르는 소리가 들렸다. 아이가 가마솥 근처로 돌아갔다. 아이의 뜀박질이 죽기 전 어미 노루 같았다.

　전봉준이 젖은 눈두덩을 눌렀다. 한줌 물줄기가 쏟아져 내렸다. 입에서 혼잣말이듯 낮은 소리가 흘러나왔다.

　　… 죽은 자의 권리가 산 자를 먹여 살리는구나.

　산 자들이 죽은 자를 먹여 살리는 일은 없어도 죽은 자에 대한 애도는 끊이지 않았다. 죽은 노루를 삼킬 수 있는 조건은 주린 배보다 죽은 것에 대한 분명한 애도를 가졌기 때문이었다.

　세상이 험해도 끼니에 대한 마음은 예나 지금이나 달라진 것이 없었다. 멍든 세상도 그대로였고, 찢긴 세상도 그대로였다. 멍들고 찢긴 세상에서 한 끼 식사는 달라붙은 뱃가죽을 늘이기에 충분하진 않아도 언 땅을 딛고 일어서는 죽은 자의 권리로는 복되고 넘쳤다.

신기루

 어명은 간단하지 않았다.

 임금의 명은 숨통은 내걸 수 있어도 완벽을 기할 수 없었다. 명을 받는 자의 어려움은 집중하는 자리에서 명을 집행할 때 왔다. 비밀리에 손죽도에서 살아남은 해적을 추적하는 일은 생각보다 멀고 험했다. 유능할수록 누군가 죽어갈 것이고, 무능하면 무능한대로 또 누군가 죽어갈 수밖에 없는 것이 어명이었다.

 삶이 유순한 자의 잠재된 죽음은 조용할 것이고, 삶이 두터운 자의 예정된 죽음은 어수선한 동선을 그리며 오래 남을 것이다. 어명이 품은 죽음의 치사량은 늘 선택과 집중 사이에서 여백이 없었다. 어윤중은 귓속을 두드리며 밀려오는 어명을 상기시켰다.

… 죽은 자가 살아나 산 자를 삼킨다. 거미 떼의 습격으로 하루도 편할 날이 없다. 듣도 보도 못한 것들이 나라를 들쑤신다. 고부농부들의 어려움이 과인의 어깨를 눌러온다. 경각에 달린 나라를 생각하라. 비변사 서고에 묻힌 기록을 찾아라. 기록을 들추어 갈 수 있는 곳까지 당도해 나를 부르라. 응답하마.

임금의 명을 받을 때 어윤중의 눈에 짧은 가을이 보였다. 가을 너머 긴 날의 혹한이 밀려왔다. 뚜렷한 파랑으로 채색된 임금의 명은 가없는 바다 같았다. 생을 걸고 일어서는 난바다의 파도는 높고 거칠었다.

무엇을 상상하든 상상 이상의 것이 기다리고 있을 것이고, 잎 지는 자리마다 바람 불고 외로워도 가야할 길이었다. 마음으로 건너오는 임금의 명은 절박했으나 몸에 닿을 때 무겁게 왔다.

명을 받을 때 어윤중은 무엇도 입에 담지 않았다. 신분의 한계보다 거미를 둘러싼 내용이 불안했고, 거미에 대한 무지가 어윤중에겐 부담이었다. 닿을 수 없는 고부농민들의 울분은 외람되고 무색했다. 임금의 감정과 다독임은 감이 오지 않았다.

임금은 대안을 원했으나 비변사 서고에서 어윤중이 찾아낼 답안은 얼마가 될지 알 수 없었다. 홍련의 도움 없이 일을 마무리하기엔 삼백년의 시간은 멀고 아득했다. 그 동안 쌓인 장서를 들추는 것도 근심이었다.

어윤중이 다급히 물었다.

"언 송장은 어떻게 되었느냐? 살아나기라도 했단 말이냐?"

홍련의 눈은 정밀하고 확고했다.

"어의御醫와 의녀醫女들이 직접 빙고로 가서 송장을 확인했습니다."

"어의와 의녀들이 금구까지 갔단 말이냐?"

"상비마를 내주었다고 합니다."

어윤중은 놀라움을 감추지 못했다. 흔들리는 눈동자 안으로 가느다란 불꽃이 보였다. 눈을 감았다. 속에서 한 덩어리 파문이 일렁이며 밀려왔다. 소리 없이 읊조릴 때 바람은 동에서 서로 불어갔다.

긴급에 대비한 상비마를 내줄 정도였다면…….

상비마 운용은 임금의 지시 없이 불가능한 일이었다. 은색 말이었을 것이고, 붉은 깃발을 달았을 것이다. 상비마의 질주본능은 박차를 찌르기도 전에 갈기와 무관한 바람을 거슬러 오래도록 달릴 때 왔다. 마방마다 최고의 마부가 훈육했고, 비상시 임금의 호출에 응하도록 운영됐다. 서열을 정해

오품에 해당하는 계와 직을 내려 양질의 관리를 받는 말은 상비마 뿐이었다.

머리는 순식간에 끓어올랐다. 추국할 수 없는 일이 임금으로부터 시작되는 것을 직감했다. 내의원 어의와 혜민서 의녀들을 파견할 만큼 신중하고 급한 일이지 싶었다. 어의를 파견한 것은 임금의 질환을 차단하기 위해서일 것이다. 혜민서 의녀를 파견한 것은 나라의 전염을 예방하기 위해서일 것이다. 육품 의학교수醫學教授와 구품 의학훈도醫學訓導를 제쳐둔 데는 비밀한 내용이 따로 존재하지 싶었다.

어윤중은 미르나바의 나한羅漢 같은 어의를 생각했고, 아라阿羅의 보살 같은 어녀들의 손마디를 생각했다. 동굴 속에서 어의와 의녀들은 구슬과 피리 대신 의술의 관점으로 언 송장의 사의를 떠올렸을 것이고, 사인을 관찰했을 것이다. 정직한 눈매로 얼음 속에 누운 자를 바라보며 임금과 백성을 생각했을 것이다.

어윤중의 이마에 땀방울이 맺혀 들었다. 갈수록 미궁으로 빠져드는 기분이 들었다.

"어의와 의녀에게 언 송장을 보게 했다면 이유가 있을 것이다. 어의들이 본 것이 있느냐? 어녀들은 무엇이라고 하더냐?"

"본 것은 그 다음입니다. 우선 상비마에 수레를 달아 언 송장을 밤사이 내의원으로 이송했다고 합니다."

 임금이 상비마를 보낸 이유를 알 것 같았다. 겨울 장마 지나 일찍 당도한 봄볕이 언 송장을 그대로 두지 않았을 것이다. 얼음이 녹기 전에 이송이 필요했을 것 같았다. 어의들이 모를 리 없지 싶었다.

"내의원이라고? 창덕궁 한 켠이다. 궁 안에 송장을 끌어들인 것 자체가 위험을 감행한 것 아니더냐?"

 어윤중의 어깨가 떨렸다. 불안한 표정으로 홍련을 바라봤다. 홍련은 두려움 없이 말을 이었다.

"절체절명의 순간이라 누구도 개입할 없었을 것입니다."

"안다. 어명이 계셨을 것이고, 계통이 행동을 부른 것도……. 결국 언 송장을 궁으로 옮긴 것이 모두의 목숨을 재촉한 것일지도……."

 어윤중의 생각은 임금의 자리까지 밀려갔다. 돌아올 때 불길한 예감을 깔고 왔다. 예감 속에 사대문 밖에서 천지도 모르고 날뛰는 거미들이 보였다. 뒤를 이어 풍속을 흔드는 흉흉한 바람이 건너왔다.

 홍련의 말 속에 내의원 어의들의 놀라움이 보였다. 혜민서 어녀들의 다급한 손길이 보였다. 어의들에게 해적은 얼어붙은 몸으로 왔을 것이고, 어녀들에게 그 몸은 신기루처럼 왔을 것이다. 조선을 위협하는 온갖 질병의 종결을 위해 창덕궁 한 곳으로 옮겨졌을 것이다.

"송장이 깨어난 것은 내의원에 당도한 뒤였다고 합니다. 시신을 해부하기 위해 수술대에 옮긴지 한 식경도 되지 않았다고 합니다."

"몇 시를 가리키고 있느냐?"

"미시 전이었습니다."

해가 콧등을 지나 눈썹 높이로 오를 시간이었다. 밤사이 수레로 옮긴 송장은 녹은 상태로 내의원에 당도했을 것이다. 아무리 식었어도 춘삼월 새벽은 결빙의 엄동보다 훈기가 돌았을 것이다. 어쩌면 수레 위에서 무수히 흔들리는 동안 송장 스스로 깨어날 준비를 했을지 몰랐다.

*

얼어붙은 해적은 어떤 모습이었을지. 눈을 뜨고 있었는지, 입을 다물고 심줄을 가다듬었는지, 그마저 알 수 없었다. 시간마저 얼어붙은 결빙의 시대를 해적은 삶도 죽음도 아닌 중간지대에서 맞이했을 것이다. 남의 땅을 짓밟은 기억마저 얼어붙은 곳에 버려두고 삼백년을 뜬 눈으로 기다렸을 것이다. 결빙은 해적에게 새로운 삶이었을지 몰랐다.

홍련의 눈 안쪽에 별처럼 흩어지는 두려움이 보였다. 지울 수 없는 공포가 홍련의 이마에 떠갔다. 어윤중이 조용히 물었다.

"어의들이 알아낸 것은 없느냐?"

"해부하기 전에 깨어나는 바람에……. 삼백년을 견딘 몸은 닥치는 대로 물고 뜯고 삼키었습니다."

수술대 위에 눕혀 녹기만 기다린 것이 잘못이었는지 몰랐다. 깨어난 해적은 파란 눈으로 발작 증세를 보였다. 살아 움직이는 것은 무엇이든 허기진 본능으로 물고 뜯었다.

그때 희생된 어의와 어녀의 숫자만 아홉이었다. 아홉이 스무 명의 거미로 불어나는 데는 한 식경도 걸리지 않았다. 스무 명의 거미가 오백 명의 거미로 늘어나는 데 걸린 시간은 한나절도 되지 않았다. 뒤틀리고 찢긴 사지로 거미들은 천지가 제 가는 곳이었다.

"과거에도 이 같은 사례가 있었느냐?"

"임진란壬辰亂이 끝나갈 무렵 바다 건너 이양선에 실려 온 흡혈귀가 있습니다."

왜적으로 들끓을 때 폴란드 영해에서 출발한 유니크 안젤리

나호는 조선 앞바다에 은밀히 닻을 내렸다. 양이洋夷의 상선엔 아흔아홉 개의 관이 실려 있었다. 관 속에 잠든 흡혈의 존재는 깨우지 않는 이상 천년을 갈 것이라고 했다. 양이의 말로는 뱀파이어라고 했는데, 이름 속에 흔한 물과 바람으론 잠재울 수 없는 불꽃이 보였다.

가을걷이 때 불어온 태풍은 거칠고 다급했다. 뒤집힌 상선에서 아흔아홉 개의 관이 파도에 휩쓸렸다. 대부분 바다 멀리 떠내려갔으나 일부는 갯바위를 비켜 조선 땅에 상륙했다.

관 뚜껑을 연 것이 잘못이었는지 몰라도 흡혈의 존재는 어둡고 과묵했다. 낮이면 관 속에 누워 해가 기울기를 기다렸다. 밤이면 관을 열고 밖으로 나와 박쥐와 함께 하늘을 날아다니며 산 사람의 목을 물어 피를 빨았다. 마늘과 쑥을 극도로 싫어한 존재들은 서학인이 지닌 십자가를 두려워했다. 피에 굶주린 흡혈 무리는 심장에 말뚝이 박힐 때만 죽었는데, 심장을 뚫지 않는 한 불멸의 삶을 살았다.

어윤중이 골을 찌르는 두통 끝에 말했다.

"의금부 지하 감옥에 다섯 개의 관 속에 흡혈귀가 잠들어 있다고 들었다."

홍련도 알았다. 산 것도 죽은 것도 아닌 침묵으로 봉인된 자들……. 홍련은 망설임 없이 대답했다.

"남은 방법은 하나 밖에 없습니다. 잠든 흡혈귀를 풀어 거미와 대적하도록 해야 합니다."

정확한 대안은 보이지 않았으나 적을 적으로 무마하는 신기루가 홍련의 입에서 들렸다. 어이가 없진 않았으나 맹랑하게도 들렸다. 어쩌면 홍련의 머리는 잠들지 않는 영토에 닻을 내리고 있는지 몰랐다.

"그 방법이 먹히겠느냐?"

"서로 본 적 없는 것들입니다. 거침없이 달려들 것입니다. 서로 물고 뜯어 세상에서 사라지도록 하는 것입니다."

흡혈의 존재로 거미를 잠재우고, 거미로 뱀파이어를 마멸하는 홍련의 제안은 모순을 모순으로 덮는 말임에도 신비롭게 들렸다. 실패의 확률이 높아도 홍련의 논리는 대안으로 그럴싸했다. 대책 없이 당하는 것보다 실행하다 죽어 가면 후회는 없을 것 같았다.

어윤중은 실패의 확률보다 성공의 가능성을 생각했다. 모순으로 덮인 신비를 생각할 때 불꽃같은 희망은 보였다.

"날이 밝는 대로 전하께 고할 것이다."

"사활을 걸지 않는 청아한 마음으로 말하셔야 합니다. 부담을 내려놓으셔야 합니다."

홍련이 머리 숙이고 돌아갔다. 머릿속에 떠오른 생각은 하나 밖에 없었다. 단순하게 밀고나가야 하는 것도 알았다. 복잡할수록 불리할 것이고, 단순할수록 먹혀들 것이다. 두려움 없이 임금 앞에 말을 끄집어낼 수 있을지, 모순을 감추고 신비를 드러낼 수 있을지, 그 모두 순조로울지 알 수 없었다.

 머리 위로 별들이 조붓이 떠올랐다. 북문 너머에서 거미들이 날뛰는 소리가 들렸다. 저녁이 임박해 들려온 대금소리는 허랑하고 가뭇없었다.

날카로운 봄빛

 전주로 보낸 정탐꾼이 정오 무렵 돌아왔다. 빠른 말로 새벽에 떠난 정탐꾼은 지친 기색이 없었다. 소략한 보고에 정교한 탐색이 보였다. 전주성을 둘러싼 가깝고 먼 거리의 동태가 말속에 들렸다. 시력과 근접도가 좋은 정탐꾼은 풍남문에서 서문까지 관군의 배치를 정확히 고했다. 동문에서 밀고 나간 관군의 경계는 서문에 이르러 느슨히 풀어진 군기를 보태어 전했다.
 정탐꾼의 보고에 전주의 날씨는 맑고 화창했다. 짧은 말 속에 대기를 찌르는 햇살이 보였다. 나른한 봄빛이 반짝거렸고, 술을 곁들이지 않아도 취하기 좋았다. 산들거리는 봄바람이 아낙들의 치맛자락을 흔들면 관군들의 사지는 천지도 모르고 꿈틀댔다.

"날씨가 좋아서 그런지 관군의 경계가 한없이 풀어져 있었습니다."

아침나절 느슨한 전주의 풍경을 담고 돌아온 정탐꾼은 깨끗한 눈으로 전주성의 체계를 바라봤다. 관군의 숨결을 멀리에서 들었고, 전주성을 드나드는 인적을 헤아려 고했다.

적이 될지, 적의 적이 되어 돌아올지 모를 전주성 관군들의 아침나절 해이한 군기와 나른한 경계를 정탐꾼은 솥뚜껑 같은 손바닥 안에 깊이 파헤쳐 들려주었다. 정탐꾼의 말에, 동학농민군이 져야할 전쟁의 수위는 생각보다 가볍고 작게 왔다. 정탐꾼의 말 속에 허물어져가는 전주성의 격절激切은 한 줌 손바닥 안에 날카롭게 밀려왔다.

정탐꾼은 덧붙였다.

"전주의 풍토는 물을 중히 여기는지라, 사람과 꽃과 나무와 풀과 짐승들의 온기를 시시때때 불어가는 바람에 맡기듯 했습니다. 그 바람은 오직 살아 있는 것들을 향해 불어 다니는 것 같았습니다."

말 속에 전주는 물처럼 순하고 깨끗하게 들렸다. 지심이 닿은 자리마다 정결한 인맥이 그려졌다. 꽃과 바람과 물과 사람이 따로 놀지 않고 한 데 어울리면, 조선 왕조의 태동을 알리는 빛들이 멀리서도 흔들리며 밀려왔다. 몸과 마음과 언어가 하나로 이어지는 전주 땅은 정탐꾼의 입에서 만큼은 눈부신 봄날이었다.

*

 전봉준은 조선 속에 또 다른 조선을 생각했다. 태생과 무관한 중앙 관료들이 전주를 척박한 인심으로 물들이는 동안 세상 너머로 사라져간 인심을 생각했다.
 맨몸으로 뭇매를 맞아가던 동학 접주들의 얼어붙은 눈동자가 떠올랐다. 눈빛은 저마다 생각을 담는 그릇일 것인데, 생존이 절박한 땅에서 잃어버린 인심을 생각하는 건 사치가 될지 알 수 없었다. 말할 수 없는 자들에게 언어는 목숨만큼이나 강렬하며 소중한 문명일 것인데, 몰락의 땅에서 흩어지고 상처 입은 정서를 생각하는 것은 오욕이 될지 알 수 없었다. 가지지 못한 자들에게 농사는 생명과도 같은 것인데, 일본과 양이를 배후로 두 쪽이거나 세 쪽으로 갈라선 땅에서 갈라지고 으깨어진 풍토를 생각하는 건 나라의 치욕이 될지 알 수 없었다.
 척양척왜의 혁명은 외세로부터 나라를 지키기 위함이며, 이유는 외세에 잠긴 전라도 해방과 전주성 함락이 말해주었다.

혁명을 원하는 동학농민군의 정한은 척양척왜에 달려 있었다. 되돌려놓을 인심과 정서와 풍토가 대동이자 삶의 풍류였다. 낭만의 혁명으로 잃어버린 인심을 치유하는 것은 동학농민군의 운명이자 정해진 숙명이었다.

정탐꾼의 눈을 바라봤다. 눈 안쪽으로 전주성을 두고 치룰 전쟁이 꿈처럼 밀려왔다. 정탐꾼의 눈동자가 마음속으로 날아올 때 전봉준은 전쟁의 수위를 생각했고, 혁명에 담긴 낭만을 생각했다. 징벌의 원칙과 정화의 의미를 생각했고, 치유의 확신과 수확의 결실을 생각했다.

그 모두 전주의 난바다에 집결해 있었다. 잃어버린 민심과 눈보라의 엄동을 견딘 지 전주는 오래 돼 보였다. 전주의 기후와 바람과 물의 속도에서 전봉준은 지금이 적기라고 판단했다. 정탐꾼의 탐색과 전봉준의 판단에 시차는 없어 보였다. 전주감영 중책들이 전부터 일본 영사와 접촉을 시도하며 은밀한 내통을 주고받는 것을 알았다. 고부만큼은 아니었으나 백성들의 감금과 수탈은 전하지 않아도 알았다.

전주로 가는 길은 말이 달리기 좋았다. 맨몸으로 뛰기에도 좋았다. 먼 길을 돌지 않고 가까운 길을 뚫고 달렸다. 삼례, 익산, 정읍, 김제, 부안, 고창, 남원, 임실, 진안, 장수, 무주에서 동학 접장들이 동시다발적으로 길을 잡아 전주를 향해 달렸다.

　지평선을 달릴 때 아비의 무덤가에서 들려온 노래가 머릿속을 떠갔다.

> 큰 상처 입어 더욱 하얀 살로
> 갓 피어나는 내일을 위해
> 그 낡고 낡은 허물을 벗고
> 잠 깨어나는 그 꿈을 위해……

　노래는 한 점 별이 되고 물고기가 되는 것 같았다. 상처 너머 흰 살로 돋는 치유의 노래는 생각할 수 없는 먼 곳에서 불어왔다. 그곳은 마고할미가 나고 자란 이야기 속 바닷가이거나 계곡이 될지 몰랐다.

　볼 수 없는 먼 바다를 바라보며 전봉준은 낙엽 같은 삶을 생각했다. 삶을 쓸어내는 바람 같은 죽음을 떠올렸다. 가물거리는 먼 바다에서 갈 곳은 한 곳 뿐이었다. 바다 가운데 섬처럼 떠있는 전주를 내다보며 전봉준은 숨을 몰아쉬었다. 여인의 노래가 끊어질 듯 가늘게 머릿속에 돌았다.

아, 전주성

 새벽 어스름을 뚫고 당도한 전주는 달빛마저 찬연했다. 낮에 출발한 대오는 소리가 없었다. 소리를 죽여 한 덩어리 물결로 전주에 진입했다. 전주로 진군할 때 양민의 재물을 탐하는 자가 나타나지 않기를 바랐으나 오랜 시간 굶주린 자의 욕망은 풀잎처럼 흔들렸다.

 정읍 산외를 지날 때 김동수 가택에 들어간 자가 벽에 걸린 강냉이를 몰래 가져온 것을 알았다. 전봉준은 망설이지 않았다. 양민의 재물을 탐낸 자를 그 자리에서 벴다. 남의 것을 수탈하는 자는 혁명군이 될 수 없었다. 이유는 분명했다. 크든 작든 나누는 미덕 없이 혁명은 이룰 수 없었다. 죄를 물을 때 뜻은 더 분명했다.

 전봉준이 직접 나섰다. 목에서 거침없이 바람이 불어갔다.

"혁명은 거룩한 낭만이다. 동학농민군의 이름을 걸고 콩 하나, 풀 한 포기라도 남의 것을 탐내는 자 엄한 규율로 다스릴 것이다."

 대열에 낄 수 없는 자는 필요가 없었다. 몸 바쳐도 이룰 수 있을까 말까한 혁명은 희생을 강요할 일이 아니었다. 용기를 부추길 일도 아니었다. 양심에 맡길 일도 아니었다. 각자 알아서 가야할 길이므로 망설이는 것은 더 처신에 맞지 않았다. 처음부터 단속하지 않으면 양심을 놓고 주저할 것이고, 실수를 남길 여지가 많았다. 이쯤에 본보기를 보여주는 것은 적정했다.

 목을 벨 때 꽃 지는 소리는 무겁고 가혹하게 들렸다. 전봉준은 이 전쟁이 농민군의 목 하나로 끝나주기를 바랐다. 무모하고 부질없는 마음은 목 잘린 자 앞에 몹시 우울했다. 잘린 목을 바라보는 일은 가슴 아팠다.

 전봉준은 규율을 앞세워 목이 잘려 죽으나 관군의 칼에 죽으나 마찬가지일 것 같은 죽음의 실체를 생각했다. 죽을 수밖에 없는 이유와 죽음의 가져오는 개별성에 대해 단 한번 이해한 적이 없었다. 죽음은 이해할수록 차가워지고 냉랭해지는 것이므로, 이해할 수 없는 죽음으로 모두의 죽음은 이해되길 바랐다.

거짓 없는 진실한 적이든, 진정한 적의 동지이든, 정직한 적의 적이든, 적으로서 죽음은 모두 가여웠다. 저마다 가엽고 쓸쓸한 죽음의 까닭 앞에 전봉준은 솔직한지 알 수 없었다. 모두의 죽음은 삶이 무화된 자리로 떠나는 것이므로, 죽음은 언제나 덧없고 무거웠다.

삶의 경계가 사라진 자리에서 삶이 무화된 죽음에 대해 전봉준은 정직한지 알 수 없었다. 삶과 죽음의 경계에서 삶은 늘 죽음의 실체로부터 버려지길 바랐다. 그 삶이 최선이라고 말할 수는 없었다. 삶은 늘 죽음을 두려워한 까닭에 삶의 경계에서 멀어지거나 아득해지는 죽음이 가장 순했다.

산외에서 죽은 자를 길섶에 묻고 눈두덩을 눌렀다. 안타까운 죽음 하나로 동학농민군의 군율이 바로서고 사기가 솟으면 다행이었다.

모두를 모아놓고 전봉준이 말했다. 바람이 좋은 시간이었다.

"잃은 것을 머리에 담지 마라. 혁명은 상처를 돌이키는 것이 아니다. 추억으로 지나는 길도 아니다. 평생 등에 짊어온 한을 풀고 억눌린 무게를 낭만으로 풀어내는 것이 혁명이다."

먼저 죽은 자를 신원(伸寃)하고 그 혼백을 세상에 알리는 것도 혁명이었다. 외세를 밀어내고 나라의 가치를 바로 세우는 것도 혁명이었다. 수탈과 억압에서 해방되는 것도 혁명이었다.

전봉준은 가혹한 누명을 쓰고 죽어간 사람들을 생각했다. 껍질을 벗고 죽어간 짐승을 생각했다. 밑동이 잘려나간 나무를 생각했다. 부뚜막 높이 걸린 십자가를 바라보던 늙은 주모가 떠올랐다. 사발통문을 끼고 하루 백 리를 걷던 접주가 스쳐갔다. 마른 장터에서 재세이화를 말하던 갓 쓴 선비들이 떠오르면서 불구의 몸이 되어 돌아온 당신들의 식솔이 머릿속에 돌고 돌았다.

새벽나절 물에 떠내려 온 어미 노루는 하루가 지난 뒤에도 뚜렷했다. 고부수령 세 번째 첩 어미에게 피를 빨리던 새끼 노루도 잊히지 않았다. 서른세 살 나이에 죽은 예수가 떠올랐다. 메시아의 부활을 머리에 새길 때, 곳간 허물어진 자리에 홀로 자라는 것이 혁명이라고, 전봉준은 생각했다. 생각은 꼬리를 물고 이어졌으나 끝나는 자리는 언제나 혁명에서 멈추었고, 징벌로 맺었으며, 긴 날의 대동으로 각인되었다.

출정은 시작됐다.

잃은 것이 많은 자들의 탐욕은 그 전부터 이어온 것이라 쉽게 저버릴 수 없었다. 시작에 임박해 민간이든 관아든 노략

질을 차단하지 않으면 혁명은 무의미했다. 뺏기 위한 혁명이 아니라 살기 위한 혁명이므로, 군기로 다스릴 것은 엄히 다스려야 순조로울 것도 알았다.

규율로 바로 세울 때 말귀가 통하는 것을 알았다. 말이 통하지 않으면 지휘가 마비되거나 계통이 뒤틀렸다. 혁명에서 규율은 항상 옳았다. 혁명을 위한 혁명은 공허하고 헛헛할 뿐이므로, 규율 없이는 혁명도 없었다. 이를 악물 듯 지켜야할 것들을 지켜나갈 때 혁명은 완성될 것이므로, 낭만이 사라진 혁명은 쓸모없었다.

전봉준은 혁명을 위한 낭만을 생각했다. 낭만 없는 혁명에서 불꽃같은 스러짐은 의미가 없었다. 그 혁명은 달빛처럼 아늑하거나 맹렬하지도 않았다. 낭만을 위한 규율도 생각했다. 흐트러지면 그 자리에서 단죄해야 규율로 존중받았다. 엄한 본보기로서 결정은 늘 옳았다.

죽은 자는 고부에서 푸줏간을 하던 늙은 사내였다. 관아에 끌려간 아내는 무른 곡절을 안고 두들겨 맞았다. 질긴 고기를 관아에 납품한 것이 까닭이었는데, 사람도 바싹 곯아 앙상한 시절에 짐승들이라고 마르지 말라는 법은 없었다. 바른 말로 따지고 든 것이 화근이었는지는 몰라도 푸줏간 아낙은 온몸에 장독이 번진 채 겨우 나왔다. 나온 뒤 사흘을 견디지 못했다.

　아비와 동질한 죽음의 내용은 무의미하지 않았으나 개별의 죽음이 밀고 오는 정서와 연민과 슬픔은 질감이 달랐다. 저 살아온 내력이 정서를 말해 주었다. 살아오는 동안 베푼 마음과 나눈 마음이 연민으로 오면 다행이었다. 살아온 날보다 살아갈 날이 많이 남은 자의 죽음이 긴 강을 건널 때 슬픔은 저절로 왔다.

*

　새벽나절 어스름을 뚫고 당도한 전주는 조용했다. 느린 쪽 구름 하나가 멀리에서 밀려와 새벽하늘을 가로질러갔다. 일자의 행렬로 용머리고개를 넘을 때 전주의 대기는 멀리서도 날카로운 바람 소리를 냈다. 달빛은 장성한 청년 같았으나 저마다 머리에 내려설 때 고즈넉하고 적막했다. 용머리고개를 내려서자 전주천은 사월의 냉기를 머금은 채 맑은 소리를 냈다.

　서문 장터를 앞에 두고 전봉준은 김개남과 손화중을 불러들였다.

　"서문으로 밀고 들어갈 것이오. 선두에서 밀고 나가면 뒤쪽이 두텁고 무거워야 버틸 것이오."

짧은 말 속에 전봉준의 대오는 서문을 바라보며 집결했다. 대오의 집중에서 전봉준은 확신이 섰다. 한 곳으로 몰려들면 다른 한 곳이 허물어질 예감은 오지 않았다. 확신은 새벽별만큼 뚜렷했다. 그 효력은 달빛보다 밝아 보였다. 혁명과 징벌의 인과율은 소리가 없어도 단단하고 집요했다.

김개남이 전봉준의 말을 받았다. 김개남은 눈 속에 감춘 살기부터 달랐다.

"모두가 잠든 새벽이네. 짧은 시간에 깊이 파고들어야 하네. 그래야 남쪽 문을 열 수 있을 것이네."

김개남은 서문에 집중시킬 때 급물살의 대오로 밀고 들어갈 것을 내다봤다. 살기어린 김개남의 눈은 서문부터 열어야 남쪽을 열 수 있다고 했다. 김개남은 세상을 조율하는 근성이 남쪽에 집중되어 있다고 했다.

김개남의 뜻은 전봉준의 계획과 다르지 않았다. 전봉준이 조용한 눈으로 손화중에게 말했다.

"서문이 소란하면 남문 쪽 군사가 몰려들 것이네. 손화중 장군은 남문으로 군사를 이끌고 가 동태를 살피게. 한 식경 지난 뒤 적정한 때에 남문을 밀고 들어오게."

"……."

손화중은 눈빛을 모아 농민군의 전술을 파악했다. 전략을 설계하는 눈빛은 무겁고 단호했다. 칼을 쥔 손화중의 손은 차돌 같았다. 손화중의 칼은 바위도 가를 만큼 단단하고 날렵했다. 칼을 쥘 때 손화중은 머릿속에 큰 나무 별자리를 띄운다고 했다. 손화중은 혁명과 징벌의 최상에서 대동 세상을 꿈꾸는 듯이 보였다.

 서문 진입은 뜨겁고 맹렬했다. 관군은 높은 곳에서 찔렀고, 농민군은 낮은 곳에서 기어오르며 베었다. 벤 자리를 다시 베는 일은 없었으나 한번 베인 곳은 돌이킬 수 없었다. 찌른 곳을 다시 찌르는 실수는 범하지 않았다. 찔리면 관군이나 농민군이나 치명의 상처를 안고 뒹굴었다.

 죽음이 무겁고 삶이 가혹한 전쟁은 달빛 같았다. 베고 가르며 찌르는 역동은 연속으로 왔다. 치명의 칼들이 오가는 동안 피아의 식별은 의미가 없었다. 죽는 자와 죽지 않은 자로 갈라서는 순간은 혁명보다 징벌이 앞서는 것을 알았다. 죽음은 어렵고 삶이 순조로운 것이 혁명인가, 삶이 뚜렷하고 죽음이 흔한 것이 징벌인가.

 전봉준은 알 수 없는 바다에서 칼에 베이고 창과 찔리는 죽음 앞에 칼을 잡았다. 칼을 휘두를 때, 산천을 압박하는 외세의 자국들이 뭉텅이로 잘려나가는 환각이 밀려왔다. 환각은 실사처럼 명료했는데, 그 앞에 전봉준은 뼛속 깊이 전율했다. 관군을 베면서 외세를 생각하는 적의를 이해할 수 없었다. 외세를 떠올리며 관군을 베어야하는 현실도 이해되지 않았다.

곶감

 맛의 순도가 임금 앞에 깨끗해질 날이 올지 알 수 없었다. 거미와 다를 바 없는 비선들의 전횡은 언제까지 이어질지 알 수 없었다. 날이 궂었고, 인왕산 너머에서 젖은 이끼가 돋은 바람이 불어왔다.
 거미들이 이끼만 먹고 지나가면 좋으련만 닥치는 대로 먹어치우느니 그런 골칫거리가 없었다. 식성은 까다롭지 않았으나 생목숨을 앗아가는 것들이라 두고 볼 수만도 없었다. 거미들에게 미각이 있는지 그마저 알 수 없었다. 뭐든 물고 뜯고 먹어치우는 것을 보면 도무지 염치가 없어 보였다.
 어윤중은 조용히 말하고 물러갔다. 물러가면서 임금의 눈이 휘둥그레지는 대안을 가져온 것을 쑥스러워하며 돌아섰다. 어윤중이 물러간 뒤 최고상궁과 기미 나인이 곶감을 가져왔다. 그릇은 발색이 좋은 방자유기였다. 두드리면 맑은 소리를 낼 것 같았다. 방자유기는 곶감보다 기미 나인의 손마디와 잘 어울렸다.

나인이 가까운 자리에 앉아 곶감을 기미했다. 곶감을 베어 물 때 아삭거리거나 물러터진 소리는 들리지 않았다. 입속에 펼쳐진 맛의 풍경은 달고 엄했다. 규장각 서고의 장서에 스민 시간이 곶감 속에 떠갔고, 가느다란 겨울 햇살이 속살마다 맺혀 있었다. 수라간 도마 위로 불어가던 바람이 곶감을 가로질러 뻗어갈 때, 처마 끝에 늦도록 맺혀 있던 빙화氷花가 보였다.

아지랑이 같은 맛의 조화는 새롭고 찬란했다. 쓸쓸하거나 외롭거나 쑥스럽지 않은 맛의 순도를 놓고 나인은 미동조차 없었다. 곶감 속에 펼쳐진 풍경은 늦은 가을 들녘이었다. 잎 지는 가을 풍경을 안고 나인은 말했다.

"떠난 자들의 공허가 밀려오는 맛이옵니다. 낡은 것을 견디다 저 홀로 무르익은 맛이옵니다. 늘 그랬듯 드셔도 되옵니다."

임금에게 곶감을 내밀 때 멀리에서 소쩍새 울음이 들렸다. 곶감을 받아 쥔 임금의 손은 시름에 떨었으나 눈빛만큼은 총총했다. 임금이 곶감을 베어 물었다. 기미 나인의 미각만큼이나 오묘하지 않았으나 풍성한 맛이 밀려오는 것을 알았다.

달달하고 쫄깃한 식감이 입속을 돌 때 어윤중의 말이 떠올랐다. 어윤중은 닭 모가지보다 못한 대안을 가져와 임금의 심기를 흔들었다.

　… 의금부 지하 감옥에 봉인된 다섯 개의 관을 여소서. 흡혈귀를 풀어 거미들과 대적하게 하소서.
　… 그렇게 해서 어쩌자는 말이냐?
　… 놓아두면 아귀처럼 서로 물고 뜯고 다투다 함께 사라질 것이옵니다.
　… 그것이 비변사 장고를 뒤져 가져온 대안인가? 내 귀에는 최악으로 들린다.
　… 최선의 방법은 어디에도 없사옵니다. 최악의 조건이 최선의 대안이 될 수 있는 것은 저문 뒤 세상이 말해줄 것이옵니다.

　악을 악으로 멸하는 어윤중의 대안은 엉뚱하고도 절묘하게 들렸다. 광화문 지붕 위로 별이 떠오르는 시간에 임금은 거미를 생각했고 흡혈귀를 떠올렸다. 지하 감옥에 겨우 가두어 놓은 흡혈귀를 풀어 사대문 밖에서 날뛰는 거미를 몰살시키자는 말은 위험한 발상으로만 들렸다.
　어윤중이 사지를 오므리며 아뢰던 대안의 단순함이, 단순함의 솔직함이, 솔직함의 어이없음이 거미에 대한 무지와 몽매를 깨트려줄지 알 수 없었다. 생각의 적합과 사유의 가치를 놓고 임금은 갈등이 사라진 깨끗한 관점으로 어윤중의 말을 들여다봤다. 말 속에 흡혈귀의 잔인성이 보였고, 그 너머 거미들의 주린 식성이 보였다. 무게가 다른 두 존재를 놓고 갈등하는 것은 무의미했으나 모순을 안고 갈 때 한 가닥 희망은 보였다.

곶감을 베어 물고 임금은 어윤중의 말을 곰곰이 곱씹었다. 생각할 수 없던 조건이 생각할수록 모호하지 않고 분명해지는 것은 생각의 차이가 될지 될지 알 수 없으나, 악으로 악을 무너뜨리자는 말은 쓸모 있게 들렸다. 어윤중의 제안은 어디까지 진실이 되어줄지, 어디가 허상이 될지, 이 밤에 알 수 없었다.

세상은 생각만으로 조율할 수 없었다. 생각 안의 세상은 모두가 알았다. 모두에게 세상은 한결 같았다. 수라간 나인들도 알았고, 공주와 보은과 고부의 동학인도 알았다. 저잣간 대장장이도 알았고, 천지를 떠도는 각설이도 알았다. 세상이 떠내려가든 말든 오음五音-宮商角徵羽으로 사방의 바람을 감별해서 길흉을 점치던 풍각쟁이도 생각 안의 세상과 생각 너머의 세상이 다른 것을 알았다.

세상은 단 한번 임금의 생각대로 움직인 적이 없으나 신료와 백성을 끼고 기척하는 날마다 임금의 언행은 세상이 알아주었다. 아편쟁이 사대부와 휩쓸리던 마술사도 임금의 미덕을 알았고, 운석검을 빚던 대장간 장인도 뒷전으로 밀려나간 임금의 울분을 알았다. 외줄을 타고 세상을 건너가던 남산 아래 남사당패도 임금의 인후통을 알았고, 달빛을 머금고 천지를 떠돌던 연금술의 사제도 임금의 기다림을 알았다.

저녁나절 곶감을 딛고 밀려든 생각은 어디로 뻗어가 어디에서 멈출지 알 수 없었다. 어윤중이 깊이 수그릴 때 임금은 뒷목이 일어서는 전율에 몸을 떨었다. 말끝에 들려온 거미의 이름은 가없고 허망했다.

> … 서역에서 흘러든 말에 거미는 오래 전부터 존재했다 하옵니다. 죽었다 살아나 세상을 뒤엎고 풍속을 헤치며 천지를 헤매고 다닌다 하옵니다. 질긴 본능을 지닌 존재들이옵니다. 마귀 같은 자들은 서역에서 좀비로 불리어진다 하옵니다.

좀비.
수수께끼 같은 존재의 이름은 가볍고 철없이 들려왔다. 느닷없고 갑작스러운 자들이 거미가 아닌 좀비로 불릴 때 그 존재는 더욱 사실적으로 들렸다. 거미는 관념으로 설명된 이름일 뿐이며, 좀비의 이름을 달 때 본성이 드러나는 것도 알았다. 하루가 멀게 평정심을 깨트리는 엉뚱한 존재가 어쩌다 생소한 조선까지 밀려왔는지…….

　무엇이 됐든 어윤중의 단순함과 솔직함과 어이없음에 관해 다시 생각해봐야 할 것 같았다. 용어의 적합성에서 거미의 이름은 쓸모 있을지 몰랐다. 그럼에도 그물 같은 촘촘한 집을 짓고 좁은 생을 이어가는 미생의 이름에 빗댄 것부터가 오류라는 생각이 들었다. 무엇을 결정하든 하루는 더 생각해봐야할 것 같았다.

　어윤중 곁에 서 있던 아이의 눈빛도 잊히지 않았다. 많은 것을 머리에 담아 두고도 입을 열지 않는 아이는 임금의 사색과 무관한 곳에서 저만의 눈과 생각으로 세상을 바라보는 듯했다. 깨끗한 눈으로 어지러운 세상을 지나가는 눈은 흔하지 않았다. 무엇이든 처음을 바라보고 끝을 예감하는 눈은 어려웠으나 임금의 눈앞에 서 있는 이유만으로 몹시 끌렸다.

　아마도 거미에 맞서 흡혈귀를 끌어들인 것도 그 아이의 머리에서 나온 것 같았다. 서로 물고 뜯으며 흡수하리라는 걸 알아낸 것도 그 아이의 생각에서 비롯된 것 같았다. 누구인지 물을 수 없어 답답했다.

답답한 마음을 아는지 모르는지 어윤중의 마지막 말은 마른 날 편전 박석에 꽂혀든 벼락같았다.

　… 귀신보다 무서운 게 곶감이옵니다. 정해년 손죽도에서 육지로 파고든 해적이 거미의 시작이옵니다. 비상시 대비한 금구 석빙고에서 삼백년을 견디며 스스로 괴물의 모습으로 진화하였사옵니다. 더 가혹한 존재로 맞설 때 제거할 수 있사옵니다. 모든 건 시간이 해결해줄 것이고, 늦어도 한 달 안에 끝날 것이옵니다.

어윤중이 말을 맺을 때 아이의 눈빛은 더 뚜렷해 보였다. 무엇을 생각하는지, 물을 수 없는 아이의 눈빛을 놓고 임금은 망설이고 망설였다. 아이의 눈동자는 뚜렷이 검고 깨끗한 하양으로 채워져 있었다. 귀신보다 무서운 곶감을 쥐고 아이는 임금 가까이 서 있었다. 아이의 이름은 홍련이라고 했다.

*

곶감을 넘긴 임금의 목에서 젖은 풀잎 소리가 들렸다. 최고 상궁과 기미 나인이 말없이 임금을 바라봤다. 가느다란 떨림을 안고 임금은 조용히 물었다.

"이름이 연우, 그리운 것에 대한 화답이라고 했느냐?"

"흔한 이름이옵니다."

임금의 입맛을 데우는 나인은 드물었다. 눈빛 하나로 임금의 식욕을 골라내는 나인도 흔치 않았다. 맛의 정성을 몰아 임금의 세속을 채우는 기미 나인은 본 적이 없었다. 손으로 가리키거나 말해주어야 알아듣는 기미 나인은 그때마다 번거로웠으므로, 눈빛만으로 임금의 마음을 알아차리는 연우는 특별하게 보였다. 까만 눈동자로 맛을 응시하면 수라간의 전통과 서열과 위계는 조용히 드러났다. 연우의 손마디에 절기마다 임금의 식성을 놓고 애태운 흔적이 보였다.

전각 위로 달은 무심히 차올랐다. 경회루 연못에 비쳐 들 때 달빛은 부드러운 천을 물 위에 내리는 것 같았다. 서편 하늘 모서리까지 뻗어간 은하의 뱃길이 보였고, 밤사이 노를 저어가는 외로운 사공이 보였다. 임금의 눈 속에 짓무른 날이 떠갔고, 그 너머 거친 눈보라가 보였다. 임금이 물었다.

"어디에서 왔느냐?"

"학림學林이 무성한 영남 함양부 안의현에서 밥의 아늑함을 짓다 왔습니다."

밥의 온기와 찬의 정성이 연우의 말 속에 밀려왔다. 탕국의 열기와 함께 맛의 진실이 말 속에 들려왔다. 수라간에서 연우의 손과 입과 맛을 부른 이유를 알 것 같았다. 그곳은 오래 전 박지원이 현감을 지낸 곳이기도 했다.

 연우는 오랜 날 걸었을 것이고, 수라간에 들기까지 굵은 번민과 열기로 몇 년을 흘려보냈을 것이다. 눈부신 인연을 버리고 외로운 미각을 택했을 연우는 아마도 달이 내린 아이 같았다. 홀로 맛과 다투는 동안에도 임금과 가까운 자리의 찬란한 삶을 생각했을 것이고, 하루살이 같은 연명을 쥐고 궁에 들어왔을지 몰랐다.

 임금이 눈을 감았다. 연암을 생각하는 것 같았다. 백년 저편의 연암은 북경을 다녀온 뒤 풍성한 열기를 조선에 던져주었다.『열하일기熱河日記』를 지은 뒤 더 밝아진 눈으로 세상을 바라봤다고 했다. 임자년(壬子年, 1792)에 이르러 정조 임금은 박지원을 안의현감으로 내려 보내면서 징검다리 같은 세상보다 한 줄로 무르익은 결실을 원했다고 했다.

 북학과 서학이 들끓던 때를 살다간 연암. 그가 누구인가. 끓는 감성과 지평선 같은 시선으로 세상을 바라보는 자였다.『열하일기』를 지어 올리면서 연암은 세상의 중심을 조선으로 가져오고 싶어 했다. 연암의 북학北學은 청나라에 대한 적대감정으로 출렁거렸어도 조선의 현실을 개혁하는 꿈으로 눈부셨다.

대륙의 문명으로, 낙후한 조선을 개척하고 사대事大를 뒤엎는 일대 혁신이 불어오길 연암은 기대해 마지않았다.

열하의 세계관은 끓는 가마솥 같았으나 배울 것이 많았다. 뒷전의 임금도 알았고, 실세들도 알았으며, 사대문을 휩쓸던 비선들도 알았다. 연암의 『양반전兩班傳』과 『허생전許生傳』은 조선의 혼탁을 쥐고 흔드는 참회의 서사이며 성찰의 이야기라는 것도 모두는 알았다.

오래전 남산 아래에서 북학을 넘어 서학으로 생을 다져가던 연암이 오늘밤 연우와 무관한 세상에서 십자가를 쥐고 구름 같은 학과 달 속의 토끼와 목이 굵은 오리를 풀어놓고 임금의 머릿속에 돌았다. 임금이 눈을 뜨고 조용히 물었다.

"안의라면 농월정弄月亭 있는 곳이 아니더냐?"

선조 선왕 때 예조 참판을 지낸 박명부가 관직에서 은퇴한 뒤 지은 누정樓亭이었다. 달을 희롱하는 풍광이 틈 없이 정교한 자리였다. 사계를 따라 비와 눈과 바람이 계곡을 거슬러 하염없이 불어 다니는 곳이었다.

연우가 품은 맛의 비경은 농월에서 시작되는지 몰랐다. 세상 풍경을 닮은 아이의 눈은 비어 있는 듯했으나 빈자리의 공허로 허기를 채우면 좋을 것 같았다. 빈 곳의 풍요로 세상의 맛을 메우면 더 좋을 것 같았다. 연우가 대답했다.

"농월정이 달을 거느린 곳이라면, 대관림은 해를 벗으로 삼은 숲이옵니다."

짧은 말 속에 긴 날의 풍상과 사연이 보였다. 숲의 위엄이 해를 동반할 정도면 짐작만으로 부족할지 몰랐다. 함양의 숲은 어떨지, 묻기 전에 연우가 덧붙였다.

"맑은 날 숲에 숨겨진 금호미와 금바구니가 부딪히는 소리를 내면 먼 곳의 바람을 타고 희디 흰 갈치 떼가 날아든다고 하옵니다."

신기루 같은 전설이 숲을 가로질러 떠갔다. 숲 그늘 먼 곳에서 바다가 흔들리며 밀려왔다. 무성한 나무와 나무의 행렬을 건너가는 갈치 떼가 보였다. 지느러미마다 은빛을 실어오는 물고기는 멀고 아득했으나 환각보다 뚜렷한 숲의 사연은 임금의 머리에 조용히 돌았다.

십리에 걸친 대관림은 신라 때 재해를 방비하려던 최치원의 치적을 첫째로 꼽았다. 전율과 사색으로 채워진 학사루學士樓가 숲과 멀지 않았고, 학림의 숨결이 오래전부터 울창한 곳이었다. 수령 오백 년을 넘긴 활엽의 수목으로 채워진 숲은 신비롭고 아늑했다. 가본 자만이 볼 수 있는 숲의 비경은 천년을 넘어 다시 천년을 기약하는 것 같았다.

임금은 그늘진 숲을 생각했고, 햇살 같은 은갈치를 생각했다. 갈치 떼가 날아다니는 숲은 연우에게 무엇이 되었을지. 연우의 말 속에 들려온 함양의 숲은 생각보다 강렬하고 선명했다.

임금이 숲으로 둘러싸인 맛의 풍경을 머릿속에 새겼다. 동학군에게 함락되기 전 전주 만큼이나 풍성한 맛의 조화가 밀려왔다.

"맛이란 세상과 같은 것이다. 달고 맵고 짠 것이 세상이며, 시고 쓴 것이 세상이 보태는 맛의 간곡함이다. 결국 추억의 소산들이 맛을 애태우지 않더냐? 너는, 너는 말이다, 한 번이라도 세상의 맛을 보았느냐?"

임금은 전주성의 우울을 까맣게 잊고 맛의 조화와 융화를 원하는 것 같았다. 날카로운 직선으로 밀려오는 세상의 맛은 부담 그 이상이었다. 임금이 원하는 맛의 눈높이는 멀고 아득했으나 연우가 바라는 세상의 맛은 전주성에 뛰어든 동학인들과는 다른 것 같았다. 연우가 나직이 대답했다.

"세상의 맛은 간절히 원할 때 오는 것이옵니다. 음식에 든 만 가지 바람이 될 수 있으며, 그래서 맛은 모두에게 평등하옵니다. 음식은 짓는 사람의 마음이 우주와 통할 때 완성되는 것이므로, 그 또한 평등한 것이옵니다."

연우의 말은 멀고 아득했으나 사람이 품어야할 마음은 동학인들의 눈빛만큼이나 간절하게 들렸다. 연우의 입에서 평등이 나올 때, 임금은 동학인들의 입에 오르던 평등을 생각했다. 연우의 평등과 동학의 평등이 같을지 알 수 없으나, 말 속에 든 내력은 모두의 삶과 하나로 연결되어 임금의 사지를 감아왔다.

이 밤에 세상의 맛을 다루는 외로운 아이와 어디까지 밀려갈지, 임금의 목에서 하루를 평생으로 살다간 하루살이의 짙은 여정이 보였다.

"맛이란 정직한 것이다. 신비를 감추고 맑고 투명함을 드러내는 것이 맛이다. 그래서 맛을 찾아가는 여정은 평생을 걸어도 멀고 험하지 않더냐?"

"그렇듯, 가도 가도 끝이 없는 것이 맛의 길이옵니다."

함양을 떠나 한양으로 길을 잡은 연우의 뜻은 세상의 맛에 있는지 몰라도, 연우가 지닌 고도의 미각은 농월을 벗어날 때 자유롭지 싶었다. 긴 날을 걸어 한양에 당도했을 연우의 걸음 속에 세상을 담은 맛의 진경이 보였다. 그 세상의 맛은 연우의 것이거나 모두의 것이 되지 싶었다.

"안다. 맛이란 연금술의 사제가 세상에 없던 금붙이를 빚어내는 것과 다르지 않아. 믿음과 안목과 손길 없이는 당도할 수 없는 것이 진실한 맛의 세계이다."

임금의 목소리가 차고 냉랭하게 들렸다. 세상의 맛을 삼킨 거미들의 출몰이 임금의 입을 돌아가게 만든 것도 맛의 본성이 흐려진 때문이었다. 죽은 자가 깨어나는 역병이 사라지지 않는 한 임금의 입맛은 영영 어두운 곳을 헤맬 것도 내다봤다.

문제는 전주성을 휘감은 동학인들의 울분과 눈물로 짜여진 항전이었다. 저항이라 단정할 수 없는 이유는 열 가지가 넘을 것이다. 나라를 위태롭게 한 임금 자신부터 무능한 대신과 더불어 전주성을 버리고 피난에 나선 관료들의 우유부단함이 첫째 이유였다. 그 너머 외세와 결탁한 대장군과 의정부 문신들이 눈에 선했고, 그에 맞선 대원군의 응분이 한쪽에서는 백성의 목을 짓눌렀으며, 한쪽에서는 개화의 광기를 부추겼다.

임금이 한숨을 내쉴 때, 동학군의 우두머리로 전봉준과 김개남과 손화중이 귀에 들려왔다. 좋은 날 불러 다독이면 좋으련만, 대원군의 위세가 점점 드세지는 판에 그 날이 올지 의문이었다. 임금의 무능이 문제라면 바꿔나가야 할 것이고, 공주와 보은과 삼례와 고부를 등진 자들의 통치가 서투르면 고쳐나갈 수 있으나, 좋지 않은 절기에 급작스럽게 밀려온 거미 때문이라면 무엇도 소용없었다.

달빛 전쟁

 베어야 하는 적의가 어디에서 시작되는지 알 수 없었다. 나라의 운명을 칼에 부탁하는 적개심은 더 이해되지 않았다. 이해할 수 없는 적의를 쥐고 칼을 휘두르면 외세에 눌린 나라의 근성은 달빛 아래 뚜렷했다.
 관군의 칼에 죽을 수 없는 이유와 까닭과 사연은 백 가지가 넘었다. 관군을 벨 용기보다 외세로부터 규정되는 적의가 생존에 적합했다. 까맣게 밀려오는 적 대 적으로서 감정은 최선의 적이거나 최악의 적일 때 삶의 반경에서 밀어내기 좋았다.
 농민군의 공세는 물살 같았다. 칼질하는 기척마다 관군은 죽어나갔다. 창질하는 구호마다 농민군은 떨어져 나갔다. 죽어가는 숫자만큼 관군은 살아남았다. 살아나는 숫자만큼 농민군은 죽어갔다. 관군은 달빛을 안고 죽어갔고, 농민군은 새벽에 죽은 노루의 눈빛을 안고 죽어갔다.

　진군하라……. 진군하라……. 진군, 또 진군하라…….

　들릴 리 없는 명령은 농민군에게 관군에게도 소용없었다. 전쟁과 무관한 명령은 서문을 놓고 돌고 돌았다. 명령은 헛것이라는 것을 알면서도 전봉준은 전주성 너머 달빛 내린 곳까지 퍼져나가길 원했다.

　명령을 내릴 때 쇠나팔이 긴 소리로 울었다. 쇠가죽 북이 부풀린 소리를 띄우며 멀리 퍼져나갔다. 쇠나팔 소리에 진군하던 농민군이 관군 창에 찔려 죽어갔다. 북 소리에 뒤로 밀려 나는 관군이 농민군 칼에 죽어갔다. 죽고 죽이는 전쟁은 끝없는 소모였다. 죽어 나가는 숫자에 승패는 달려 있었다.

　알 수 없는 전개와 판가름의 전쟁을 바라보며 전봉준은 어깨를 떨었다. 전쟁은 눈에 막막했다. 귀가 먹먹한 전쟁은 끝이 보이지 않았다. 샛강처럼 가지런히 모아지지도 않았다. 새벽녘에 당도한 물안개처럼 전쟁은 헛것을 베고 찌르며 나가고 밀려왔다. 전쟁은 달빛 같으며, 혁명은 별처럼 총총한 것이라고, 전봉준은 생각했다.

　달빛 전쟁.

　어찌 달빛으로 전쟁을 구상했는지 알 수 없었다. 모두의 눈과 귀에 이 전쟁은 무엇으로 남을지 전봉준은 오래 생각했다.

달빛 속에 생의 조화와 죽음의 귀화가 들려오면 전쟁은 마침내 끝날 것 같았다. 정여립의 별을 끌어들이면 이번 전쟁은 순조로울지 알 수 없었다. 알 수 없는 전쟁은 생각 속에 있지 않고 생각 밖에도 있지 않았다.

완전한 전쟁은 어디에도 없었다. 헛것을 좇아 망상의 언덕에 오르는 것이 전쟁이었다. 이번 전쟁에서 전봉준이 원한 것은 달빛 같은 평등이었고, 죽은 자에 대한 신원이었으며, 외세에 짓밟힌 나라의 자존을 지키는 것뿐이었다. 과하면 무너질 것이고, 간절하면 으깨어질 전쟁은 처음부터 이기고 지는 싸움이 아니라 잃은 것에 대한 회복이었다. 상처받은 자들에 대한 치유이자 먼 날의 낭만에 대한 준비였다.

전주성 전투는 처음부터 농민군이 우세했다. 죽거나 밀린 관군은 무기를 놓고 흩어져 형세조차 알아볼 수 없었다. 외세가 까마득한 군사로 산천을 압박하면 갈고 닦은 우람한 정기로 버티어야할 관군의 도피는 참담하고 외람됐다.

병기로 몰아가든 정기로 맞서든 죽는 순간까지 일전을 불사하여 몸을 던져야 하는 것이 전쟁일 것인데, 이번 전쟁은 너무도 달랐다. 다른 전쟁에서 농민군은 달빛처럼 베었다. 관군은 풀잎처럼 스러져 뒹굴었다.

베고 찌르며 밀고 당기는 병기에선 저마다 빛이 튀었다. 땀과 피와 물과 바람이 뒤엉킨 전쟁은 농민군의 우세였다. 관군의 지휘는 체계 없이 엉성했고, 계통은 버려진 나무토막 같았다.

밀고나갈 때 서문에 붙어살던 민가에 긴 불길이 일렁거렸다. 전라관찰사 김문현이 전주성을 버리면서 민가에 불을 놓고 도망갔다고 했다. 전봉준을 회유하는데 실패한 김문현의 보복은 엉뚱하고 요란했다. 말하지 않아도 민가에 불을 놓은 이유를 알 것 같았다. 다음날 저녁까지 민가에 붙은 불은 질긴 불씨로 버티며 농민군을 흔들었다.

*

관군은 패했다. 관군이 물러간 뒤 전봉준은 추상같은 역사 따위는 떠올리지 않았다. 혁명의 끝을 생각했고, 씻긴 적의로부터 생성되는 낭만을 생각했다. 거룩한 전쟁은 어디에도 없었다. 낭만의 혁명도 보이지 않았다. 죽은 농민군을 바라보며 전봉준은 깊이 울었다.

농민군이든 관군이든 죽어나간 숫자는 참담했다. 전쟁은 탐욕으로 메울 수 없고, 낭만으로 끝낼 수 없을 것 같았다. 그나마 나라의 자존을 일으킬 때 크든 작든 역사로 남을 것인데,

갑오년 달빛 전쟁은 무엇으로 남을지 알 수 없었다.

전주성을 함락한 뒤 전봉준은 빈 선화당宣化堂 앞뜰로 나와 농민군과 마주했다.

"모두 알 것이오. 전주성 함락은 혁명이지 전쟁이 아님을……. 까닭을 말하지 않아도 알 것이오. 그럼에도 이 혁명이 전쟁일 수밖에 없는 이유는 나라의 백성을 돌봐야할 관직들이 백성을 억압하고, 백성을 감옥에 가두었기 때문이오. 백성을 고문하고, 백성을 수탈하였기 때문이오. 이번 혁명은……."

모두의 평등을 쟁취하기 위한 전쟁이었으며, 평등은 모두에게 고루 내려야 하는 것이라고, 갑오년 혁명은 달빛 전쟁이라고…….

머릿속에서 쇠나팔이 울었다. 어깻죽지를 따라 쇠가죽 북이 울먹였다. 허공을 가르던 칼과 창과 활의 난입은 긴 춤사위로 돌았다. 성곽을 휘젓던 춤사위 너머 긴 사연이 보였고, 저마다 삶은 무채색의 질곡으로 채워져 있었다.

춤 속에 오래 묵은 살기가 보였다. 자락마다 칼을 품은 춤사위는 삶의 전율을 딛고 관군 속으로 날카롭게 밀려갔다. 관군과 농민군의 대치는 먼 산맥 너머 먼저 죽은 전사들의 이름에 올리는 해원 굿 같았다. 어지러운 춤 속에 삶이 보였다. 흔들리는 춤을 가로질러 떠가는 죽음이 보였다. 춤을 추는 모두의 눈은 한곳을 응시했다. 눈마다 빛이 어려 있었고, 손마다 살기가 돌았다. 아침나절 노룻국을 먹은 농민군들의 칼은 쉬지 않고 박동했다. 노룻국을 먹은 자들은 대개 죽었다.

 전쟁과 혁명과 징벌의 수위를 한 가지 용기로 추억할 조건은 낭만에 있었다. 전봉준은 과오를 생각했다. 죽은 노루를 먹은 것이 과오는 아니었다. 혈기와 살기와 용기를 실었어도 낭만이 부재한 것을 알았다.

 전봉준이 말을 이었다.

 "이 혁명은 시작이 아니며 끝도 아니오. 처음부터 목적 없는 혁명이 아니었으니, 돌아갈 날도 기약해야 한단 말이오. 우리는 헛것을 위해 싸운 것이 아님을 알기 때문에 그 무엇도 수탈해서는 안 될 것이오. 남의 것을 먹어서도 입어서도 안 될 것이오. 우리는 나눌 것이고, 우리는 차별받지 않을 것이며, 모두가 평등한 세상에서 살게 될 것이오. 우리 산 자들은……."

 … 죽은 자를 대신해 춤을 출 것이고, 날이 밝아 올 때 살아남은 사람들과 함께 혁명을 기억할 것이오.

 혁명은 추억이 아니라 기억이며, 혁명은 전쟁이 아니라 생존이었다. 혁명은 피를 부르는 노래가 아니라 죽은 민심을 불러오는 희망이었다. 희망은 헛것이 아니라 살아가는 날에 반드시 불러야할 노래 가운데 하나이며, 그 노래는 모두의 심장을 두근거리게 하는 낭만이라야 했다.

헛것의 화약和約

숨 가쁘게 밀려오던 승전의 기분은 오래 가지 않았다. 전주성 함락은 길지 않았다.

변복을 한 김문현은 짚신을 신고 피난민 속에 섞여 민가의 나귀를 얻어 타고 도망쳤다. 불타는 전주를 바라보며 김문현은 일찌감치 불 지르고 도망치기 잘 했다고, 스스로를 위로했다. 저보다 작은 나귀 등에 올라 두툼한 뱃살을 바지춤에 감추고는 혼자 살기 바빴다.

경기전 참봉 이길환은 태조어진을 두루마리 속에 돌돌 말아 넣고는 봉동으로 달아났다. 피난길에 전주 판관 민영승과 마주쳤으나 같은 처지라는 걸 알았다. 민영승은 어진을 위봉산성에 맡기고 이길환과 흔적 없이 사라졌다.

전주성을 버린 이유만으로 민영승은 죄를 피할 수 없었다.

이길환을 꾀어 도피 동지로 삼았다. 어진을 보자기에 대충 싸서 도망친 것부터가 이길환은 민영승과 처지가 다르지 않았다. 둘이 손잡고 산 속으로 걸어갈 때 세상은 회색이었다. 이길환과 민영승이 같은 쪽구름을 타고 같은 하늘을 날아다니는 신선이 되었다는 말이 들렸다. 견훤이 기르던 호랑이 먹이가 되었다는 말도 들렸다. 삼례 장터에서 거지 중에 상거지 모습으로 나타나 낮부터 주정부리는 것을 목격한 자도 있었다.

농민군 내부에서도 동요가 끊이지 않았다. 장위영령관 홍계훈은 전봉준을 잡아 바치는 자에게 조정에서 큰 상을 내릴 것이라고 벽보를 붙이고 전단을 뿌렸다. 투항한 전주성 관속이나 사령들은 자신의 직함을 써서 몸에 붙여오면 면죄해주겠다는 전령을 성안에 보내기도 했다.

회유와 협박과 포상을 내건 벽보와 전단으로 농민군은 흔들리기 시작했다. 현상금에 눈이 멀어 전봉준을 배신하려는 조짐도 보였다. 이어지는 관군과 격전은 아무런 전과가 없었다. 완산 아래에서 관군들이 성안에 대포를 가격하면 하늘이 두 쪽으로 갈라지는 소리가 들렸다. 관군의 대포는 전주천을 넘어 성안까지 날아왔다. 관군의 포탄에 경기전 처마가 무너졌다. 조경단肇慶壇 지붕이 날아가고 기둥이 쓰러졌다.

성능 좋은 포탄에 희생자가 속출했다. 농민군은 완산까지 나아가 관군과 접전을 벌였으나 피아에 희생이 많았다. 농민군 가운데 선봉장으로 섰던 김순명과 소년 장수 이복용이 완산 전투에서 전사했다. 홍계훈이 이끄는 관군은 의외로 완강했다. 전운은 술렁거렸다. 농민군은 하나둘 성을 빠져나갔다.

달아나는 농민군을 바라보며 전봉준은 살이 떨리는 것을 알았다. 입에서 자신도 모르게 가느다란 신음이 새어나왔다.

"때가 온 것이다. 무엇이든 결정해야 할 때가……."

끝도 시작도 알 수 없는 혁명은 예상보다 생각할 것이 많았다. 헛된 용기를 버리고 정교한 교전으로 거듭날 때 혁명은 완성되는 것도 알았다. 넘어야 할 산과 건너야 할 바다의 한계는 관군이 아니라 농민군에게 있다는 것도 알았다.

함락한 전주성은 며칠이 갈지 알 수 없었다. 하나둘 살점처럼 떨어져 나가는 농민군을 바라보는 일도 지쳐갔다. 저마다 돌 같은 죽음을 불사해도 관군의 칼에 깊이 베이거나 적들의 총탄에 죽는 일은 단 한번 없기를 바랐다. 굶고 빼앗기며 천대받아온 날들이 먼 곳으로 밀려나간 희망을 원했어도 끝이 무의미한 혁명은 바란 적이 없었다.

전봉준의 입에서 전에 없던 낙담이 흘러나왔다.

"무엇으로 채우고, 무엇으로 끝내야 하는가? 이것이 혁명이고, 이것이 낭만인가?"

죽음의 실체가 무엇이 됐든 농민군의 동요는 쉽게 가라앉지 않았다. 농민군의 대오는 추슬러지지 않았다. 방도를 떠올려도 생각나는 것이 없었다. 무엇으로 설득해야 할지 막막했다.

비가 내렸다. 저녁 때 전주성 밖에서 유건을 쓴 유생들이 모여 시위를 했다. 며칠째 전주성을 내놓으라고 윽박질렀다. 목소리가 다른 날보다 더 높게 들려왔다. 목소리가 높든 말든 비바람 한 줌이면 하늘로 흩어졌다.

유생들이 물러간 뒤 전주성은 농민군의 횃불과 진영을 비추는 모닥불만 조용히 타올랐다. 요란한 시위가 멎자 성안은 모두 잠들었는지 적막했다. 전각 모서리에 매달린 풍경이 흔들렸다. 풍남문 종각에 새겨진 가릉빈가迦陵頻伽의 새들이 사위를 더 깊은 적막으로 끌고 갔다.

빗발을 뚫고 풍경소리가 전주천 너머로 밀려갔다. 소리의 결장 끝에 싸우다 죽은 농민군들의 혼불이 보였다. 밤에 불을 밝힌 혼백들은 전주성 앞마당에 엎드려 나라가 지은 죄를 대신 속죄했다. 간이 엷은 노릇국을 먹은 자들이었다. 혼백들은 밤새 전주성을 떠날 줄 몰랐다.

귀가 먹먹하고 코끝이 시렸다. 가물거리는 새벽에 전봉준은 산마루에서 들려오던 노래를 떠올렸다.

  우리의 긍지, 우리의 눈물
  평등의 땅에 맘껏 뿌리리……

 새벽나절 노래는 아비의 얼굴을 실어 왔다. 노래는 농민군의 대오로 밀려왔다. 가물거리며 여인의 이름이 머릿속에 돌았다. 마야…….

*

 여인의 이름을 떠올리며 전봉준은 깊이 시름했다. 김개남과 손화중을 다독여 겨우 자리를 버텼으나 얼마나 갈지 알 수 없었다. 성 밖과 연락은 두절됐다. 진을 빼며 전략이 소실되어 갔고, 전술은 고갈되어 갔다.
 농민군 중에는 전봉준을 관군에 잡아 바치려는 음모까지 돌았다. 배신의 낌새와 징후를 알아차리는 일은 아무렇지 않았다. 반역을 저지르며 혁명에 가담하였으므로, 반역에 대한 반역은 사면이 될지 몰랐다. 반역의 반역은 죄가 될지 알 수 없었다. 그보다 더한 일도 참을 수 있었다.

홍계훈이 대원군의 밀서를 가져왔다. 대원군은 전봉준은 직접 만나기를 원했으나 그럴 수 없다는 건 모두가 알았다. 대원군이 보낸 화약和約의 조건은 무의미했으나 전주성을 돌려주어야 하는 이유는 분명했다.

　관군으로부터 낙인 된 동학의 우두머리는 두렵지 않았다. 외세를 몰아내고 땅의 평등을 가져올 수 있다면 그보다 더한 것도 할 수 있을 것 같았다. 조정이 내린 익명의 장군도 무의미하지는 않았다. 관군에 의해 규정되는 역도와 반역과 반란의 주역으로 살아갈 수밖에 없는 이유는 현실이 말해주었다. 아직은 견딜만 했다.

　관군의 정세를 읽을 때, 보이는 것과 볼 수 없는 것들의 골간은 깊고 멀어 보였다. 대오를 가다듬으면 참담한 기분이 들었다. 점호 때마다 숫자가 비어갔고, 빈 숫자만큼 틈은 불어났다. 빈 숫자만큼 군기는 느슨해져갔다. 죽은 숫자는 헤아려지지 않았으나 남아 있는 숫자는 헤아리고 남았다. 성을 나간 자들은 무기를 버려두고 갔다. 무기를 한곳에 쌓은 뒤 김개남과 손화중을 불러 앉혔다.

　김개남과 손화중은 조용한 얼굴로 전봉준의 말을 기다렸다. 전봉준이 조용한 눈으로 김개남에게 말했다. 전주성을 함락한 뒤 처음으로 별이 지는 소리가 들렸다.

"전주성을 넘겨주어야겠소. 더 버티는 건 농민군에게 이로울 것이 없소."

김개남은 오래 생각에 잠겼다가 대답했다.

"화약의 조건을 생각해 봤는가?"

대원군 개인과 전봉준 개인은 만난 적이 없으므로, 화약은 성립되지 않았다. 문장으로 내건 조건은 서로의 생각을 조율하는 합의일 뿐이었다. 대원군이 화약의 명분을 얻으려는 속셈은 불을 보듯 뻔했다. 임금을 대신한 섭정의 지위로 혁명을 무마하려는 의도였다. 쇄국을 박으려 하는 것도 모르지 않았다. 화약은 명분에 지나지 않았으나 살고 죽는 건 별개의 문제였다. 살고자 일으켜 세운 혁명이지 죽고자 싸운 전쟁은 아니었다.

전봉준이 눈을 감았다가 떴다. 머릿속에 떠오른 화약의 내용은 잎 지는 늦가을 풍경처럼 멀고 아득했다. 전봉준이 화약의 조건으로 내건 항목은 모두 열두 가지였다.

… 동학 사람과 조정 사이에 묵은 혐의를 벗어던지고 나랏일에 협력할 것. 탐관오리의 죄목을 조사하여 엄하게 징벌할 것. 횡포한 부호를 가려 엄히 다스릴 것. 불량한 유림과 포악한 양반은 그 죄를 물을 것. 노비 문서는 만인이 보는 자리에서 소

각시킬 것. 일곱 가지 천한 신분[七般賤人]을 없애고 대우를 개선할 것. 백정이 쓰고 다니는 패랭이[平凉笠]를 없앨 것. 청춘과부에게 개가를 허락할 것. 명분 없는 세금은 일체 부과하지 말 것. 나라의 관리는 지벌地閥과 인맥을 타파하여 고루 인재를 등용할 것. 일본인과 간통하는 자는 엄하게 벌할 것. 공사를 가리지 말고 기왕의 채무를 일체 소멸시킬 것. 토지는 모두에게 고루 나눌 것.

모든 조건은 모두의 바람을 반영하여 글로 옮긴 것이었다. 모두의 바람으로 바른 정책을 세우고 농민의 부담을 덜어주고자 하였다. 그 속에 신분의 해체와 차별의 망실과 모두의 평등이 담겨 있었다.
"그런들 화약이 발효될 것 같은가?"
"나라를 믿고, 임금을 믿고, 우리 스스로를 믿어야……."
한두 번 버림받고 한두 번 당한 것이 아니었으므로, 믿을 수 없다는 것도 이해가 됐다. 그럼에도 반역을 무릅쓴 전쟁이라는 것을 알았다. 여기서 매듭지어야 하는 것도 알았다. 이것이 최선인지 알 수 없으나 더 이상 버티기엔 역부족인 것도 알았다.

*

 달이 차오를수록 불리해져갔다. 대안 없이 전주성을 비워줄 수는 없는 노릇이었다. 선화당 앞뜰에서 별을 보고 운명을 점지한지 사흘 만에 화약은 맺어졌다. 농민군은 귀화歸化라는 물침표勿侵票받고 전주성을 걸어 나갔다. 응징과 통제는 없었다.
 귀화는 화약의 조건을 무화시키는 조정의 명분일 뿐이었다. 전주성을 내주고 겨우 목숨을 부지하는 명줄에 지나지 않았다. 살아남는 것이 전부가 아니었으나 죽을 수 없는 이유와 사연은 조정이 내건 조건을 넘어서고 남았다.
 전봉준, 김개남, 손화중은 울며 전주성을 나왔다. 용머리 고개를 지날 때, 집강소를 정비하고 새로운 봉기를 기약했다. 전주성 함락을 기점으로 갑오년 전투는 끝없이 이어졌다. 무장, 고창, 흥덕, 줄포, 고부, 김제를 지나 다시 전주로 이어졌다.
 전주에서 정읍으로, 정읍에서 다시 흥덕과 고창으로 이어진 전투는 무장을 타고 함평까지 내려갔다. 함평에서 장성을 거쳐 정읍으로 돌아와 다시 전주로 이어졌다. 일차 봉기에서 얻은 것과 잃은 것은 비교할 수 없었다. 셀 수 없이 많은 농민군이 스러져갔다. 수많은 관군이 죽어갔다. 죽고 죽이는 전쟁에서 피아는 언제나 명백했다.

 봉기는 봉기를 딛고 들불처럼 이어졌다. 전주에서 삼례로 이어진 전투는 논산을 거쳐 공주까지 올라갔다. 공주에서 다시 논산으로, 논산에서 삼례로 되돌아온 전투는 금구·원평을 지나 태인에서 순창으로 이어졌다.

 김개남은 남원에서 봉기하여 전주를 거쳐 완주에서 금산으로 영역을 넓혀 청주까지 올라갔다. 청주에서 대전을 지나 논산 전투에 합류했다. 전투는 벅찼다. 평범한 전투는 없었다. 전투는 날마다 생사의 고비였다. 관군과 일본군이 합세한 전투에서 죽지 않으면 겨우 살아남았다.

 적들은 가까운 칼보다 먼 곳에서 조준하는 총포로 싸우길 원했다. 농민군에게 원거리 전투는 취약하고 불리했다. 원평·태인 전투를 마지막으로 더 이상 오를 곳이 없었다. 전봉준은 숨이 차오르는 것을 알았다. 맥박이 두근거리는 것도 알았다. 지나온 날들이 연기처럼 밀려갔다. 앞날은 보이지 않았다.

새야 새야 파랑새야

갑오년 시월 옛 친구 임병찬의 밀고로 김개남은 잡혔다. 전주감영으로 끌려간 김개남은 이도재의 심문을 받았다. 다음 날 김개남은 전주 서교장에서 처형됐다. 김개남은 죽은 뒤 관군에게 배가 열렸다. 간을 꺼내 큰 동이에 담아두자 사람들이 잘라갔다. 머리는 함지박에 담아 서울로 실려 갔다.

갑오년 동짓달 스물넷째 날이었다. 실려 간 목은 예수가 태어나기 전날부터 사흘간 서소문 밖 네거리에 효수됐다. 사흘 뒤 김개남의 머리는 어디로 갔는지 알 수 없었다.

갑오년 동짓달 초이틀 날 전봉준은 관군이 아닌 옛 부하의 배신으로 순창에서 붙잡혔다. 뼈가 부서지도록 매질을 당한 전봉준은 일본군 제19대대가 주둔하는 담양으로 이송됐다가 나주로 끌려갔다. 나주에서 먼저 잡혀온 손화중과 함께 갇혔다. 전봉준과 손화중은 말없이 바라보기만 했다.

 갑오년 구월 손화중은 원평·태인 전투를 거쳐 농민군을 이끌고 광주와 나주에서 마지막 전투를 벌였다. 손화중은 패전을 거듭했다. 고창 홍덕현으로 몸을 숨길 때 더 이상 물러날 곳이 없다는 것을 알았다. 손화중은 깨끗한 몸으로 죽기를 원했다. 벗에게 진 빚을 갚기 위해 나주 관아에 고발하라고 부탁한 것도 그 때문이었다.

 전봉준과 손화중은 서로의 목숨을 놓고 하염없이 쓰다듬었다. 둘은 바퀴 없는 수레에 실려 서울 길에 올랐다. 가는 곳마다 어른보다 아이들이 먼저 알았다. 가난한 농부들이 나와서 울었다. 찌든 아낙네도 나와서 울었다. 어디서 들었는지 전봉준이 지나는 길목마다 아이들의 노래가 끊이지 않았다.

  새야 새야 파랑새야
  녹두밭에 앉지 마라
  녹두꽃이 떨어지면
  청포장수 울고 간다……

 아이들의 노래 속에 전봉준의 운명은 점지되어 있었다. 노래를 따라 가다보면 전봉준은 어느새 녹두꽃이거나 파랑새가 되어 있었다. 나주에서 시작된 전봉준의 서울 길은 그 오래전 고려 현종 임금이 지나던 해양도와 강남도를 따라 오래도록 이어졌다.

 전봉준을 실은 수레가 고부 장터를 지날 때, 사람들이 길가에 나와 엎드려 울었다. 주막 아낙이 땅을 두드렸고, 대장간 아들이 눈두덩을 눌렀다. 갓을 쓴 선비의 얼굴이 보였다. 맨얼굴의 아낙들이 젖은 눈으로 바라봤다. 낮은 절규와 탄식과 한숨과 기도와 주문이 들려왔다. 모두의 얼굴은 성난 파도 같았으나 그뿐이었다.

 일본 순사가 수레를 멈추게 하고 압송하는 모습을 촬영했다. 쇠그릇에서 화약이 터질 때, 전봉준과 손화중은 세상 너머로 증발하는 것 같았다. 카메라 옵스큐라에 빨려들어 가는 시간은 찰나였으나 화약이 터지는 순간 빛이 되는 것 같았다. 어둠상자 안으로 밀려간 빛과 어둠은 선악으로 갈라선 세상과 다르지 않았다.

*

 눈이 내렸다. 하염없는 눈발이 세상을 덮어왔다. 세상의 선악은 뚜렷했다. 멀지 않은 자리에서 염쟁이 여식이 죽은 자의 권리를 숨긴 눈으로 전봉준을 바라봤다. 아이의 눈 속에 다른 세상이 보였다. 저 다른 세상이 전봉준을 향해 건너올 때 아이가 말했다.

"아이들이 녹두장군 노래를 부르며 슬퍼하고 있습니다."

기억 속의 아이는 젖은 손으로 죽은 노루를 끓인 국사발을 건네고 있으나 그때와 눈빛이 달랐다. 아이의 눈을 바라보며 전봉준은 손끝이 떨리는 것을 알았다. 그제야 아이의 눈이 이색홍채異色虹彩라는 것을 알았다. 두 갈래 눈빛은 뚜렷하고 선명했다.

죽은 자를 바라보는 홍채는 검고 깊은 바다로 채워져 있었다. 산 자를 바라보는 다른 홍채는 투명한 하늘을 담고 있었다. 이승과 저승으로 갈라선 두 줄기 눈빛이 아이만의 초월과 변이를 말해주었다. 전봉준은 아이의 눈에 비친 초월로 세상의 선악을 바로잡고 싶어 했다. 아이의 이색홍채로 삶과 죽음이 귀한 세상으로 건너가길 원했다. 갈 수 없는 세상은 헛것 같았으나 그 삶의 진정은 아이의 눈 속에 돌고 돌았다.

"고맙구나. 고마웠다고, 모두에게 전하거라."

무장, 고창, 흥덕, 줄포, 고부, 김제를 지나 다시 전주로 이어지던 전쟁에서 이긴 적도 패한 적도 없는 긴 사계가 머릿속을 스쳐갔다. 전주에서 삼례, 논산, 공주까지 올라갔다가 다시 논산, 삼례, 금구, 원평, 태인, 순창으로 이어지던 마지막 전쟁까지 이길 수도 질 수도 없는 공허의 날들이 눈앞을 스쳐 갔다. 그 모두 돌아갈 수 없는 곳에 묶여 움직일 수 없었다.

지나간 날들이 앞날을 죄어왔다. 앞날을 위해 할 수 있는 일은 무엇도 없었다. 죽는 순간까지 산과 들과 하늘과 사람 앞에 부끄러움이 없기를 바라는 마음은 예나 지금이나 한 가지였다.

아이가 울먹이며 돌아섰다. 아이가 돌아선 자리에 여인이 보였다. 아비를 묻을 때 노래 부르던 여인이었다. 노래가 등줄기를 타고 귓속으로 밀려왔다. 노래는 긴 여운을 끌고 심장 근처에서 조용한 박동으로 떠갔다.

수레가 흔들리는 순간 머릿속에서 여인의 목소리가 들려왔다. 마술사를 따라 오래도록 길 위에 휩쓸린 풍상과 곡절이 들려왔다. 세상을 물들이는 순한 풍경이 여인의 말 속에 보였다.

… 가시는 길, 멀다 험하다 전하지 않겠습니다. 돌아본 세상은 어디를 간들 검은 까마귀 울고 시린 눈보라로 날은 어둡고 흐립니다.

머릿속에서 전봉준이 대답했다. 귀에 들리지 않아도 여인의 머리로 건너갈 것을 알았다.

　… 바람 불면 흔들리는 것이 세상 아니겠소? 새 울면 귀 기울이는 흔한 풀잎처럼 사는 것이 세상 아니겠소?

여인의 울먹임이 머릿속에 들려왔다. 간절한 희구와 끓는 연민도 들려왔다.

　… 모두 남겨두고 어디를 가시렵니까?

여인은 세상의 선악을 망각한 듯이 말했다. 불구의 몸으로 불구의 세상을 떠나는 전봉준을 더 외롭게 했다.

　… 가는 곳이 내 운명의 종착지 아니겠소? 처음부터 내가 있어야 할 자리라는 걸 알았소.

여인이 수레 가까이 다가왔다. 어린 사내아이가 여인의 손을 잡고 뒤뚱거리며 따라왔다. 여인의 목소리가 다시 들려왔다.

　… 그 자리는 장군이 죽을 자리입니다. 저희와 함께 억압과 차

별과 외세가 없는 세상으로 떠나지 않으시렵니까?

알 수 없었다. 그런 세상이 있기나 한지. 답답한 바람이 어깨를 쓸고 갔다. 막막한 눈이 내렸다. 눈발은 멎을 낌새 없이 천지를 덮듯 종일 내렸다.

··· 그런 곳이 있소? 누구와 함께 떠난단 말이오?

바람의 사제들.
머릿속에서 울려온 목소리는 시작이 순하고 끝이 날카롭게 들렸다. 그 오래전 견훤에서 시작된 바람의 사제는 신화이거나 전설일 뿐이었다. 엿장수들에게 흔한 이야깃거리였고, 약장수나 마술사들에게 유쾌한 소재였다. 각설이들에게는 박동을 일으키는 긴장된 사설이기도 했다. 세상에 존재할 리 없는 바람의 사제는 전봉준의 눈과 귀와 머리를 한 번에 흔들고 지나갔다.

··· 바람의 사제들.

전봉준은 암송하듯 불렀다. 그 이름의 높은 신화를 알았다.

그 이름의 거룩한 전설도 알았다. 세상을 삼키는 신화와 전설의 주역들이 여인의 머리에서 건너올 때, 전봉준은 마음의 주저와 몸의 망설임을 알았다. 머릿속에 집결된 바람의 사제들은 생각보다 컸다. 여인의 입을 통해 들려온 것보다 우람해 보였다.

여인의 말대로 바람의 사제들을 따라 세상 너머로 사라지는 것도 의미 없진 않았다. 그들과 함께 갈 수 없는 까닭과 사연은 동학과 농민군이 말해주었다. 함께 갈 수 없는 이유는 분명했다. 손화중이 관군에 붙들려 함께 호송되는 중이며, 김개남이 전주 서교장에서 몸을 버렸다. 배를 가르고, 목이 잘린 김개남은 예수가 태어나기 전날 서울 서소문 밖 망루에 효수되어 사흘을 견디다 버려졌다. 김개남의 머리가 사라졌다는 비보가 벽력처럼 들려온 지 보름이 지나고 있었다.

*

전주성을 나올 때, 관군에게 잡힐 운명을 알았다. 서울로 끌려갈 것을 내다보며 사지가 흩어지는 숙명에 전봉준은 몸을 떨었다. 삶이 몰아오는 비운을 생각했고, 죽음이 밀고 오는 색채를 생각했다. 삶과 죽음은 한 가지 뿌리에서 시작되었을

지 몰라도 하나의 색채와 한 자락 전율로 끝낼 수는 없을 것 같았다. 삶의 좌표를 알 수 없고, 죽음의 행방을 좇을 수 없는 때에 여인의 말은 가슴을 두근거리게 했다.

전봉준이 머릿속에서 답했다. 여인은 이미 알은 듯 표정이 없었다.

… 갈 수 없소. 산천을 버릴 수 없고, 먼저 죽은 동지들을 두고 떠날 수 없소. 말하지 않아도 알 것이오. 갑오년 혁명은 모두가 살고자 일으킨 창의였을 뿐 죽음을 피하기 위한 전쟁은 아니었소.

그 전쟁은 바람 불고 나뭇잎 지는 가을날 추억보다 고통스러운 낭만이었다. 전쟁에서 죽고 사는 건 개인을 떠나 모두의 바람 위에 엉기고 성기는 것이므로 오래도록 애도하며 기억할 일이었다. 산 자와 나누어지는 죽음을 망설이는 이유가 거기 있었다. 모두와 결별을 주저하는 산 자의 까닭이 거기 있었다. 죽은 자의 권리에 임하는 산 자로서 깨끗한 죽음을 전봉준은 원했다.

빈 들판에서 불어오는 눈보라를 뚫고 여인을 응시했다. 여인의 마음이 머릿속을 가로질러 밀려왔다.

… 그 마음 압니다. 그래서 더 함께 가고자 하는 것입니다. 모두 장군을 기다리고 있습니다.

머릿속이 흔들렸다. 눈을 들어 올렸다. 멀지 않은 자리에 열두 명의 바람의 사제들과 초월의 아이들이 전봉준을 바라봤다. 전봉준의 시선이 닿을 때 모두는 한 무더기 빛에 휩싸여 있었다.

기나긴 인연

 눈 내리는 날 뒷전의 임금이 곶감을 원한 이유를 알 듯했다. 귀신보다 더 무서운 곶감을 원한 까닭은 생때같은 목숨들을 앗아가는 거미 때문이며, 그 너머 일본 군대와 러시아 함선을 앞세운 대신들 때문이라고, 수라간 누구도 말하지 않았으나 모두는 그렇게 알았다.
 임금을 바라보는 연우의 눈은 달랐다. 거미와 무관한 자들의 참형과 투옥과 압송의 이유가 임금에게 곶감을 원하도록 한 것이라고, 연우는 임금의 마른기침 끝에 짐작했다. 동학과 연결된 자들은 어디든 다녔으므로, 수라간이라고 세상 돌아가는 사정을 모를 없었다.
 동짓날 지난 뒤 전주에서 올라온 김개남의 머리가 사흘째 서소문 밖 네거리 하늘 아래 효수된 것은 북문 너머에서 비척거리던 약쟁이 사대부 자손도 알았다. 동문 어귀에 양지 바른 곳에서 널뛰듯 작두에서 춤을 추던 무당도 알았다. 봄날 아지랑이 같은 완판본『열녀춘향수절가』를 읽으며 코를 훌쩍이던 압구정 기생들도 알았다.

그러던 말든 임금이 곶감을 원한 까닭이 죽었다 깨어난 자들에게 있는 것만은 분명했다. 눈 내리던 밤 달빛이 구름을 뚫고 한곳을 비추었는데, 김개남의 머리가 효수된 자리였다. 주린 거미들이 창끝 높이 매달린 김개남의 머리를 바라보며 하염없이 울부짖었다. 꿈결처럼 서소문 밖 네거리에는 밤이 늦도록 달빛이 내렸고, 잠꼬대 같은 거미들의 울부짖음이 무성했다.

새벽 무렵 김개남의 머리는 자취를 감추었다. 머리가 사라진 뒤 김개남에게 사람들은 장군의 호칭을 내려 이곳저곳에서 부르며 다녔다. 장군의 칭호가 높고 크게 무르익어 갈 즈음, 연우는 전봉준을 떠올렸다. 서울로 압송 중인 것도 알았다. 전봉준의 이름 뒤에 장군의 호칭을 붙이는 것은 사적 울분이 아닌, 기나긴 날에 수라간 솥뚜껑 아래 은밀히 묻어 두어야 하는 이야기라는 것도 알았다. 이야기의 진실은 아마도 임금이 원하는 곶감에 묻혀 있을지 몰랐다.

눈 내리는 날 곶감 하나로 세상의 맛을 찾아가는 연우의 눈빛은 전봉준의 생을 건 전쟁보다 작고 소박한 불꽃일 뿐이었다. 연우가 긴 나무젓가락을 쥐고 곶감을 기미했다. 눈과 손을 떠나 입속으로 들어갈 때 곶감이 품은 맛의 계통은 비린내 나는 세상의 청탁을 순간에 잊게 했다. 어금니로 누르는 중한 압력에 대범한 감칠맛이 밀려왔는데, 임금이 원하는 맛의 체계는 세상의 근심을 지우는 데 있지 싶었다. 부드러운 결과 입자가 목안으로 넘어갈 때, 맛의 신비가 머리에 새겨들었다. 맛에도 격이 있다면 세상을 뚫어보는 탄력과 나라를 굽어보는 품격이 곶감 속에 느껴졌다.

··· 임금의 음식은 이토록 무거운 것인가? 수라는 무엇이 됐든 입속에 오래 머물지 않는 대신 짧고 정갈하며 강렬한 것이라고······.

스스로 묻고 답할 때, 곶감 속에 잠재된 독한 단맛과 질긴 끈기가 가을 지나 엄동의 절기를 기억하는 빙화로 밀려왔다. 그 맛은 오래전 아비가 빚은 곶감의 식감과 달랐다. 아비의 곶감은 생을 걸고 걸어가도 도달 할 수 없는 아비만의 향기이기도 했다.

연우가 소리 없이 고개를 끄덕였다. 연우를 바라보는 임금의 눈은 젖어 있었다. 곶감을 놓고 임금은 오래도록 말이 없었다. 주저하는 기색이 역력했고, 눈동자는 허공에 떠서 어디를 향할지 연우에게 묻는 듯했다. 임금의 눈을 바라볼 때, 오래전 죽은 어미와 아비의 얼굴은 곶감을 딛고 밀려왔다.

*

 함양부 안의현 기슭에서 장독을 짓던 독쟁이 아비가 빚은 곶감에는 천연의 향이 배어들었으며, 수라간의 곶감에는 정갈한 인위의 노력이 배어들어 있었다. 맛의 정상은 늘 마음에서 시작되고 손끝으로 빚어지므로, 아비가 처마에 내다 건 곶감은 평생 잊힐 리 만무했다.
 비 내리던 날 하수오를 캐러간 어미는 발을 헛디뎌 벼랑에서 떨어져 죽었다. 산 너머 거창에서 염쟁이를 불러 꺾인 뼈마디를 맞추고 찢긴 살점을 꿰매 궁에서 나올 때 입고 있던 옷을 입혀 화장터로 보냈다. 어미의 장례는 조용하고 쓸쓸했다. 아비는 밤이 지나도록 홀로 울었고, 다음날 독을 채운 가마에 불을 넣은 뒤 느린 몸을 이끌고 운석을 찾으러 떠났다.
 아비가 떠난 뒤 연우의 잠자리는 어수선했다. 꿈은 불길했고, 뒤척이는 동안 잠결에 누에가 떼를 지어 하늘을 날아다녔다. 누에의 꿈속에 연우가 들어간 것인지, 연우의 꿈속에 누에가 날아든 것인지 알 수 없었다. 산 아래 초랭이 아낙의 자식을 점지하느라 삼신 할매는 누에를 타고 꿈속을 날아다녔다. 누군가의 태몽처럼 꿈은 별을 딛고 아침까지 이어졌다.

다음날 아비는 돌아오지 않았다. 그 다음날, 그 다음다음 날에도 아비의 기별은 들려오지 않았다. 가마가 식은 뒤 장독을 들어낼 때 아비는 흰 뼛조각으로 발견되었다. 아비는 죽어서 누에가 되지 싶었다. 아비의 뼛조각을 한 곳에 모아 가마 너머 양지 바른 곳에 묻었다. 그 길로 연우는 어미가 남긴 장독을 품고 서울로 향했다. 어미는 장독 안에 세상의 맛을 조율하는 근본이 담겨 있다고 했다.

석 달을 걸어 연우는 서울 땅에 당도했다. 생에 처음 당도한 서울은 딴 세상처럼 보였다. 석 달 동안 자하문 밖 주막에서 찬과 국을 빚던 연우를 발견한 사람은 뜻밖의 사내였다. 그 자는 심마니가 심심산골에서 백도라지를 캐듯 정약용이 지은 『목민심서』와 『경세유포』를 수소문하여 얻어가는 길이라고 했다. 『목민심서』에 어떤 맛이 들어 있는지는 몰라도 사내는 국밥 한 그릇에 연우의 손맛을 알아봤다. 『경세유포』에 어떤 진실이 담겨져 있는지는 알 수 없어도, 그 자의 눈은 편견을 지우고 차별이 사라진 세상을 말했다.

연우는 알 수 없는 전율에 손이 떨리는 것을 알았다. 산에서 잡아온 노루를 삶아 편육을 얹고 육수를 낸 국밥을 겨우 내주었는데, 그 자가 전한 말은 연우의 가슴에서 오래도록 지워지지 않았다.

… 세상의 맛을 통찰한 음식이다. 보름날 해거름에 동문 장터로 가보거라. 너의 미각을 알아볼 사람이 기다릴 것이다. 수라간 상궁이다. 상궁이 묻거든 말해주거라. 내 이름은 전봉준이다. 다시 서울 땅을 밟을 날이 오거든 보자꾸나. 좋은 음식, 고맙구나.

투박한 말 속에 연우가 본 것은 십자가만큼이나 조용한 기도문이었다. 헛것 같은 생의 길목에서 마주한 아지랑이라도, 그 말은 죽은 어미가 남긴 장독보다 짙고 뚜렷하게 들렸다. 말 속에 희미한 길이 보였고, 그 길은 생을 걸고 가야할 길이라는 것도 알았다.

연우는 전봉준이 돌아간 뒤 주막 부뚜막 언저리에 걸려 있던 나무 십자가를 바라보며 성호를 그었다. 이마에서 낮은 가슴으로, 왼편 가슴으로 오른편 가슴으로 이어지는 성호를 따라 떠오른 불꽃은 작고 가늘었으나 놓을 수 없다는 것도 알았다. 연우의 신앙과 무관한 자의 눈빛은 죽을 것을 알고 산에서 내려온 어미 노루와 무척 닮아 있었는데, 눈 속에서 떨리는 심장을 안고 전쟁을 치르고 있다는 것도 알았다.

치명적인 눈빛은 보름이 올 때까지 잊히지 않았다. 보름날 동문 해거름에 장터를 나간 것은 순전히 전봉준의 말 때문이었지만, 수라간 최고상궁을 만난 것은 필연이 될지 몰랐다. 산더덕을 고르는 연우를 최고상궁은 단번에 알아봤다. 상궁은 조리자의 눈썰미가 아닌, 맛의 품격과 질서를 지켜가는 자로서 더덕에 든 내성을 한눈에 파악하는 습성으로 연우의 손을 잡았다.

··· 네 이름이 연우이더냐? 고부의 전봉준이라는 자가 오늘 이곳으로 보냈으면 대답대신 눈을 깜빡여 보거라. 그래, 맞구나. 간밤에 꿈속을 걷는 아이가 그 자와 함께 다녀갔다. 세상의 맛을 통찰한 절대미각의 아이를 이곳에서 만날 거라고 했다.

귀신 씨나락 까먹는 말을 믿어야할지 버려야할지 생각할 틈도 없이 연우는 무수리에 쌓여 궁으로 들어갔다. 최고상궁의 성격을 알았더라면 따라 나서지도 않았겠지만, 죽기 전 어미가 쌀뜨물을 내고 순한 밥을 지은 곳, 가지런한 참나물에서 온갖 찬을 빚고 정성으로 국을 끓여내던 곳, 기름기 빠진 수라를 짓느라 진을 빼고도 사계를 따라 땀과 눈물이 흥하던 수라간으로 들어가는 건 일생은 건 희망이기도 했다.

절대미각

 임금은 곶감을 놓고 오래도록 말이 없었다. 말없는 임금을 바라보는 건 부담 그 이상이었다. 최고상궁의 눈알 구르는 소리가 들려올 정도였다.

 생각은 머릿속에 그려진 지도를 따라 하염없이 이어졌다. 이 밤에 떠오르는 것이 많았으나 생각 너머의 현실은 정해진 질량을 싣고 밀려왔다. 상심의 임금 앞에 연우가 할 수 일이란 임금의 수라를 기미하는 소임뿐이었다.

 멀리에서 부엉이가 울었고, 울음 끝에 임금이 조용히 물었다.

 "그래, 세상의 맛은 찾아냈느냐?"

 연우가 임금을 올려보며 말했다.

 "저의 길은 여전히 미흡하고 갈 길은 멀기만 하옵니다."

임금의 바람이 무엇인지, 임금이 원하는 맛의 가치와 내용은 무엇인지, 묻지 않아도 떠올랐다. 입속 어딘가에 무성한 이끼를 틔웠을 임금의 입맛은 거미로부터 시작되며 거미의 마멸로 이어져갔다. 짐작할 수 없는 영토에서 임금이 물었고, 임금은 상실의 미각을 딛고 무르익은 대안을 원했다.

"세상의 끝을 바라는 게 아니다. 맛의 궁극을 원하는 것 또한 아니다."

"하오면……."

임금이 말없이 눈짓했다. 곁에 무표정한 얼굴로 서 있던 상선이 내관에게 고개를 끄덕였다. 내관이 총총한 걸음으로 두 개의 사기그릇을 내왔다. 생김이 같은 그릇은 음식을 담기에 편해 보였다.

뚜껑을 열자 독한 술 냄새가 풍겨왔다. 고도로 농축시킨 증류주는 더 이상 발효할 수 없을 만큼 절정에 달해 있었다. 증류주 속에 붉은 생간이 보였다. 역병을 앓고 죽었거나 죽기 직전 누군가의 몸에서 떼어온 것 같았다. 내의원 어의들이 몸을 신중히 갈라 꺼낸 듯했다. 누구의 몸에 꺼냈는지 알 수 없으나 생간은 농도와 색깔을 잃지 않고 온전했다.

임금이 침착한 눈매로 물었다.

"기미할 수 있겠느냐?"

연우의 눈꺼풀이 떨렸다. 눈을 올려 뜨고 임금을 바라봤다. 임금은 시험을 원하는 것 같았다. 두 개의 사기그릇에 임금이 원하는 대답이 담겨 있는 것도 알았다. 연우가 이마를 들어 올리며 물었다.

"맛, 맛을 보라는 것이옵니까?"

"맛에 든 진실을 찾아야 한다. 꾸밈없이 사실 그대로 전해야 할 것이야."

임금의 목소리는 물기를 털어내고 건조한 바람을 싣고 왔다. 명을 받을 때 연우는 생간의 온도를 생각했다. 그릇 표면에 물방울이 맺혀 있었다. 차가운 곳에 저장되어 있던 것을 가져온 것 같았다.

임금의 명은 헛것을 좇고 있으나 맛의 진실을 찾아 나선 눈빛만큼은 청명해 보였다. 삶을 염두에 둔 임금의 눈빛은 죽는 순간까지 잠들지 않을 것 같았다. 젊고 깨끗한 눈빛이 밀려올 때 연우는 세상 밖에 숨겨진 맛을 생각했다. 입속에 담은 적 없는 맛의 진실이 무엇을 말해줄지 알 수 없었다. 임금의 명은 숲에서 나무를 골라내는 것과 다르지 싶었다.

연우가 그릇 앞으로 몸을 당겨 앉았다. 사기그릇마다 은숟가락이 놓여 있었다. 입을 헹굴 물그릇도 보였다. 연우가 숟가락을 쥐었다. 그릇에 꽂을 때, 찡- 쇠울음이 들려왔다. 쇠마저 죽을 때 색을 보였고, 소리를 냈다.

 증류주 속에 잠긴 생간은 저 죽은 몸의 근원을 숟가락에 드러냈다. 은숟가락 표면에 검은 그림자가 끼는 것이 보였다. 독성을 품고 있다고, 죽은 자의 간은 검게 변한 숟가락으로 말해 주었다. 생간과 숟가락 사이의 긴장은 틈이 없었다. 손끝이 떨렸다. 주저할수록 임금의 바람을 저버리는 것이므로, 망설임 없이 증류주를 숟가락에 담아 입에 넣었다.

 입속에 거친 회오리가 불어갔다. 바늘로 찌르는 고통이 혀끝에 실려 왔다. 맛을 지닌 적 없는 독성이 혀를 타고 입안에 돌았다. 넘겼다간 얼마가지 못할 독성은 혀를 찌르는 전율을 싣고 왔다. 독성은 까다롭지 않았다.

 숟가락을 딛고 건너온 증류주 속에 사대문 밖에서 홀로 운석검을 빚던 늙은 도검장이 보였다. 어미의 뱃속부터 이어져 온 기나긴 생장의 경로가 생간에 저장되어 있었다. 말을 타고 거친 전장을 누비던 핏줄의 연대가 긴 사연을 싣고 밀려왔다. 도검장의 희비애락喜悲哀樂은 꽃피는 봄날에 와서 잎 지는 가을로 저물어갔다. 죽은 뒤 하루 만에 깨어나 비틀거리며 천지를 헤매었을 도검장을 생각하면 마음이 좋지 않았다. 평생 임금의 검을 만들던 도검장의 운명은 가없는 기러기만도 못해 보였다. 죽은 뒤 생간에 온전히 실린 도검장의 생은 임금의 눈물로도 모자랄 것 같았다.

*

 머금은 증류주를 뱉고 입을 헹궜다. 입속에 찌꺼기가 사라질 때까지 헹구고 또 헹궜다. 다른 그릇에 담긴 생간을 바라볼 때 어깻죽지가 떨려왔다. 숟가락을 쥐고 손마디에 힘을 주었다. 그릇에 담글 때, 오래 묵은 바람이 증류주 속에서 불어왔다. 무겁게 떠서 가벼운 입에 넣었다. 밀도가 사라진 맛은 까다로웠다.

 죽은 지 오래된 여인의 생은 안타깝고 불운해 보였다. 거친 회오리 대신 눈보라가 불어왔고, 바늘로 찌르는 고통 대신 대숲 바람이 입속 골짜기를 따라 불어갔다.

 눈을 감았다. 완강한 삶이 보였다. 임금의 씨를 받은 젊은 상궁의 몸은 깊고 고요했다. 저 살아온 내력을 죽은 뒤 몸에서 떼어낸 생간으로 전했다. 오랫동안 의금부 지하 감옥에 봉인된 관 속에 갇혀 지낸 것도 보였다. 흡혈의 본능을 안고 광화문 안에 숨어 살다가 세자익위사世子翊衛司로부터 치명적인 상처를 입고 붙들린 것도 보였다.

 젊은 상궁이 살았을 세상은 붉고 찬란했다. 그 세상의 젊은 상궁은 임금의 씨를 잉태하는 것보다 흡혈의 맛을 안고 가는 것이 전부였을 것이다.

 눈을 뜨고 입을 헹궈냈다. 입속에 남은 찌꺼기를 씻어냈다. 그제야 환각에서 벗어나는 연우가 보였다. 어깨를 떠는 연우는 위험해 보였다. 생목숨을 걸고 임금의 바람을 견디는 연우의 미각은 외롭고 고단해 보였다.

 연우가 임금을 올려 봤다. 임금의 눈은 가늘고 좁은 길목으로 뻗어갔다. 뜸을 들이지 않고 연우가 말했다.

"천적의 몸으로 서로를 겨누며 살아온 자들이옵니다. 서로에게 극단의 적이 될 자들이옵니다. 두 증류주가 부딪히면 불꽃 없이 허공에 흩어질 것이옵니다."

 부딪히는 순간 아지랑이처럼 흩어질 두 존재에 관한 연우의 말은 사실이었다. 증거는 홍련이 어윤중에게 전했고, 어윤중은 신중한 목으로 고했다. 임금은 무겁게 답했다.

 … 끝까지 쫓아가 서로를 사라지게 할 것이옵니다.
 … 마지막 검증이 필요한 시점이다. 괴물들의 생간을 도려내 수라간 아이에게 맛을 보게 할 것이다. 죽든 살든 내력만큼은 알아내지 않겠느냐?

미온의 시험으로 임금이 얻고자 한 것은 결국 어윤중의 말 속에 내재되어 있었다. 서로를 왕성히 죽임으로써 세상에서 사라지도록 하는 것, 그 이상 바랄 것이 없었다. 때문에 마지막으로 생간을 담은 증류주를 기미한 연우의 의견은 무엇보다 중했다.

임금이 안도의 빛을 떠올리며 말했다. 망설일 이유가 없었다.

"절대미각에 의존할 날이 올 것이라 믿었다. 맛을 통찰한 자의 답변을 기다렸다."

연우가 몸을 낮추었다.

"맛에서 밀려오는 죽은 자들의 죽은 까닭과 살아온 날의 걸음을 보았을 뿐이옵니다."

"그것이 전부가 아니다. 너의 의견을 끝으로 흡혈귀를 풀어 거미를 감당하게 할 것이다."

임금의 눈에 젖은 물기가 보였다. 죽은 자의 생간을 걸고 임금은 난세를 건너갈 채비를 했다. 연우가 더듬거리며 말했다.

"허면, 저의 미각으로……. 모두의 미각은 그늘진 자리에서 시작돼 정처 없이 흘러갈 뿐이옵니다."

임금의 시험은 가혹하고 쓰라렸으나 기미 나인에게 주어진 한 가지 일에 불과했다. 임금의 식단을 따라 흐르는 맛의 비경은 늘 하루에 소모될 질량을 싣고 왔으므로, 죽든 살든 맛의 시작과 끝을 가늠하는 일은 한낱 소임일 뿐이었다.

"어려운 자리인줄 알고 불렀다. 아깝지 않은 목숨이 있다고, 어느 누가 말할 수 있겠느냐? 죽고 사는 건 그때의 일일 뿐, 맛의 최상에 닿거든 홀로 내게 임하라."

임금의 뒷말은 절박하게 들렸다. 임금에게 찾아줄 최상의 맛은 무엇이 될지 알 수 없었다. 그런 맛이 세상에 있기나 한지, 절대의 맛을 골라내는 미각이 있을지, 그마저 알 수 없었다.

임금이 덧붙였다. 궁금해서 묻는 것 같지는 않아 보였다.

"함양 땅은 가 보았느냐? 독짓던 아비와 오래전 수라간에서 몸을 의지하던 어미가 묻혀 있다고 들었다."

"궁에 들어온 후 갈 수 없었사옵니다."

신기루 같은 숲의 전설이 임금의 입에서 들려왔다.

"금호미와 금바구니라고 했느냐? 숲안개를 뚫고 멀리에서 은빛의 갈치 떼가 나무와 나무 사이를 건너간다고 했다. 참말이더냐?"

그 말의 신비가 임금의 머리를 어지럽힌 건 아닌지, 임금의 이마 위로 은빛 갈치 떼가 보였다. 지느러미마다 비단 같은 은빛을 실어오는 물고기의 내력은 진위와 무관하게 임금의 머리를 달구는 듯했다.

"전설일 뿐이옵니다. 허나 그 전설이 밤하늘 별처럼 천년이 지나도 변치 않는 것은, 그곳 사람들의 마음에 있을 것입니다. 그 마음은 맛을 다루는 저의 마음과 다르지 않사옵니다."

보름날 저녁이면 금호미와 금바구니 소리를 듣고 은빛의 정령이 대관림에 모여든다고 했다. 백년 전 안의현감을 지낸 연암으로부터 뻗어 나온 세상의 의기와 정의를 실천하며 살아가길 바란 아이가 떠올랐다. 이름이 권석도(權錫燾)였고, 백운산 물라드리재를 내려와 학사루 인근에서 열다섯 살 청년으로 살아가고 있다고 했다.

어미가 죽기 전, 긴 장마 끝에 학사루 뒤뜰에서 만난 권석도는 키가 훌쩍 자라 있었다. 눈 내리던 날 대관림 복판 망악루 아래에서 설하멱(雪下覓)이 품은 불향의 시간도 덧없지 않았다.

많은 날이 흩어지고 부서져가도 권석도는 잊히지 않았다. 훗날 어떤 모습으로 살아갈지 아직은 알 수 없으나, 자신보다 나라와 백성을 먼저 생각하는 아이라고, 기억은 말해주었다. 눈부신 날 기별 없이 찾아올지, 비 내리는 날 추억처럼 찾아갈지 알 수 없었다.

… 누이, 아프지 마라. 인연이 있으면 다시 본다 안카나…….

권석도의 눈에서 흐르던 눈물은 기억나지 않았다. 그것으로 끝이라는 것을 모르던 아이의 말은 이제쯤 가슴속 한곳에 하얀 샛강을 내며 밀려왔다. 시간이 닿으면 찾고 싶은 아이였고, 마음이 움직이면 세상의 맛과 함께 찾아가야할 곳이었다.
 임금의 마지막 말은 연우를 쑥스럽게 했다.
"잠잠해지거든 다녀오너라. 최고상궁에게 허락하라 전할 것이다."
 저녁나절 곶감을 놓고 임금과 마주한 시간은 된장국에 풀어진 갈맷빛 노을보다 따스해 보였다. 임금이 몸을 일으켰다. 별전을 나설 때 멀리에서 부엉이가 울었다. 임금의 뒷모습은 피곤한 기색 없이 가벼워 보였다.
 광화문 너머에서 거미들이 울부짖는 소리가 들렸다. 임금은 결정할 것이고, 세상은 한차례 폭풍을 맞이할 것이다. 폭풍이 지나면 밝은 세상이 올지 어두운 날이 올지 알 수 없었다. 저편의 날이 잃어버린 임금의 입맛을 돌아오게 할지 그마저 미지의 영토에 머물러 없었다. 임금이 내릴 결정을 머리에 떠올리는 일은 불경이 될 것이고, 입에 담는 것 또한 불온이 될 것이다. 기다릴 수 있으므로, 좋은 날이 오길 바랐다.
 숙소로 돌아가는 길에 머리 위로 무수한 별이 떠올랐다. 수천수만 개의 별은 저마다 한 가지 사연을 품고 반짝였으나 연우의 별은 어느 것인지 알 수 없었다. 저 많은 별들 중에 전봉준을 바라보던 별도 있을 것이고, 최고상궁을 내려 보는 별도 있을 것이다. 어린 나인과 항아들을 지켜주는 별도 있을 것이다. 임금을 바라보는 별도 있을 것이고, 고부의 농민들을 굽어보는 별도 있을 것이다.

오늘밤 몇 개의 별이 하늘에서 사라지고, 몇 개의 별이 하늘에 떠오를지 알 수 없었다. 길쓸별 하나가 가느다란 실선을 그리며 서편으로 기울어갈 때, 비변사 말단 홍련의 순간이동이 연우의 눈에 보였다. 연우는 맛의 세상을 찾아 나서면서 사람들이 볼 수 없는 것을 바라보는 능력이 몸에 붙었다. 천의 눈이라 했고, 심미안의 눈이라고도 했다.

어디를 이동하는지, 홍련이 스치듯 지나간 산등성 너머에서 대관림 숲을 떠가던 은갈치 떼가 보였다. 갈치 떼가 남긴 빛이 순하고 고왔다.

연금술사 鍊金術師

 오래도록 눈이 내렸다. 내릴 때마다 색깔은 언제나 한 가지였다.

 전봉준이 눈을 들어 올렸다. 눈에 들어온 바람의 사제들은 생각보다 무겁게 보였다. 시대마다 왕가의 비기에 전해온 존재들은 무겁게 보였다. 삶이 평탄하지 않았으니 머리와 이마와 어깨와 사지에 늘어뜨린 저마다 삶은 헤아릴 수 없는 먼 곳을 걸어가느라 고단해 보였다.

 검은 장옷의 사제들은 무장한 농민군과 달라 보였다. 관군과도 달라보였다. 각진 일본군의 제복과 달라 보였다. 검은 장옷을 따라 부드러운 질감이 돌았는데, 돈스코이함에 오른 러시아 제복과도 확연히 달랐다.

 열두 마리 검은 말은 보이지 않았다. 들려온 말 속에 검은 말들은 지천을 흔들며 달린다고 했다. 발굽마다 푸른 달빛을 머금고 있다고 했다. 칼끝을 겨누면 세상은 까마득한 곳으로 밀려간다고 했다. 시위를 당기면 저 세상까지 화살이 날아든다고 했다.

여인이 다가와 말했다. 마음을 읽었을 거란 예감은 옳았다.
"저는 사람의 마음을 조종할 수 있습니다. 장군을 감시하는 일본군의 마음을 돌려놓을 수 있습니다. 저희와 함께 세상의 악을 밀어내고 더렵혀진 마음들을 씻어내지 않으시렵니까?"

사람의 마음을 종이 접듯 다스리는 여인의 능력은 특별해 보였으나 세뇌와 조종으로 변질된 마음은 본심이 아닌 다른 마음으로 보였다. 사람들의 마음을 자유자재로 조종하는 것은 어디를 보나 위험해 보였다. 마음을 조종하는 건 또 다른 억압이 되거나 차별이 될지 몰랐다.

전봉준은 질긴 삶의 연속보다 단호한 삶을 원했다. 짧아도 사람들의 본심과 맞서는 혁명과 징벌을 원했다. 순수하고 무구한 마음엔 본래 악이 없으나 억압받고 짓밟힌 마음들이 전쟁에 동원되었을지라도 그 마음은 결국 평등과 자유를 원하는 것이라고 믿었다.

전봉준이 짧게 말했다.
"할 수 없소. 내 마음, 내 몸이 싫다고 말하고 있소."

전봉준의 몸과 마음은 하나인 것 같았다. 나눌 수 없는 몸과 마음은 여인의 말과 동떨어진 영토에 나고 자라며 살아왔다고, 그 몸과 마음은 말하고 있었다.

여인이 고개를 끄덕였다. 설득할 수 없다는 것을 알았을 때, 여인의 눈엔 실망보다 울분이 보였다. 여인이 천천히 다가와 손을 내밀었다. 곁에선 아이가 말없이 전봉준을 바라봤다. 무던하고 평범해 보이는 아이는 더벅머리에 눈이 맑았다. 열 살은 되어 보였다. 여인의 자식 같지 않았다. 스물도 되지 않는 여인에게 그만한 아이가 있을 리 없었다. 여인이 아이에게 말했다.

"인사드려라. 전봉준 장군이시다."

아이가 허리 숙였다. 부엉이가 울었다. 눈 내리는 날 부엉이 울음은 속절없이 들렸다.

"이 아이는 누구의 자식이오? 아들 같아 보이지 않아서 하는 말이오."

"손화중 장군의 외조카입니다."

전봉준의 눈이 흔들렸다. 손화중의 처남 유공선의 자식은 한 명뿐이었다. 아이의 손으로 눈을 돌렸다. 한쪽 손가락이 네 개라고 들은 것이 기억에 남아 있었다. 아이의 손은 솜을 누빈 천에 싸여 볼 수 없었다.

연금술사 303

"이름이 무엇이냐?"

"민民자 중衆자, 유민중입니다."

삼례집회 끝에 어윤중이 뱉은 민당이라는 말이 떠올랐다. 민당과 민중은 어느 지점에서 닿을 가깝게 들렸고, 오래도록 사람들의 입에 오르내릴 것도 내다봤다.

압송되기 하루 전 유공선이 붙들렸다는 소식이 들렸다. 뒤따라 서울로 압송될 것도 소식은 전했다. 사면될지 함께 고초를 겪다 죽어갈지 알 수 없었다.

유민중.

아이의 이름이 유공선의 자식으로 모자람이 없어 보였다. 단순한 이름 속에 넓은 대기가 흘러갔다. 이름 하나로 세상을 일으킬 수 없어도 세상을 품을 수는 있을 것 같았다. 그것만으로 아이의 삶은 충분해 보였다.

"좋은 이름이구나. 아비는 목숨 끝나는 순간까지 나와 동지였다. 아비를 기억하고, 아비의 삶을 추억하거라. 너는, 너는 차별과 억압과 외세가 넘보지 않는 세상에서 살아야 한다. 너는……."

수레가 흔들렸다. 얼어붙은 길은 미끄럽고 위태로웠으나 수레꾼은 아랑곳없이 길을 재촉했다. 여인이 전봉준의 손을 잡았다. 여인의 손은 부드럽고 따뜻했다. 처음 보는 물건을 손에 쥐어주며 여인이 말했다.

"받으세요. 귀에 꽂고 들으면 됩니다."

여인이 건네준 물건을 바라봤다. 손아귀에 들어오는 물건은 작고 매끄러웠다. 도토리처럼 생긴 것이 가느다란 줄로 이어져 있었다. 전봉준이 물었다.

"처음 보는 물건인데, 무엇이오?"

"누오라는 아이가 시간을 건너 미래에서 가져온 물건입니다."

처음 보는 물건은 삶과 무관해 보였다. 지루한 길 끝에 기다리는 죽음과도 무관해 보였다. 전봉준은 더 이상 묻지 않았다. 여인이 덧붙였다.

"귀에 꽂으면 됩니다."

여인의 말과 동시에 무너지는 소리가 들렸다. 얼다 녹은 흙덩이가 무게를 견디지 못한 것 같았다. 수레꾼의 몸이 휘청거리며 도랑 쪽으로 수레가 쏠렸다. 여인이 건네준 물건이 손에서 떨어져 나갔다. 수레가 넘어질 듯 위태로웠다. 순간 아이의 손가락 끝에서 섬광이 새어나오는 것을 알았다. 눈을 감자 수레가 떠오르는 기분이 들었다. 꿈결 같은 바람이 불어갔고, 세상의 향기가 사라지는 것을 알았다. 무뚝뚝한 공간에 버려지는 기분은 말할 수 없는 환각을 불러왔다.

눈을 떴을 때 수레는 멀쩡했다. 수레꾼의 표정도 변화가 없었다. 뒤를 돌아봤다. 흙이 무너진 자리에 넓적한 무쇠가 놓여 있었다. 바닥을 버티는 무쇠판을 바라보며 전봉준은 입을 다물지 못했다. 무쇠 위로 금빛이 드러났다. 머리끝이 일어서는 것을 알았다. 팔뚝을 따라 긴 소름이 돋았다.

전봉준이 혼잣말로 중얼거렸다.

"놀랍구나. 어떻게 이런 일이……."

흙덩이가 쇠로 바뀔 확률은 숫자로 새겨지지 않았다. 오랜 시간 퇴적과 열기로 흙이 쇠가 되는 경우는 있다고 했으나 순간에 흙이 쇠로 둔갑할 수는 없었다. 아이의 손가락 끝에서 나오던 섬광이 떠올랐다. 생각할 수 없는 일이 눈에 보였다.

두근거리는 가슴을 누르며 아이를 바라봤다. 아이의 눈은 침착하고 차분해 보였다. 입을 다문 아이의 표정을 따라 손가락 끝으로 눈을 돌렸다. 왼쪽 다섯 번째 손가락이 다른 것을 알았다. 머릿속을 스쳐가는 기억은 또렷했다.

> … 손화중이 도솔암에서 찾아낸 비결, 세상 사람들이 그토록 찾아 헤맨 비밀…….

입에서 긴 신음이 나왔다. 놀라움은 손화중이 선운사 도솔암 돌부처 배꼽에서 찾아낸 비결로 이어져갔다. 김개남이 꿈속에 전해 들었다는 말이 떠올랐다. 비결의 주인으로 유공선의 아들을 가리킨 것도 기억에 남아 있었다.

  김기범에서 개남의 이름을 얻기 전 견훤이 전한 말 속에 비결이 품은 비밀이 보였다. 비밀은 놀랍고 두려웠다.

    … 그 비결은 세상 속에 감추어진 연금술사를 가리키네.

연금술사鍊金術師.

  말 속에 별과 물과 바람과 흙이 보였다. 입에서 입으로, 글과 말로만 전해오던 비밀이 한순간 눈앞에 밀려왔다. 전설로 잠겨 있던 세상의 비밀이 머릿속을 스쳐갔다. 꿈속에 천둥소리가 들려왔다고 했다. 벼락이 들판 가운데 꽂혀들었다고 했다. 벼랑 끝에 가느다란 빛이 보였는데, 비결이 보내는 빛인 줄 김개남은 알았다고 했다.

                     *

  최상의 비밀로 통한 연금술은 고대의 왕들에게 끝없이 갈구되었다. 온 세상을 뒤져서라도 찾아내려 한 것이 연금술이었다. 마법과 과학과 주술로 취급되면서 연금술은 모두로부터 잊혀져갔다 시대마다 살아났다. 나라의 흥망과 함께 사라졌다 깨어나기를 반복했다.

 말목장터 대장장이가 연금술을 보았다고 입에 거품을 물은 적이 있었다. 대흥관 기생 수련이는 아편에 중독된 아전들이 지어낸 허상이라고 떠들어대곤 했다. 입에서 입으로 전해지면서 연금술은 신비와 과학이 뒤엉킨 위험한 개념으로 돌았다.

 개념이 개념을 낳고, 개념이 개념을 덮어도 연금술은 세상에서 사라지거나 잊히지 않았다. 돌고 돌아 시대마다 태어났다가 사라져갔다. 긴 침묵 끝에 세상 위에 태동했다. 나고 자라며 소멸되었다가 다시 세상 어딘가를 떠돌았다. 오래도록 불멸의 시간을 견디며 사람들 사이에 살아남았다.

 불가사의로 이어진 전설은 바람 부는 언덕처럼 쓸쓸하거나 헛헛하지 않았다. 나뭇잎 지는 숲에서 홀로 그림을 그리는 것처럼 외로워 보이지도 않았다.

 아이의 다섯 번째 손가락은 투명한 옥석이었다. 김개남의 꿈속에 손화중의 처남 유공선에게 전하라는 그 비결이었다. 태어날 때부터 아이의 손가락이 네 개뿐인 이유를 알 것 같았다. 삼신 할매가 긴 고심 끝에 점지한 모양이었다.

깨뜨릴 수 없는 옥석은 맑고 단단해 보였다. 무채색의 빛이 영롱하고 고왔다. 연금술사의 운명은 어떠할지 알 수 없었다. 드러낼 수 없는 삶이 아이 앞에 기다리는 것을 알았다. 전봉준의 입가에 조용한 웃음이 피어올랐다.

여인이 바닥에 떨어진 물건을 주워 다시 전봉준에게 건넸다. 말할 때 푸른 입김이 밀려왔다. 뿌리칠 수 없는 연민이 여인의 말 속에 밀려왔다.

"귀에 꽂으면 서울로 가는 동안 외롭지 않을 겁니다."

여인의 말이 내민 물건을 뿌리칠 수 없게 했다. 전봉준이 떨리는 마음으로 손을 내밀었다. 부드러운 손길이 다시 손바닥에 전해왔다. 생애 처음으로 여인의 눈동자를 바라봤다. 눈 속에 우물이 보였다. 검고 캄캄해도 오래도록 들여다보면 세상 너머 외딴 별에서 농사지으며 살아가는 모습이 보였다. 속박과 굴레와 억압이 지워진 자리에서 홀로 사무치는 기다림을 안고 살아가는 모습이 보였다.

여인이 나직이 덧붙였다.

"먼 훗날 세상 위에 불리어질 흔한 노래일 뿐입니다. 몸이 알아주면 다행일 것이고, 마음이 알아주면 더 좋을 듯합니다."

물안개 같은 질감이 여인의 목에서 들려왔다. 가라앉지 않아서 편한 목소리였다. 높지 않아서 한평생 동지를 꿈꾸어도 좋을 것 같았다. 여인의 손을 놓을 수 없는 이유가 보였다. 붙잡을 수 없는 까닭도 보였다.

여인을 바라보며 전봉준은 겨우 물었다. 손끝이 떨렸다. 머릿속이 흔들리는 것도 알았다.

"이름이……. 마야, 마야가 맞소?"

여인의 눈에 비친 전봉준은 별이 되는 것 같았다. 무수한 별들이 여인의 눈 속에 떠갔는데, 별마다 사연을 품고 운명이 점지하는 곳으로 흘러갔다.

여인이 희미하게 웃었다. 무엇을 의미하는지 알 수 없으나 그 하나로 싫지 않았다. 여인이 돌아섰다. 여인이 쥐어 준 물건을 내려 보며 전봉준은 신음했다. 실팍한 줄 끝에 도토리처럼 생긴 것을 귀에 꽂았다. 줄을 따라 내려가 둥근 단추를 눌렀다. 조용한 선율이 귓속에 밀려왔다. 새벽 강 언저리에 밀려가던 푸른 은하가 보였다.

    새벽별 창 너머 아직 타오르니
    더딘 아침 해는 어디쯤 오는지
    너는 벌써 잠깨어 머리 빗어 내리듯
    지난밤 궂은 꿈 쉽게 잊어버리고……

노래는 바람을 품은 물결처럼 들려왔다. 꿈꾸듯 강 너머 들판 먼 곳까지 노래는 밀려갔다. 가느다란 선율을 딛고 노래는 눈발로 덮인 하늘을 뚫고 광활한 우주로 스며드는 것 같았다.

하늘 비친 눈 먼 곳 바라보며
무딘 내 마음은 무얼 말할지
너는 벌써 저만치 햇살아래 달리듯
밀려오는 서글픔 쉽게 떨쳐 버리고……

노래가 점점이 흩어져갈 때 피리소리가 들려왔다. 하늘 모서리에서 느릿느릿 거대한 지느러미를 저어오는 고래 떼가 보였다. 세상은 회색이었다. 불러올 색도 돌이킬 색채도 없어 보였다.

천지를 덮는 눈송이를 바라보며 전봉준은 입을 벌렸다. 눈 속에 어떤 맛도 들어 있지 않았다. 어떤 혁명도 어떤 징벌도 어떤 낭만도 눈 속에 있지 않았다. 눈물이 났다. 노래 때문인 것 같았다. 눈송이 때문인 것 같기도 했다.

아이들이 서울로 가는 전봉준을 바라봤다. 아이들의 입에서 파랑새 노래가 나왔다. 노랫말 속에 녹두꽃이 떨어져 내렸다. 빈 하늘 위로 꿈결처럼 파랑새가 날아다녔다.

멀지 않은 자리에서 바람의 사제들이 어두운 눈으로 전봉준
은 바라봤다. 검은 장옷이 바람에 펄럭였다. 발자국을 남기
지 않은 사제들이 천년 저편의 이름을 달고 눈빛을 숨긴 채
기다렸다. 격정의 칼과 궁극의 활을 어깨에 두르고, 세 자루
짧은 비도飛刀를 품고 멀지 않은 자리에 있었다.
 칼과 활과 말과 하나가 된 자들 곁에 불의 아이가 보였고,
쇠를 다스리는 아이도 보였다. 꿈속을 걷는 아이가 청명한 눈
으로 전봉준을 바라봤다. 심미안의 아이가 어두운 얼굴로 곁
을 지켰다. 시간을 삼킨 아이가 순간이동의 응교와 깍지를 끼
고 있었다. 까무잡잡한 소년이 피리를 부느라 볼이 탱탱했다.
 낮은 하늘에서 눈이 내렸다. 어윤중이 멀지 않은 곳에서
전봉준을 지켜봤다. 어윤중의 눈 속으로 밀려올 때, 전봉준
은 아이들의 입에서 날아다니던 새가 되는 것 같았다. 여인
이 오래도록 전봉준을 바라보며 눈에 새겼다. 눈을 가로질
러 전봉준은 멀어져 갔다. 손가락을 쥔 아이가 전봉준을 눈
에 담았다.
 피리소리가 멎었다. 뱃가죽이 흰 고래 떼가 만경강 지나 모
악산을 향해 느릿느릿 날아갔다. 그 오래전 열두 명의 사제
가 띄워 올린 풍등처럼 아래를 내려 보며 고래는 눈을 깜빡거
렸다. 저마다 눈에서 물이 돌았다. 눈보라를 헤치고 세상 너

머까지 고래는 밀려갔다.

 바퀴 없는 수레 타고 전봉준은 서울로 갔다. 꽃가마는 아니었으나 꿈꾸듯 빈 몸으로 끌려갔다. 빛나는 창의와 너른 대동 세상과 찬란한 평등을 기약하며 서울로 갔다. 녹두꽃 지는 자리, 죽음이 기다리는 세상 끝에서 전봉준은 새가 되거나 꽃이 될지 몰랐다.

 들판 모서리에서 불어온 바람은 시리고 매웠다. 어제도 그제도 바람은 한결 같았다. 바람은 늘 새롭고 새로워서 어디로 갈지 끝을 알 수 없었다. 시작도 알 수 없었다. 눈 내리는 수레 위에서 전봉준은 하나이거나 두 줄기 바람 같았다.

[참고문헌]

- 금장태, 정약용, 유학과 서학의 창조적 종합자, (주)살림출판사, 2005.
- 김기선, 최해월과 동학, 정민사, 2010.
- 김학주, (새로 옮긴) 시경, 명문당, 2010.
- 동학농민혁명기념사업회, 동학농민혁명의 지역적 전개와 사회변동(개정판), 새길, 2011.
- 동학농민혁명기념사업회, 전주정신과 동학농민혁명:동학농민혁명 120주년 기념 학술대회, 동학농민혁명기념사업회 편, 2014.
- 박태원, 갑오농민전쟁, 공동체, 1988-1989.
- 송 복, (임진왜란과 류성룡) 조선은 왜 망하였나: : '징비록(懲毖錄)'에 답이 있었다, 일곡문화재단, 2011.
- 오지영, 동학사(東學史), 대광문화사, 1984.
- 유성용, 김시덕 역, (교감 · 해설) 징비록:한국의 고전에서 동아시아의 고전으로, 아카넷, 2013.
- 유성용, 임민수 역, 징비록:부끄러운 역사를 이겨 낸 위대한 기록, 을유문화사, 2014.
- 이이화, 조선후기의 정치사상과 사회변동, 한길사, 1994.
- 이이화 외, 동학농민혁명과 전북, 전주역사박물관, 2014.
- 이이화, 동학농민운동-평등과 자주를 외친(개정판), (주)이퍼블릭, 2017.

- 이이화, 전봉준, 혁명의 기록, 생각정원, 2018.
- 이주한, 노론 300년 권력의 비밀, (주)위즈덤하우스, 2011.
- 이태진, 김백진, 조선후기 탕평정치의 재조명:조선시대 정치사의 재조명-후속편, 태학사, 2011.
- 전라북도동학농민혁명기념관, (고지도로 보는) 동학농민혁명/전라북도동학농민혁명기념관 편, 2010.
- 정석종, 조선후기의 정치와 사상, 한길사, 1994.
- 조 광, 조선후기 천주교사 연구의 기초, 경인문화사, 2010.

작가의 말

 눈 내린 다음날 질척거리는 용머리고개를 지나 동문거리로 나아갔다. 길목집 한 켠에 기대어 기울이던 막걸리는 구수하고 걸걸했다. 겨울이 지나는 동안 가진 것 없이 빈 몸이었다. 마음은 갈 곳이 흔했으나, 몸은 갈 곳이 없다는 사실조차 비 내리는 입춘이 지나서야 알았다. 골목에는 흐린 구름이 내려와 오래도록 어슬렁거리며 돌아가지 않았다. 길목엔 고양이 가족이 밤낮으로 뛰어다녔고, 버려진 자전거가 저 홀로 녹슬어 갔다. 바람은 시간을 견디느라 고단하게 붙어다녔다.

 겨울비 내리던 밤, 수수께끼 같은 아이들과 늦도록 바둑을 두며 놀았다. 천년 저편 두견새와 함께 불려나온 아이들은 살아 있는 것에 대한 예의와 죽어 사라진 것들에 대한 연민으로 속을 태웠다. 용기와 무관한 정의가 익어가고, 태생과 무관한 용기가 빙판을 뒹굴 때도, 세상의 가치와 목적에 대해 참견하길 바랐다. 그런 밤이면 바둑돌마다 무성한 이야기가 돋고, 이야기는 거친 눈보라로 밀려왔다.

 바람 없는 밤에 완산칠봉 능선을 따라 내려온 고라니의 눈빛은 선명했다. 풍남문 장터로 밀려가던 겨울은 완강한 회색이었다. 그 무렵 모악산과 마이산에 함박눈이 내려 정월대보름 넘도록 산자락은 희었다. 얼어붙은 벽골제 물길은 투명한 하늘을 비추며 석 달을 버티었다. 만경강 수면 위로 뱃가죽이 흰 고래 떼가 날아다니는 꿈을 꾸었을 때도 글을 썼다.

 이 글은 갑오년(甲午年, 1894) 동학농민혁명의 실상을 바탕으로 씌어졌다. 그 시대 동학인의 사람됨은 용기 있고 중후해 보였다. 김개남, 전봉준, 손화중의 삶은 불꽃같았다. 그 죽음들이 말해주는 용기는 치유할 수 없는 먼 접경에 놓여 있어도 사람을 중시하는 원칙은 정여립의 대동과 다르지 않았다. 그들의 평등은 어디에서 시작되며 어디로 가는지. 갑오년의 혁명은 달빛 전쟁이 말해주므로, 비 내리고 잎사귀 져도 애도하고 연민할 이유는 넘친다.

 감정과 울분과 바람으로 격앙된 붉은 시대의 삶들은 죽은 뒤 백년이 흐른 뒤에서야 겨우 목격되었다. 그럼에도 책 속의 죽음들은 실제와 구분하기 어려웠다. 그 죽음들은 연민을 버릴 때 뚜렷해졌는데, 책 속에서 스러지던 죽음들은 오감 위에 허망하고 안타까웠다.

지금도 노래를 기억하는 자들에게 갑오년의 피바람은 헛되지 않음을 알 것이다. 지금도 노래를 부르는 자들은 땅과 신분과 삶의 평등을 원하기 때문일 것이다.

> 새야 새야 파랑새야
> 녹두밭에 앉지 마라
> 녹두꽃이 떨어지면
> 청포장수 울고 간다

시대마다 비선과 실세가 들끓을 수밖에 없는 이유가 백성이 무능해서가 아니라 권력을 쥔 자들의 억압과 폭력에 있다는 것은 속일 수 없다. 랑시에르(Jacques Rancière)는 문학의 본질이 '몫 없는 자'가 '말하기'까지 '감성의 분할(le partage du sensible)'을 통한 '문학의 정치'로서 적극적 개입을 요구한다. 문학이 대의적 질서를 갖추고자 하는 것은, 과거든 현재든 '말할 수 없는 자'의 삶을 '말하게 하는 자'로서 신체에 씌어진 언어를 말하도록 하는 것에 있다.

겨울이 지나도록 〈몽유도원도夢遊桃園圖〉를 드나들며 시름에 겨웠다. 글 속의 리얼리티는 불온하고 희미하다고, 내 글은 말해준다. 결국 내 글은 내 생각일 뿐이라고, 내 글은 답한다. 글로써 돌아본 백년은 멀고 아득했으나 적들의 숨소리는 가까이 들렸다. 철저히 혼자가 될 때 글은 완성된다고 했으나 내겐 연명할 사연이 많다. 글은 삶을 걸지 않고서야 불가능하다는 것에, 이제라도 절망한다. 초봄에 나는 다시 혼자 논다.

2023년 2월
서철원

전라도 역사의 혼불 ③

달빛 전쟁

서철원 장편소설

초판 1쇄 찍은 날 2023년 2월 06일
초판 1쇄 펴낸 날 2023년 2월 10일

지은이 서철원
펴낸이 서영훈
펴낸곳 출판하우스 짓다
주소 서울시 종로구 삼일대로 32길 36(익선동 30-6 운현신화타워) 305호
전화 (02) 3675-3885 (063) 275-4000 · 0484
팩스 (063) 274-3131
이메일 shianpub@daum.net
출판등록 제2020-000010호

저작권자 ⓒ 2023, 서철원
이 책의 저작권은 저자에게 있습니다. 서면에 의한 저자의 허락없이 내용의 일부를
인용하거나 발췌하는 것을 금합니다.
COPYRIGHT ⓒ 2023, by Seo Cheolwon
All right reserved including the rights of reproduction in whole or in part in any
form.
저자와 협의, 인지는 생략합니다.
잘못된 책은 바꿔 드립니다.

ISBN 979-11-981829-1-3 03810
값 14,000 원

Printed in KOREA